오로라맨숀

오로라맨숀

장지연 장편소설

북레시피

차례

1. 오로라맨숀으로 ——————— 7
2. 기침과 다이너마이트 ——————— 12
3. 믿지도 않는 신에게 ——————— 48
4. 복자 구독 서비스 ——————— 87
5. 위대한 상속자 ——————— 136
6. 국수와 칼국수와 캣타워의 문제 —— 180
7. 돌아갈 제자리가 없다는 건 ——— 223
8. 길 끝에서 ——————— 289

1. 오로라맨숀으로

 끝이 다가왔다. 혜성이 걸음을 멈추고 길찾기 앱을 들여다봤다. 제산시 장평로 64길 3 오로라맨숀아파트.
 맨션이면 맨션이고 아파트면 아파트지, 맨숀아파트가 뭐야. 혜성이 앱에서 눈을 떼고 고개를 들었다. 막다른 길에 우두커니 선 4층 건물이 그를 내려다보고 있었다. 한때 레몬색이었을 벽은 흙빛으로 바래었고 군데군데 벗겨진 페인트가 곰보 자국을 이루었다. 한 자리에 서서 올곧이 받아낸 시간이 문드러진 세월의 얼룩으로 남아 스산한 분위기를 자아냈다. 오로라맨숀이라 쓴 검은 표식이 없었다면 이런 으스스한 건물에 사람이 살 거라고는 생각하지 못했을 테다. 혜성은 제 나이보다 세 배쯤 더 산 건물을 바라보며 심호흡을 했다.

"후-!"

자기도 모르게 터져 나온 한숨 소리에 놀라 뒤를 돌아봤다. 다행히 아무도 없었다. 그는 눈에 띄길 싫어하는 성격이었다. 길을 걸을 때면 벽 쪽으로 붙어 그림자처럼 조용히 다녔다. 올해 2월 공고를 졸업할 때까지 학교에선 먼저 말을 거는 법이 없었고, 작년 가을부터 인턴으로 근무하던 냉면기계공장에서도 하루 종일 한마디도 하지 않고 쉼 없이 일만 했다. 그렇게 열심히 일했는데 월급을 떼어먹다니.

불현듯 화가 치밀어 올랐다. 그날 이후로 마음속 다이너마이트가 시도 때도 없이 터졌다. 숨을 크게 들이마시며 심호흡을 했다. 들숨을 따라 익숙하면서도 낯선 냄새가 코안으로 훅 밀려오더니 소화기가 되어 마음속 불꽃을 꺼뜨렸다. 오래된 골목에 스민 눅눅한 세월의 향. 보호 종료 후에 처음 혼자서 반지하 방으로 이사했을 때 맡은 곰팡이 냄새만큼이나 외롭게 방치된 감각. 혜성은 옷소매로 코를 막아 냄새를 차단했다. 이곳에 다시 오지 않으려면 돈을 받아내는 수밖에 없었다. 받아낼 돈은 1,080만 원. 한 달에 180만 원씩 정확히 6개월 치 월급이 밀렸다. 6개월 수습 기간이 끝나면 정직원으로 고용하겠다던 사장은 수습 기간 마지막 날 하늘나라로 떠나버렸다.

혜성은 다시 오로라맨숀을 올려다봤다. 이곳은 사장의 주소지였다. 그렇다고 사장의 집은 아니고 사장의 아버지 명의로 된, 오십 대의 사장이 얹혀살던 집이었다. 혜성은 오십이 넘도록 부모 집에 얹혀산 사장이 내심 부러웠다. 그런 아들을 품에 안고 살았을 부모는 좋은 사람들임이 분명하다고 생각하며 건물 외벽에 적힌 동수를 확인했다. 맨숀은 식빵처럼 납작한 세 개의 건물이 삼각형을 이룬 모양새였다. 혜성이 선 길에서 보이는 건물은 2동이고, 막다른 골목에서 시옷 자로 꺾어 돌아가면 1동 건물이 보인다. 사장의 집이 있는 3동은 안쪽에 숨어 있어서 시옷 자 길 꺾쇠 지점에 난 입구로 들어가야지만 비로소 볼 수 있다. 골목 안쪽으로 입구를 꽁꽁 숨겨둔 탓에 처음 온 방문객들은 맨숀 안으로 들어가기 위해 주위를 몇 번이나 배회할 수밖에 없었는데, 혜성은 그 과정이 마치 보물찾기 같다는 생각이 들었다. 중학생 때 마지막으로 간 수학여행에서 보물찾기 게임에 참가한 혜성은 담임 선생님이 소나무 둥치에 숨겨둔 2등 쪽지를 찾아내 나이키 운동화를 손에 넣었었다. 혜성이 신기에는 사이즈가 작아 동생에게 주긴 했어도 난생처음 받아본 새 브랜드 운동화에선 그때껏 한 번도 맡아보지 못한 향기가 났다. 지금 혜성이 서 있는 이곳과는 다른 완벽한 새것의 향기.

혜성은 오로라맨숀 입구로 들어섰다. 중정이 나타났다. 세 개의 건물로 둘러싸인 콘크리트 정원에 빨간 고무대야와 장독들이 놓여 있고 그 위로 마름모꼴 하늘이 혜성을 내려다봤다. 정원은 세모인데 하늘은 마름모인 건 옥상과 옥상을 이어주는 구름다리 때문이었다. 구름다리 바로 아래 3동 꼭대기 층으로 난 창문 중 왼쪽에서 다섯 번째, 오른쪽에서 두 번째 집이 그가 가야 할 505호였다. 층수로는 4층이지만 5층으로 불리는 곳. 오로라맨숀이 만들어진 1974년의 집단 미신이 만들어낸 기이한 현상. 숫자 4의 발음이 한자의 '죽을 사死'와 같은 까닭에 당시 많은 건물의 4층은 5층이 되어야만 했다.

혜성에겐 오래된 이야기를 들려줄 어른이 없어 궁금한 일이 생기면 지피티한테 물어보곤 했다. 오로라맨숀 5층에 도착해서 휴대폰으로 프롬프트를 입력했다. 4층을 5층이라고 부르는 이유에 대해 설명해줘. 곧 숫자 4와 '죽을 사'의 연관성에 대한 답변이 떴다. 지피티는 모르는 게 없었다. 혜성은 청소년에게 어른이 꼭 필요하다는 인식은 어른들이 자신의 존재 가치를 세뇌하기 위해 만든 헛소리가 아닐까 생각했다. 청소년의 인생에 꼭 필요한 건 어른이 아닌 지피티였다.

혜성이 505호의 초인종을 눌렀다. 대답이 없었다. 다시 초인종을 눌러봐도 역시 아무런 기척이 없었다. 딩동. 초인종을 누른다. 인기척을 3초간 기다린다. 딩동. 또 초인종을 누른다. 인기척을 3초간 기다린다. 딩동. 3초. 딩동. 3초. 딩동. 3초. 딩동… 혜성은 기계처럼 일정한 간격을 두고 반복해서 초인종을 눌렀다. 어디 한번 해보자. 그는 오늘만큼은 절대 물러서지 않겠다고 다짐했다.

2. 기침과 다이너마이트

　인생에서 한 번쯤은 죽음이란 걸 체감하게 되는 순간이 온다. 혜성에게는 메리의 죽음이 그랬다. 메리는 초등학교 6학년 때 혜성의 짝꿍이던 소녀가 길고양이에게 지어준 이름이었다. 소녀는 매일 참치 캔 하나를 가져와서 집으로 돌아가는 길목에 놓았다. 그러면 메리가 이제 왔냐는 듯 어슬렁어슬렁 걸어 나와서 참치를 날름 핥아먹었다. 소녀는 메리가 참치를 먹는 모습을 보는 걸 좋아했고, 혜성은 소녀가 미소 지을 때마다 따라 웃었다. 평소에는 근처에만 다가가도 하악질을 하던 메리는 먹을 것만 주면 제 머리를 만지게 그냥 놔뒀다. 소녀와 혜성은 메리가 캔 안에 든 참치로 포식을 하는 동안 번갈아 가며 한 번씩 녀석의 머리를 쓰다듬었다.

그렇게 주고받는 게 확실했던 길고양이 메리는 어느 등굣길 도로에서 쥐포처럼 납작해진 채로 발견됐다. 녀석의 몸에는 여러 겹의 타이어 자국이 나 있었다. 그날 짝꿍이 너무 슬피 우는 바람에 혜성은 메리가 다시 살아났으면 좋겠다고 생각했다. 애니메이션에서 보면 차에 깔려 납작해진 동물이 바람 빠진 풍선마냥 일어나 몸을 빵빵하게 부풀려서는 다시 살아나기도 했는데, 현실에서 그런 일은 불가능했다. 혜성은 오늘도 그날처럼 사장이 눈을 번쩍 뜨고 일어나서 그의 밀린 월급을 주길 바랐다. 당연하게도 그런 일은 벌어지지 않았다.

사장의 죽음을 전한 사람은 옆 골목에서 냉면가게를 운영하는 장 씨였다. 장 씨는 냉면기계공장 사장을 김사장이라 불렀고, 혜성의 사장은 냉면가게 사장을 장 씨라고 불렀다. 두 사람 사이엔 나이에 따른 서열이 있었는데, 촉새처럼 세모난 입술의 장 씨와 사자 같은 네모 턱을 가진 김사장의 덩치 차이를 보면 나이를 몰라도 누가 우위에 있는지 쉽게 짐작할 수 있었다.

벚꽃 흐드러진 출근길을 막아선 장 씨는 혜성에게 안으로 들어가지 말고 경찰이 조사를 끝낼 때까지 밖에서 기다리라며 담배를 꺼내 물었다. 담배 연기를 내뿜으면서도 이렇게 될 줄 알았다며 쉬지 않고 떠들어대는 바람에 장 씨의 세모난 입술이 분주했다. 그러면서 뭐가 이렇게 될 줄 알았다는 건지는 말하지 않고 왜 자신이 지금 여기 있는지에 대해 장황하게 늘어놓았다.

요약하면 대충 이랬다. 5월로 넘어가자 슬슬 날이 풀리기 시작했다. 기온이 올라갈수록 장 씨의 냉면가게 배달량도 늘어났다. 그동안 기계를 한 대만 돌리던 장 씨는 한 대를 추가로 들이기로 결정했다. 한데 기계를 주문하러 냉면기계공장에 온 장 씨를 반긴 건 사장이 아니라 사장의 사망 소식을 전한 경찰이었다. 장 씨는 마침 자신이 공장에 왔기 망정이지, 아니었으면 혜성 혼자서 이 큰 사건을 어떻게 견딜 수 있었겠냐며 그에게 닥칠 불행을 막아준 전사처럼 거들먹거렸다.

잠시 후 공장 밖으로 나온 경찰이 장 씨에게 이것저것 물었다. 장 씨는 몇 시에 무슨 일로 냉면기계공장에 오게 됐는지를 상세하게 대답하고선 한숨을 내쉬었다.

"김사장이 도박에 빠져 사채까지 끌어다 썼어요. 하늘이 무너져도 사채는 쓰면 안 되는 거였는데… 눈 깜짝할 새 이자가 원금의 열 배를 넘어버렸거든요."

눈덩이처럼 불어난 이자를 갚지 못한 사장은 사채업자들에게 협박당해 여기저기 돈을 빌리러 다니다 스스로 강물에 뛰어든 모양이었다. 장 씨의 추리대로라면 그랬다. 경찰이 참고인 조사를 위해 경찰서로 와달라며 명함을 내밀었다. 명함을 받아든 그가 혼잣말을 중얼거렸다.

"그때 융통 안 해주길 잘했네."

혜성이 옆에서 듣고 있는 걸 뒤늦게 깨닫고 민망한 듯 한마디를 덧붙였다.

"죽은 건 안됐지만…."

장 씨가 담배를 길게 한 모금 삼켰다가 단숨에 연기를 내뿜었다. 혜성은 그가 말한 융통이 돈거래란 걸 어렴풋이 짐작할 수 있었다. 퀴퀴한 연기가 봄바람을 타고 혜성에게로 불어왔다. 담배 연기가 코로 들어가 콜록콜록 기침이 났다. 혜성은 손부채질로 연기를 날려 보내며 그때 장 씨가 돈을 빌려줬으면 사장이 안 죽을 수도 있었을 거라는 생각을 했다. 생각은 오래가지 않았다. 이런 생각을 해봤자 아무것도 변하지 않는다는 걸 누구보다 잘 알고 있었다. 엄마가 그들 형제를 안 버렸으면 어땠을까 하는 생각도, 엄마가 데리러 오길 바라며 했던 기도도 모두 부질없었으니까. 생각을 뒤로하고 입안을 맴돌던 질문을 꺼내려는 순간, 기침이 새치기를 했다. 목구멍으로 담배 연기가 쑥 빨려들어온 탓이었다.

"콜록콜록콜록… 그럼, 콜록… 제 워… 콜록콜록… 제 월급, 에에에… 엣취, 제 월급은 어디서 받아요?"

***

장 씨가 김이 솔솔 나는 만둣국을 테이블에 내려놓았다. 점심이라도 먹고 가라며 혜성을 가게로 데려온 이후로 그는 줄곧 같은 질문을 던졌다.

"아니, 왜 계속 다닌 거야?"

혜성이 아까와 같은 대답을 했다.

"월급을 못 받아서요."

"그러니까 월급을 못 받으면 당장에 그만둬야지. 그걸 6개월이나 계속 다녀? 미련곰탱이처럼?"

장사장 아저씨가 조금 전에 한 말을 되풀이하고 끝에 미련곰탱이를 덧붙였다. 어지간히 답답한 모양이었다. 답답해봤자 나보다 더 답답할까. 혜성은 짜증이 났다. 짜증이 쌓일수록 대답하는 목소리는 점점 부루퉁해지고, 마음속 다이너마이트에 스파크가 일었다.

"아까도 말씀드렸잖아요. 그만뒀다가 입 쓱 닦아버리면 어쩌려고… 후… 계속 공장에 나가서 얼굴 보고 닦달을 해야 월급을 받아내죠."

"결국 못 받았다며. 6개월씩이나."

"그건 그런데…."

"그럴 거면서 왜 계속 다닌 거야?"

도돌이표. 다람쥐 쳇바퀴. 대화는 다시 첫 질문으로 돌아갔다. 왜 계속 다녔냐는 질문 앞에 다른 추임새가 붙을 뿐 결국 같은 말. 네가 미련해서 월급을 6개월 치나 못 받았다는 소리였다. 혜성은 그게 왜 내 잘못이냐고 소리치고 싶었다. 하지만 그건 혜성이 할 수 있는 일이 아니었다. 그는 소리치는 것보다 삼키는 데에 더 익숙했다. 혜성이 말없이 국에 든 왕만두 한 알을 젓가락으로 푹 찍어 들고 크게 한 입 깨물었다. 뜨거운 만두 때문에 입천장이 홀라당 벗겨졌다. 혜성은 입김을 후아후아 내뿜으며 혀로 부서진 만두소를 살살 굴려 열기를 식혔다.

"저저… 식혀서 먹어야지, 미련곰탱이 같으니라고."

그렇게 말하고 보니 장 씨의 눈엔 혜성이 정말 곰처럼 보였다. 덩치만 산만 하게 컸지 꿀도 못 따고 벌한테 쏘이기만 하는 미련하게 착한 곰. 장 씨가 냉장고에서 콜라를 꺼내왔다. 평소엔 생수도 아까워하던 장 씨였지만 이 불쌍한 곰에게만큼은 오늘 선심을 쓰고 싶었다. 혜성이 장 씨의 마음을 모를 리 없었다. 당연히 그가 고마웠다. 동시에 비참한 감정이 지하폐수처럼 마음 깊은 곳에 차올랐다. 평소라면 그러려니 하고 넘어갔겠지만 못 받은 월급 때문에 날이 선 마음엔 여유가 없었다. 못난 감정을 가두던 마음의 둑이 터지자 비참의 폐수가 홍수 난 강물처럼 넘쳐흘렀다. 욱하고 화가 치솟았다. 어설프게 동정하지 말라고 장 씨의 조잘거리는 입을 주먹으로 막아버리고 싶었다. 하지만 혜성은 그러는 대신 콜라 캔을 따서 벌컥벌컥 들이켰다. 탄산이 식도를 때리며 알싸하게 흘러들었다. 마음속을 역류하던 비참의 폐수도 함께 흘러내려갔다. 콜라를 반쯤 들이켜고 테이블 위에 내려놓는데 트림이 나왔다. 급히 손으로 입을 가리고 소리가 안 나게 조심스레 가스를 내보냈다. 밥상머리 예절은 어릴 적부터 원장 수녀님께 호되게 배웠다. 어디 가서 고아라고 손가락질당하면 안 돼.

***

혜성은 여섯 살부터 희망의 집에서 자랐다. 희망의 집 대문 앞에 버려지던 날, 엄마는 그의 작은 팔에 갓난아기를 안겨주며 빨간 립스틱을 바른 입술로 당부했다.
"네가 형이니까 동생을 잘 돌봐야 해."
엄마는 혜성의 깨끗한 얼굴이 맘에 들지 않았는지 호피무늬 장갑을 낀 손으로 대문 옆 화단의 흙을 한 줌 집어 혜성의 옷과 뺨에 대고 문질렀다. 간밤에 내린 눈으로 축축해진 흙은 소년의 피부와 옷에 찰지게 달라붙어 꼬질꼬질한 몰골을 만들어냈다. 엄마는 만족스러운 눈길로 아들을 내려다봤다. 혜성은 엄마가 자신을 그렇게 다정하게 바라보는 게 처음이라 긴장됐다. 뭐든 평소와 다르면 이상한 거니까. 외모 점검을 끝낸 엄마는 대문 안으로 들어가라고 혜성을 등 떠밀었다.

"엄마랑 같이 왔었다는 얘기는 하면 안 돼. 알지?"
"네."
"엄마가 있다는 걸 알면 쫓겨나고, 쫓겨나면 여기 길바닥에서 눈사람으로 살아야 하는 거야. 알았지?"
"네."

혜성은 눈사람이 되고 싶지 않아 엄마가 시키는 대로 했다. 눈사람은 해가 뜨면 녹아내려 사라졌다. 사라지는 건 무서웠다. '눈' 자를 뺀 그냥 사람으로 살아가려면 희망의 집에서 쫓겨나서는 안 됐다. 그러려면 최대한 불쌍한 표정으로 엄마가 알려준 거짓말을 그대로 읊조려야 했다.

"엄마는 누군지도 모르고 아빠는 집에 안 들어와요. 동생이랑 둘만 있다가 죽을 것 같아서 찾아왔어요. 제발 받아주세요."

품에 안은 아기의 이마 위로 눈물이 툭 떨어졌다. 혜성은 어느새 울고 있었다. 당황해서 울음을 그치려 했지만 눈물은 멈추지 않았다. 더럭 겁이 났다. 엄마는 혜성이 울 때면 검지를 세우고선 으름장을 놨다. 뚝. 당장 뚝 하지 않으면 내다 버릴 거야.

원장 수녀님은 뚝 그치라고 윽박지르지도, 그들을 내다 버리지도 않았다. 여섯 살 혜성이 동생을 안고 혼자서 논길을 걸어 희망의 집까지 걸어왔다는 거짓말에도 묵묵히 속아주었다. 그녀는 무릎을 꿇고 혜성과 눈높이를 맞춰 뺨에 묻은 흙을 닦아주었다. 이제 괜찮아. 그 말 이후로 거짓말처럼 모든 게 괜찮아졌다. 하지만 기억은 통제할 수 없어 엄마의 마지막 모습이 시도 때도 없이 불쑥불쑥 떠올라 혜성의 가슴을 후벼팠다. 혜성은 엄마에 대한 기억이 없는 동생 유성이 부러웠다. 유성은 열세 살이 지날 때까지 엄마의 존재를 몰랐다. 백일이 지난 직후부터 희망의 집에서 살아온 유성에게 그곳은 부모가 버린 아이들을 대신 키워주는 곳이 아닌, 그저 원래의 우리 집이었다. 그래서 유성은 형보다 늘 더 즐겁고 행복했다. 기억 따위는 없는 편이 행복에 더 이롭다. 수학 시간에 비례와 반비례를 배우던 날, 혜성은 일기장에 이렇게 썼다. '기억의 총량과 행복의 총량은 반비례한다.'

  즐겁고 행복한 우리 집이 사실은 집이 아닌 보육원이란 사실을 알게 된 건 유성이 초등학교에 입학한 후였다. 학교에 가려면 시내까지 나가야 해서 거리가 꽤 멀었다. 희망의 집에서는 등하교용 버스를 운행했다. 그런데 아이들이 편하고 안전하게 학교에 다닐 수 있도록 운행했던 하늘색 버스는 되레 아이들에게 상처를 줬다. 학교에서 하늘색 버스의 의미를 모르는 사람은 없었다. 고아인 걸 숨기고 싶어도 하늘색 버스를 타지 않으면 학교에 갈 수가 없으니 감출 수가 없었다. 안 그래도 유성은 어디서나 튀는 아이였다. 사람을 끄는 천성적인 매력이 있어 인기도 꽤 많았다. 그런 아이가 하늘색 버스를 타고 다니니, 더욱더 눈에 띌 수밖에 없었다.

유성은 자신과 형이 버림받았다는 사실을 알고 나선 꽤나 충격을 받은 얼굴로 형에게 부모님에 대한 기억이 있는지 물었다. 혜성은 다섯 살 터울 동생에게 호피무늬 스타킹이 드러나는 짧은 원피스에 강아지 털처럼 복슬복슬한 퍼코트를 걸쳐 입은 빨간 입술의 엄마가 있었다는 얘기는 절대 하지 않았다. 원장 수녀님이 보는 드라마 속에서 엄마와 같은 옷차림을 한 사람은 꼭 다방이나 술집 여자였다. 그리고 그녀들이 낳은 아이는 아빠가 누군지 모르거나, 알더라도 이미 가정이 있는 사람이거나, 그것도 아니면 책임감 없고 폭력적인 건달이었다. 자식 된 입장에선 어느 것 하나 탐탁지 않아 드라마에서 그런 캐릭터만 나오면 심장이 바닥으로 추락했다.

혜성은 막장 드라마의 정형화된 캐릭터와 닮은 진짜 엄마 대신 수염이 덥수룩한 가상의 아빠를 상상해 여러 이야기를 지어서 동생에게 들려줬다. 홀로 사랑하는 아들 둘을 키우던 가상의 아빠는 공사판에서 일하다가 실족사했는데, 이런 가짜 스토리는 언제나 이제는 형이 아빠를 대신하겠다는 말로 끝이 났다. 거짓말을 꾸며낼 때마다 혜성은 차라리 이게 사실이었다면 좋겠다는 생각을 했다. 대놓고 버려진 기억은 그의 마음을 야금야금 좀먹었지만, 지어낸 이야기는 동생의 자존감을 무럭무럭 자라나게 했다. 기억 속 진실보다 허구 속 거짓이 살아가는 덴 훨씬 도움이 됐다. 그렇다면 인생이 꼭 진실만을 추구해야 할 필요는 없는 거다. 도움이 되는 쪽을 선택하면 될 일이었다.

이야기의 약효가 떨어지기 시작한 건 유성이 초등학교 6학년 전교회장 선거에서 떨어진 이후였다. 경쟁자의 부모는 시내에서 제일 큰 부부치과병원의 공동원장이었는데, 자기 아들이 고아에게 지는 건 절대 볼 수 없다며 학부모회에 압력을 넣는 바람에 유성에게 기울었던 표심이 상대 후보에게로 쓰나미처럼 몰려갔다. 학부모회 부모들은 고아는 불쌍하고 동정해야 하는 상대니 네가 먼저 베풀어야 한다며 자녀들을 교육했다. 그 덕분에 선거 유세 기간 동안 하늘색 버스를 타고 등하교하는 학생들의 자리마다 과자와 빵과 음료수가 수북이 쌓였다. 베푸는 사람이 느낄 수 있는 우월감이 학내에 바이러스처럼 퍼져 학부모회 자녀가 아닌 아이들까지 간식 나누기 릴레이에 동참했다. 하지만 유성은 나눌 수 있는 게 아무것도 없었다.

책상 위에 놓인 간식의 개수가 늘어날수록 서랍 속 러

브레터는 줄어들었고, 유성은 그게 무슨 뜻인지 알 수 있었다. 동경이 아닌 동정의 대상. 베풂의 대상은 절대 통솔하는 위치에 있을 수도, 학생들을 대표할 수도 없었다. 우리는 간식을 보면 꼬리를 흔들며 재롱을 피우는 포슬포슬한 애완견이어야 했다. 하지만 유성은 애완견이고 싶지 않았다. 간식을 줬는데도 고마워하지 않자 아이들은 유성을 감사도 모르는 고아라고 흉을 봤다. 호의는 곧 적의로 돌변했다. 학생회장 선거에서 떨어지는 건 당연한 수순이었다. 선거 결과가 나온 이후로 유성은 다른 사람이 되었다. 학교에 가지 않겠다고 원장 수녀님께 반항하며 길거리를 떠돌다 동급생들이 모두 졸업장을 받던 2월의 어느 겨울날 어디론가 훌쩍 떠나버렸다. 어차피 출석 일수가 모자라 초등학교 졸업도 할 수 없었다.

  동생이 사라지자 혜성은 더 조용해졌다. 그림자처럼 걸었고 공기처럼 앉았다. 성당 수녀님들과 학교 선생님들의 가르침은 무조건 수용했다. 혼을 내든 욕을 하든 아무런 대꾸도 하지 않고 그저 고개만 숙였다. 대화를 할 때도 거리를 걸을 때도 자신의 발끝만 바라봤다. 혜성은 스스로가 도움을 받아야 하는 존재라는 걸 부정하지 않았다. 오히려 더 많은 도움을 받고 싶었다. 그래야 제대로 된 방을 구하고 생활비를 벌어 동생을 데려올 수 있을 테니까.

***

 혜성이 입을 가린 채 마지막 트림을 삼켰다. 장 씨가 어느새 뽀얀 쌀밥 한 공기를 가져와 그 앞에 내려놓고 있었다.
 "만두만 먹지 말고, 밥도 말아가면서… 천천히 많이 먹어."
 친절을 베푸는 사람에겐 감사의 마음을 반드시 말로 표현해야 한다. 인사를 되돌려받지 못한 친절이 경멸의 화살이 되어 되돌아오는 걸 여러 번 겪었다. 없이 자란 것들은 예의도 없어. 혜성은 그 말을 듣고 싶지 않았다. 그래서 장 씨가 베푸는 호의가 적의로 돌아서지 않도록 고개를 꾸벅 숙여 인사를 했다. 최대한 공손한 말투에 불쌍함을 유지할 수 있도록 끝을 흐리면서.
 "감사합니다…."
 그러고선 장 씨가 시킨 대로 쌀밥을 만둣국에 말아 입 안으로 욱여넣었다. 밥 먹는 모습을 바라보던 장 씨가 한숨을 내쉬고는 밖으로 나갔다. 담배를 피워물면서도 혜성이 밥그릇을 다 비우는 걸 기어이 보겠다는 듯 통창 너머로 다가와 숟가락질하는 시늉을 해 보였다. 혜성이 억지로 미소를 지어 보였다. 입꼬리를 올리고 눈꼬리는 내린다. 이러면 사람이 순해 보이고, 순하게 미소 지으며 고개를 까딱하면 대개의 어른들이 흡족해한다는 걸 경험으로 알고 있었다. 혜성이 장 씨의 흐뭇한 눈길을 받으며 밥숟갈을 입에 넣었다.

입으론 밥알을 씹으며 머리론 남은 돈으로 얼마나 더 버틸 수 있을지 계산했다. 만 18세 생일에 지급되는 자립준비금 오백만 원 중 일부로 3평 반지하 방을 구했다. 발품을 팔아 인근에서 제일 싼 방을 찾아낸 혜성은 집값으로 떠들썩한 뉴스를 보며 자신이 서울이 아닌 이곳 제산시에 버려진 데 안도했다. 하지만 월급을 모아 투룸으로 옮길 생각에 6개월만 계약을 해서 다음 주엔 방을 빼야 했다. 생활비도 문제였다. 특별히 쓰는 게 없는 것 같은데 숨만 쉬어도 돈이 나갔다. 출퇴근은 걸어서 하고 끼니는 편의점에서 해결하며 최대한 돈을 아껴도 한 달에 이십만 원은 기본으로 들었다.

생각이 이쯤 이르니, 달았던 밥알이 모래알처럼 서걱거렸다. 6개월 치 월급을 모아 보증금 천만 원짜리 투룸 월세 빌라로 옮겨서 동생과 함께 사는 게 유일한 소망이었는데. 장 씨의 말대로 첫 달부터 월급을 못 받았으니 당장에 때려치우고 다른 일을 알아봤어야 했나. 그랬다면 6개월 치 월급이 아니라 1개월 치 월급을 못 받았겠지. 그러면 떼인 돈이 천팔십만 원이 아니라 백팔십만 원이었을 거고. 백팔십만 원이면 파트타임으로 배달을 하거나 야간 알바를 하면서 충분히 메울 수도 있는데. 너무 미련했나? 그런데 밀린 월급은 누구한테 받아야 하지? 답 모를 질문이 꼬리를 물고 이어졌다.

숟가락을 내려놓은 혜성은 남은 콜라를 마저 마시고 문밖으로 나갔다. 장 씨가 재떨이에 담배꽁초를 비벼끄며 그를 바라봤다. 아침에 마주한 죽음에 인생무상이라도 느낀 모양이었다.

"넌 꿈이 뭐냐?"

제기랄. 혜성이 가장 싫어하는 질문이었다. 세상엔 꿈 꿀 수 없는 인생도 있는 거다. 월급을 못 받으면 오늘 하루 버티기도 힘들어서 먼 미래의 꿈 같은 건 상상조차 못 하는 하루살이 인생.

"밀린 월급 받는 거요."

혜성은 냉면가게 흡연실에서 꿈 타령을 하는 꼰대가 꿈 깨고 현실로 돌아올 수 있도록 최대한 예의 바르고 상냥하게 밀어붙였다.

"그런데 사장님이 그렇게 되시는 바람에… 그럼 이제 전 밀린 월급을 누구한테 받아야 하는 걸까요?"

정말 궁금했다.

"그야…."

장 씨가 뜸을 들이며 미간을 찌푸렸다. 무언가 고심할 때 나오는 표정이었다. 언젠가 김사장과 고스톱을 칠 때

저 표정을 본 적이 있었다. 자신이 날 패와 상대가 날 패 중 어느 쪽을 택할 것인가. 고민하던 그 눈매에 반짝 빛이 감돌았다.

"상속자."

"상속자요?"

"그래, 상속자한테 받아야지. 빚도 재산이라 상속이 되니까."

"상속자가 누군데요?"

"대개는 가족이지."

"가족 누구요?"

"김사장이 기러기 아빠 하다가 이혼당했으니까… 가족이 보자, 누가 있나…."

장 씨의 목소리가 점점 쪼그라들었다. 사장에 대해 아는 건 이게 전부였지만, 혜성의 질문은 여기서 그치지 않았다.

"그 가족은 어디 가면 만날 수 있는데요?"

어린애의 질문에 어른이 대답을 못 하는 건 자존심이 상하는 일이라고 생각하는 장 씨였다. 모르는 질문엔 상식을 최대한 끌어모아 답하는 게 최선이었다.

"장례식장에 가서 상주를 찾으면 되지 않을까?"

혜성이 꼬리 질문을 해올까 봐 바짝 긴장하는데 휴대폰이 요란하게 울렸다. 다행이었다.

"아, 잠깐만….."

장 씨가 주머니에서 휴대폰을 꺼냈다. 잠잠했다. 전화가 걸려온 건 장 씨가 아닌 혜성 쪽이었다. 혜성이 전화를 받았다.

"여보세요?"

경찰서에서 걸려온 전화였다. 수화기 너머 목소리가 자신을 김하진 경사라고 소개했다.

-이유성 군 형 맞아요?

"네, 맞는데요."

-부모님은 안 계시고?

"네."

-동생이 여기 있는데 보호자가 와야겠어요.

"무슨 일로요?"

-애들끼리 싸워서 상대 쪽 부모가 신고했어요. 폭행죄는 혐의만 입증되면 피해자 의사와 상관없이 공소가 제기될 수 있는 범죄예요.

공소가 제기된다는 게 무슨 뜻인지 알 수 없었다. 혜성은 옆에서 귀를 쫑긋 세운 장 씨가 알아듣지 못하도록 중요한 고유명사들을 빼고 되물었다.

"그게 무슨 말인가요? 자세히 설명 좀 해주시겠어요?"

-일단 오세요. 제산경찰서 알죠?

"네."

― 도착해서 여성청소년과로 찾아오면 됩니다.

"지금 바로 가겠습니다."

혜성이 전화를 끊기 무섭게 장 씨가 참았던 궁금증을 터뜨렸다.

"누구한테서 온 전환데 인상이 팍 굳어서 똥 씹은 표정이야?"

"아녜요, 아무것도."

"에이, 아무것도 아닌 게 아닌데. 지금 바로 간다면서? 어딜 가는데?"

시시콜콜 장 씨에게 말했다간 식당 골목에 삽시간에 소문이 퍼질 게 분명했다. 혜성은 대답 대신 감사히 잘 먹었다는 인사로 얼버무리고는 부리나케 경찰서로 달려갔다. 눈썹 휘날리게 달린다는 말을 몸소 체험할 만큼 빠른 속도였다.

***

제산경찰서 여성청소년과 앞에 서 있는 등신대가 혜성을 반겼다. 등신대 속 모델은 작년에 데뷔한 아이돌 그룹이었다. 혜성이 자신의 최애 아이돌을 바라봤다. 핑크 단발머리의 메인보컬 루나. 팀 내에서 키가 제일 작아 큐티 애교를 담당하면서도 노래만 부르면 성숙하게 돌변하는 음악천재 캐였다. 혜성은 우울한 날이면 그녀의 노래를 들었다. 서정적인 저음과 청량한 고음을 자유자재로 오가며 사람의 마음을 쥐락펴락하는 마력에 빠지다 보면 생각은 안개처럼 걷히고 머릿속엔 그녀의 목소리만 맴돌았다.

혜성에게 그녀는 그만큼 내적 친밀감이 높았다. 하지만 그곳에서 마주친 루나에게선 노래하는 힐러의 모습을 찾아볼 수 없었다. 경찰 유니폼을 단정하게 차려입고 검게 염색한 머리 위로 웹툰처럼 말풍선이 두둥실 떠 있었다. 말풍선 안에는 '경찰과 함께 범죄를 예방해요!'라고 적혀 있어 마치 루나가 경쾌하게 소리치는 것 같았다. 앞으로 그녀의 노래를 들을 때면 제산경찰서 여청과가 생각날지도 모르겠다는 불길한 예감이 우울하게 혜성의 마음을 짓눌렀다.

혜성이 등신대를 지나쳐 유리문을 열고 안으로 들어갔다. 어디로 가야 할지 몰라 두리번거리는데 오른쪽 책상에 앉은 여성이 손을 들어 보였다.

"이혜성 씨?"

김하진 경사였다.

"이쪽으로 오세요."

혜성이 그녀의 손짓을 따라 발을 옮겼다. 그녀의 책상 앞에는 아디다스 로고가 촘촘하게 새겨진 인디고블루

바람막이를 입은 소년이 앉아 있었다. 노란 모히칸 스타일 머리에 목 뒤로 얼핏 보이는 검은 문신, 훌쩍 큰 키… 마지막으로 본 게 일 년이 넘었으니 변할 만도 했지만, 눈앞에 앉아 있는 소년은 혜성의 기억 속 동생과는 달라도 너무 달랐다.

혜성이 어색하게 동생의 옆에 앉았다. 유성은 형을 쳐다보지도 않고 고개를 홱 돌렸다. 김하진 경사가 혜성에게 상황을 설명했다.

"제산중학교 다니는 학생 부모가 외동아들이 이유성한테 맞아서 발목이 부러졌다고 신고를 했어요. 동생도 본인이 때린 건 맞다고 시인했는데… 둘이서 같이 싸워 자기도 맞았다고 하네요."

김하진 경사가 제 얼굴을 가리키며 확인해보라는 시늉을 해 보였다.

"같이 싸웠다고? 어디 좀 봐."

혜성이 팔을 잡아서 몸을 돌리려 하자, 유성이 손을 확 뿌리치고는 모자를 푹 눌러썼다. 혜성은 벌떡 일어나 동생의 모자를 벗기고 턱을 꽉 잡아 제게로 돌렸다. 유성이 혜성의 손을 떼내려 했다.

"놔."

혜성이 손가락에 힘을 꽉 줬다. 일 년 사이 부쩍 큰 동생이라지만 동네에서 제일 큰 거구의 형을 따라오려면 아직 멀었다. 혜성은 손아귀에서 벗어나려는 동생의 턱을 부여잡고 얼굴을 꼼꼼하게 살폈다. 입술이 눈곱만큼 찢어진 것 외에 큰 상처는 없었다.

"안 다쳤어. 내가 싸움을 얼마나 잘하는데 그깟 비실한 놈한테 얻어맞을 것 같아?"

유성이 형의 팔을 탁 쳐냈다. 혜성은 동생이 다치지 않았다는 걸 확인하고서야 손에 힘을 풀었다. 김하진 경사가 한숨을 내쉬며 손가락 사이로 볼펜을 빙글 돌렸다.

"유성이 네 말은 지금… 싸움은 둘이 했으나, 네가 연호연을 일방적으로 때렸다는 거잖아, 그치?"

연호연. 어디선가 많이 들어본 이름이었다. 앞으로 해도 연호연, 뒤로 해도 연호연, 기호 1번 연호연, 연호하라 연호연. 혜성과 초등학교 6학년 때 전교회장 선거에서 맞붙었던 그 연호연. 제산시 노인들의 임플란트 비용을 싹 쓸어가는 부부치과병원 원장 부부의 아들 연호연. 혜성이 물었다.

"왜 싸운 거야?"

유성이 부루퉁하게 대답했다. 어느새 변성기까지 와서 목소리가 여러 갈래로 갈라졌다.

"아, 연호연 그 자식이 먼저 시비를 걸잖아. 내 구역에 와서는. 내가 그리로 지나다니지 말라고 분명 선포를 했는데."

"네 구역? 무슨 구역? 너 혹시 나쁜 애들이랑 어울려 다니는 거야?"

제발 그것만은 아니길 바랐다.

"그럼 집 나와서 좋은 애들이랑 어울리냐?"

유성이 비웃듯 한쪽 입꼬리를 올리곤 고개를 건들거렸다. 그러면서도 형 볼 낯은 없는지 시선은 시종일관 창밖을 향해 있었다. 혜성이 짧고 얕은 지식을 가동했다. 학원 액션 웹툰에선 이럴 때면 쌍방폭행으로 같이 걸고넘어진다. 나만 죽을 순 없으니까.

"쌍방폭행으로 저도 신고할게요."

"고작 그걸로?"

김하진 경사가 볼펜으로 유성의 입가에 붙은 검은 피딱지를 가리켰다.

"이것도 전치 2주는 나오잖아요."

웹툰에서 분명히 그랬다. 입술만 터져도 전치 2주는 나온다고. 그러니 쫄지 말라고.

"상대는 발목이 부러졌어요."

유성이 억울하다는 표정으로 엉덩이를 들썩였다.

"발목은…."

어깨를 누르는 형의 손에 유성이 엉덩이를 다시 붙이고 앉았다.

"어쨌든 같이 싸운 건 맞잖아요."

혜성이 우기자 김하진 경사가 서류를 그 앞으로 내밀었다.

"쌍방폭행으로 양쪽에서 고소한다고 쳐. 그래서 둘 다 폭행죄인 게 입증이 됐다고 쳐. 문제는 두 사람의 생일이 다르다는 거예요."

"생일이 뭐… 다른 게 당연한 거 아녜요?"

혜성의 반문에 유성이 끼어들었다.

"연호연 그 새끼, 아직 생일 안 지났어요?"

"야! 새끼가 뭐냐, 새끼가… 어른 앞에서!"

혜성이 버럭 소리를 질렀다. 유성이 움찔하며 이전의 건들거리던 자세로 돌아가 창밖을 바라봤다. 혜성이 곧바로 김하진 경사에게 사과했다. 동생에게 훈계할 때와는 완전 딴판인 말투였다.

"죄송합니다…."

혜성의 한마디가 김하진 경사의 마음을 온통 휘저었다. 어른 앞에서, 어른 앞에서, 어른 앞에서… 경찰이 된 이후로 자신을 어른으로 대하는 아이가 한 명이라도 있었던가. 폭발하는 호르몬에 지배돼 감정 제어가 불가능한 아이들과 알코올이나 약에 취해 폭력을 휘두르는 부모들. 경찰청장과 국회의원의 이름을 들먹이며 법 위에 돈과 인맥이 있다는 걸 몸소 보여준 인간들. 이런 부류와는 다른 경우는 순간의 실수로 사건에 휘말렸거나, 버려진 아이여서 어디 한 곳 기댈 데 없는 경우가 많았다. 김하진 경사는 눈앞에 앉아 있는 형제가 후자 쪽이란 걸 육감으로 알아챘다. 그녀는 혜성이 더 잘 볼 수 있도록 서류를 바싹 내밀었다.

"이유성은 3월 28일생, 만 14세. 연호연은 12월 14일생, 만 13세예요."

유성이 다리를 덜덜 떨며 조그맣게 중얼거렸다. 시발 새끼 졸라 늦게 태어났네.

"다 들린다. 욕하지 마라."

혜성이 동생의 다리를 툭 치자, 유성은 더 이상 다리를 떨지 않았다. 혜성이 김하진 경사에게 물었다.

"그러면 뭐가 달라지나요?"

"만 14세 미만은 촉법이라 형사법 적용을 안 받아요. 그러니까 결국 쌍방폭행으로 고소를 해도 이유성은 실형을 받고 연호연은 처벌을 안 받는다는 거죠."

말이 끝나기 무섭게 유성이 폭발해서 벌떡 일어났다.

"발목은 넘어져서 그런 거라니까요! 싸우다가 지 혼자 넘어져 발목 부러져놓고 집에 가서는 내가 그랬다고 구라치고… 몽땅 나한테 덮어씌운 거라고요, 연호연 그 시발 새끼가!"

김하진 경사가 책상을 소리 나게 내리쳤다. 탁탁.

"앉아."

"죄송합니다."

굽실거리며 사과한 혜성이 동생을 눌러 앉혔다. 뿔이 단단히 난 유성이 항변했다.

"형은 뭐가 그렇게 맨날 죄송해? 둘이 멱살 잡고 주먹 몇 대 주고받다가 연호연 그 새끼가 중심 못 잡고 기우뚱하더니 턱에 걸려서 혼자 넘어진 거 맞다니까."

김하진 경사가 다시 소리 나게 책상을 쳤다. 이번 소리는 아까보다 길었다. 탁탁탁탁.

"증거가 없잖아요, 증거가. 그 골목엔 CCTV도 없고 근처에 주차한 차도 한 대 없어 블랙박스도 못 구하는데… 유성이 주장만 믿고 판사가 형량을 낮춰줄 리는 없을 거예요."

"형량이 얼만데요?"

"폭행죄는 2년 이하의 징역, 5백만 원 이하의 벌금인데… 이 정도 부상이면 징역 1년에 벌금 2백은 나올 거예요."

큰일 났다. 혜성의 심장이 벌렁거렸다.

"발목 부상 빼면요?"

"못해도 벌금 오십은 나올 것 같은데…."

감옥에 안 가는 게 어디냐. 혜성이 그렇게만 돼도 다행이라고 생각하는 순간, 유성이 손뼉을 딱 쳤다.

"영상! 셔틀맨 그 새끼가 영상 찍었어!"

초등학교 전교회장 선거 때부터 연호연을 따라다니던 전용 셔틀맨 김시찬. 그 애가 유성과 연호연이 싸우는 동안 휴대폰을 들고 영상을 찍었었다.

***

으슥한 담벼락에 등을 붙이고 선 셔틀맨 위로 혜성의 그림자가 길게 드리웠다. 셔틀맨은 중학생치고도 작은 축에 속했고, 혜성은 제산시에 사는 열여덟 살 중 가장 컸다. 두 사람이 마주 서니 셔틀맨의 얼굴이 혜성의 가슴팍에 닿을락 말락 했다. 셔틀맨이 부들부들 떨리는 손으로 휴대폰을 꺼냈다. 옆에 서 있던 유성이 휴대폰을 받아 영상을 확인했다. 연호연이 유성과 멱살을 쥐고 실랑이를 벌이다 턱에 걸려 넘어지는 장면이 정확히 찍혀 있었다.

"그런데 왜 경찰한테는 영상 안 찍었다고 거짓말했어?"

혜성이 셔틀맨의 얼굴을 내려다봤다. 셔틀맨이 마른침을 삼켰다. 거구의 몸집이 자신을 내려다보고 있다는 것만으로도 겁을 잔뜩 먹어 꿀꺽 침 넘어가는 소리가 유성에게까지 들릴 정도였다.

"호… 호연이가 절대 말하면 안 된다고 해서…."

유성이 옆에서 끼어들었다.

"김시찬 너는 시발 NPC냐? 연호연 그 새끼가 죽으라면 죽을래?"

혜성은 동생 입에서 나오는 욕이 거슬렸다.

"시발 빼고, 새끼라고도 하지 말고."

유성이 짜증을 내며 바닥에 침을 찍 뱉었다.

"아무 데나 침 뱉지 말고."

"뉘에뉘에, 도덕책이세요?"

비아냥거리기는.

"싫음 그냥 갈까? 네가 감옥에 들어가든 말든 그냥 다 쌩까고?"

셔틀맨이 눈을 반짝이며 형제의 얼굴을 번갈아 봤다. 혜성이 쌩까고 그냥 가버리면 유성 하나 정도는 재빠른 발로 따돌리고 도망칠 자신이 있었다. 하지만 유성이 곧바로 꼬랑지를 내리는 바람에 희망은 물 건너가고 혜성의 훈계는 셔틀맨에게로 방향을 틀었다.

"그건 나쁜 짓이야."

"저도 아는데…."

"아는 애가 그래? 증거가 있으면서도 없다고 해서 다른 사람한테 죄를 뒤집어씌웠잖아. 연호연이 영상 주지 말라고 협박이라도 했어?"

혜성의 질문에 셔틀맨이 가만히 고개를 저었다. 어느

새 유성은 휴대폰을 들고 두 사람의 대화를 촬영하고 있었다.

"그럼 대체 왜? 이 형이 거짓말을 너무너무 싫어하니까, 꼭 사실대로 말해야 해."

혜성은 최대한 부드럽게 말했지만, 셔틀맨에게 그는 무섭게 협박하는 조폭이나 마찬가지였다. 겁에 짓눌린 목젖을 치고 딸꾹질이 튀어나왔다.

"딸꾹. 돈… 딸꾹. 돈 받았, 딸꾹, 어요. 아이패드 사라고. 딸꾹."

아이패드도 가격이 천차만별이다.

"정확히 얼마를 받았는데?"

"오, 딸꾹, 오십, 딸꾹."

"오케이, 증거 확보."

유성이 셔틀맨의 얼굴을 4배 줌으로 당겼다. 폰 화면 속 셔틀맨의 눈에 눈물이 그렁 맺혔다.

"저 영상, 형이 경찰에 증거로 넘겨도 되지?"

"안 되는데… 딸꾹. 그럼, 딸꾹, 아이패드 산 돈 받은 거 다 토해내야 하기도 하고… 우리 아빠가, 딸꾹, 부부 치과에서 잘릴 수도 있고…."

맺혀 있던 눈물이 셔틀맨의 뺨을 타고 흘렀다.

"아빠가 잘리다니?"

"우리 아빠, 꺽, 호연이네 병원에 치과 재료 납품해

요… 딸꾹, 그걸로 가족 모두 먹고사는데 거래 잘리면 끝장이니까 꺽, 호연이한테 잘하라고… 딸꾹, 아빠가 그랬어요… 그래서 맨날 빵 셔틀하고 꺽, 가방도 들어주고… 끅, 휴대폰은 못 줘요… 정말 죄송해요, 딸꾹… 으허엉….”

 셔틀맨이 끝내 울음을 터뜨렸다. 혜성이 달래려고 어깨에 손을 올리자 놀란 셔틀맨이 그 자리에 풀썩 주저앉았다. 혜성은 셔틀맨이 제 아빠가 걱정된 나머지 다리에 힘이 풀려 주저앉았다고 오해해 무릎을 굽히고 그와 눈높이를 맞춰 부드럽게 눈물을 닦고 뺨까지 쓰다듬어주었다. 혜성의 큰 손이 뺨을 스치자 셔틀맨은 당장이라도 주먹이 날아올 것만 같아 오줌을 지리고 말았다. 모르는 사람이 봤으면 거구의 남자와 노란 머리 양아치가 작고 선량한 중학생에게 삥을 뜯는다고 오해하고도 남을 광경이었다. 유성이 촬영을 멈추곤 혜성의 어깨를 툭 쳤다.

 "그냥 가자. 김시찬 휴대폰 가지고."

 "안 돼."

 "왜?"

 "그랬다간 얘네 아빠가 잘릴 수도 있대잖아."

 "안 그랬다가 내가 감방 가는 건 좋고?"

 "내가 언제 그랬어."

 "그게 아니면?"

"다른 방법을 생각해봐야지."

"무슨 방법?"

혜성이 잠시 뜸을 들이다가 입을 열었다.

"시찬이가 잃어버린 휴대폰을 내가 우연히 주운 거로 하자."

이것이 혜성의 머리로 생각해낼 수 있는 최선의 계략이었다. 셔틀맨은 제 손으로 증거를 넘긴 게 아니라서 변명거리가 생기고, 유성은 연호연의 발목을 부러뜨리지 않았다는 증거가 생겼으니 감옥에 가지 않을 것이라는 얄팍한 희망이 확신으로 굳어졌다.

어설픈 계략은 일사천리로 실행됐다. 셔틀맨의 휴대폰은 혜성의 손을 거쳐 김하진 경사에게 넘어갔다. 혜성은 입을 맞춘 대로 길에서 우연히 주웠다고 얘기했지만, 그녀는 믿지 않았다. 그래도 진술서에는 혜성이 말한 그대로 기록해주었다. 김경사의 입장에선 그러는 쪽이 편했다. 게다가 지금까지 여러 범죄자를 거친 경험 데이터에 의하면 혜성 같은 아이는 거짓말을 못 한다. 덩치만 컸지 아직 세상 물정 모르는 아이의 순수함을 간직하고 있었다. 잔머리가 팽팽 돌아가는 유성이 그렇게 말했다면 믿지 않았겠지만, 혜성은 믿을 만했다. 그는 동생을 위해 최선을 다하고 있었다. 최선을 다하는 아이를 보면 자신도 최선을 다해 도와주고 싶었다. 그런 보람이 그녀가 여청과를 자원한 이유였다. 그녀는 혜성이 연호연의 부모를 상대로 무고죄 고소장을 접수하도록 도와줬다. 그간 거짓말을 했던 연호연은 부모가 보는 앞에서 유성과 장난을 치다가 넘어진 거라고 진술을 번복했고, 김경사는 그 진술을 토대로 폭행죄가 성립하지 않는 거로 조사를 마쳤다. 그러곤 혜성에게 당부했다.

"동생 잘 보살펴야 해."

혜성은 동생을 자신의 반지하 방으로 데려갔다. 유성은 둘이 눕기도 좁다며 투덜대다가 하루 만에 다시 집을 나가버렸다. 동네를 구석구석 뒤졌지만 동생은 집 나간 고양이보다 찾기 어려웠다.

***

월급만 제때 받았으면 자취방이 지금보다 훨씬 컸을 테고, 그랬으면 동생이 다시 집을 나가는 일도 없었을 거라 생각하니 혜성은 속이 부글부글 끓었다. 어서 빨리 상주를 만나 밀린 월급을 해결해달라고 하고 싶었지만, 부검을 하느라 며칠, 캐나다에 사는 자식을 수소문하느라 또 며칠이 지나버린 탓에 장례식은 차일피일 미뤄졌다. 혜성은 매일 장례식장 로비에 걸린 현황 모니터에 사장의 사진이 뜨기만을 기다렸다.

사장이 주검으로 발견된 지 6일째 되던 날. 드디어 사장의 사진이 떴다. 매일 보던 얼굴을 장례식장 현황 모니터 속에서 보니 어색했다. 증명사진을 확대한 듯 자세는 굳었고 표정은 딱딱했다. 늘상 쓰던 모자를 벗고 한쪽 머리를 길게 넘겨 대머리를 가린 탓에 평소보다 나이가 더 들어 보였다. 사진 옆에 떠 있는 김호영이란 이름도 낯설었다. 근로계약서를 쓰던 날 딱 한 번 서류에서 본 이름. 김호영의 장례식장은 2호실이었다. 지피티에게 물어보니 장례식장에는 검은 정장을 입고 가야 한다고 해서 고물상 헌옷 더미를 뒤져 만 원 주고 정장도 샀다. 검은 구두도 마련해야 하나 고민하다가 지피티가 신발 얘기는 안 하길래 늘 신던 흰 운동화를 신고 장례식장을 다시 찾았다.

혜성은 지하 1층으로 이어진 계단을 내려가 2호실로 향했다. 사장의 영정 사진 앞을 지키는 사람은 백발이 무성한 그의 어머니, 복자 한 사람뿐이었다. 혜성이 신발을 벗고 조문실 안으로 들어갔다. 최대한 고개를 숙이고 조심스레 발길을 옮겼다. 하얀 양말이 눈에 들어왔다. 검은 양말을 신을걸 그랬나. 뒤늦은 후회가 몰려왔다.

조문객이 왔는데도 복자는 멍하니 의자에 앉아만 있었다. 아들을 잃은 황망함으로 망부석이 된 노모 앞에서 혜성은 뭘 어떻게 해야 할지 몰라 발가락만 꼼지락거렸다. 유튜브에서 봤을 땐 사진 앞에 절을 했던 것 같은데… 혜성이 어설프게 절을 하고 일어났다. 이제 뭘 해야 하지.

"한 번 더 해."

망부석이 말을 했다. 혜성이 말귀를 못 알아듣고 엉거주춤하게 서 있자 망부석이 다시 말했다.

"절 말이야. 두 번 해야지."

혜성이 그녀의 말대로 절을 한 번 더 하고 일어났다.

"그다음 상주와 맞절을 하는 거야. 이렇게."

복자가 혜성에게로 무릎을 굽혀 절을 하자 이제야 망부석이 아닌 사람으로 느껴졌다. 혜성도 그녀를 따라 맞절을 했다가 상대가 고개를 들 때까지 이마를 바닥에 대고 기다렸다. 머리맡에서 꺼이꺼이 흐느끼는 울림이 전해졌다. 슬픔은 전염되어 혜성도 어느새 눈물을 찔끔 닦아내고 있었다. 장 씨가 분명 장례식장을 지키는 상주가 상속자라고 했는데, 장례식장을 지키는 가족이 사장의 엄마밖에 없으니 그녀가 상속자인 게 분명했다. 하지만 마룻바닥에 진동이 느껴질 만큼 거세게 흐느끼는 노모에게 밀린 월급 얘기를 하려니 너무 미안했다. 오늘은 그냥 가고 내일 다시 와서 얘기할까, 고민하는데 한참을 울던 복자가 감정을 추스르고 고개를 들었다.

"우리 호영이와는 어떤 사이야?"

혜성은 복자의 슬픈 눈을 봤다간 마음이 약해질 것만 같아 마룻바닥에서 검게 회오리치는 옹이 무늬에 시선을 고정했다.

"공장 직원이었는데요."

"호영이가 공장에선 좋은 사장이었나 보네. 이렇게 직원이 장례식까지 온 걸 보니."

복자가 희미하게 미소 지었다. 좋은 사장이란 말을 듣자 혜성의 마음이 아니꼬웠다. 화가 나면서 눈앞이 빙빙 돌고 머릿속이 하얘지더니 말이 갑자기 제멋대로 튀어나왔다.

"좋은 사장 아니었는데…."

혜성이 안주머니에서 근로계약서를 꺼내 복자에게로 내밀었다.

"근로계약서에 분명 월급 이백만 원, 수습 6개월 후 정직원 전환, 수습 기간 동안은 월급의 90프로 지급이라고 써 있는데… 사장님 돌아가시던 날 수습이 끝나는 거였는데… 정직원 전환 못 한 건 어쩔 수 없다고 해도 6개월 동안 월급을 한 푼도 못 받았어요."

"…우리 호영이가 월급도 안 주는 나쁜 사장이었다는 거야?"

복자의 목소리가 마치, 하늘이 무너졌다고? 땅이 꺼졌다고? 하고 묻는 사람처럼 절망적이었다.

"나쁜… 사장님이 월급을 안 줘서 동생이 집을 나갔으니까… 나쁜 사장 맞아요."

"아니야."

"맞아요."

"아니야! 우리 호영이는 나쁜 사람이 아니야. 정말 순하고 착한 애였다고!"

복자가 소리쳤다. 시장 골목 식당 주인들을 이끌고 장례식장으로 들어오던 장 씨가 고함을 듣고 서둘러 구두를 벗었다. 복자가 혜성의 팔을 부여잡았다.

"어떻게 공장 직원이었다는 사람이… 사장이 죽었는데 슬프지도 않니? 사람이 죽었어… 사람이 죽었다고! 남의 장례식장에 와서 곡은 못 할망정 이딴 걸 내밀다니…."

복자가 근로계약서를 찢었다. 월급의 증거가 두 갈래로 쭈욱 찢겨 나갔다. 찢어진 계약서를 바라보며 혜성은 자기 안에서 무언가가 툭, 끊어지는 것을 느꼈다.

"그래요, 안 슬퍼요. 그래서 뭘… 그래서 뭘 어쩌자고요! 사장님 죽었다고 직원도 따라 죽어야 할머니 속이 시원하시겠어요? 여기서 죽는 꼴 보고 싶지 않으면… 내 돈 내놔요. 내 돈 천팔십만 원 내놓으라고!"

가슴과 머리를 이어주던 가느다란 도화선, 인내와 예의의 최종방어선이 끊어지자 가슴속 다이너마이트에 불이 붙으며 이성과 기억을 모조리 날려버렸다. 혜성은 자기가 무슨 말을 하는지 알 수 없었다. 울대를 치고 터져 나오는 말이 공장 기계 소음처럼 귓가에 웅웅댔다. 듣고 보고 말하는 모든 감각이 아득하게 멀어지며 뒷목이 뻐근했다. 장 씨와 식당 주인들이 달려와서 영정 사진을 바닥에 내팽개치는 혜성을 말렸다. 혜성은 무쇠 같은 손으로 사람들을 모두 밀쳐내고 바닥에서 가장 뾰족해 보이는 유리 조각을 집어 들고 소리쳤다.

"돈 안 주면 여기서 확 죽어버릴 거예요!"

유리 조각으로 손목을 그으려는 찰나, 장 씨가 의자로 혜성의 뒤통수를 후려쳤다. 혜성이 쓰러지며 복자를 바라봤다. 그녀의 주름진 얼굴이 옆으로 기우뚱하나 싶더니 쿵, 소리와 함께 눈꺼풀 아래로 사라졌다.

3. 믿지도 않는 신에게

휴대폰 알람이 울렸다. 복자가 힘들게 눈을 떴다. 금방이라도 아들이 밥을 달라며 방문을 열 것만 같았다. 알람이 제풀에 지쳐 꺼졌다. 숨 막히는 고요가 뒤따랐다. 집에는 아무도 없다. 다시는 아들의 모습을 볼 수 없다. 이 집엔 복자 혼자 남았다. 그게 현실이다. 슬픔에 젖은 몸이 눅눅하게 방바닥 아래로 가라앉는 것만 같았다. 아들의 장례식이 끝나고 하루를 꼬박 누워만 있었다. 잠이라도 잤으면 이렇게 몽롱하진 않을 텐데. 상념이 두더지처럼 머릿속을 파헤치는 바람에 잠들 수가 없었다. 골이 지끈했다. 우리 호영이가 어쩌다가 그렇게… 내 아들의 인생이 어쩌다 이리도 허망하게 끝나버렸을까, 한스러웠다. 이혼한 전 부인이야 어쩔 수 없다고 하더라도 자식마저 외면한 장례식에 그나마 찾아온다는 놈이 고작 행패를 부리는 직원이라니. 한숨을 내쉬지만 울지는 않았다. 장례식장의 난동을 겪은 이후론 이상하게 눈물이 안 나왔다.

아들이 세상에 남기고 간 유일한 핏줄, 손녀가 보고 싶었다. 하지만 어떻게. 손녀는 제 엄마와 함께 캐나다로 떠난 지 십 년이 넘어 오래전에 연락이 끊겼다. 아직 제 아빠가 죽었다는 사실조차 모르겠지. 연락을 해야 할 텐데. 호영이의 휴대폰에 캐나다 연락처가 저장돼 있으려나. 연락처가 있으면 뭐 해. 휴대폰이 없는데. 아들의 휴대폰은 감쪽같이 사라졌다. 경찰이 강변과 강물 속, 냉면기계공장과 집까지 샅샅이 뒤졌는데도 휴대폰은 나오지 않았다. 강물에 휩쓸려 떠내려가기라도 한 모양이었다. 몹쓸 놈의 자식. 어미가 시퍼렇게 두 눈 뜨고 살아 있는데 자식이 먼저 강물에 몸을 던져? 세상 불효자 같으니라고. 복자가 머리맡에 놓인 제 휴대폰을 쥐었다. 지갑형 케이스를 열자 종 모양 아이콘 옆으로 큼지막한 글씨가 떠 있다. 요양병원 가는 날. 요양병원 간호사가 매주 수요일 아침 6시에 반복해서 울리도록 설정해준 알람이었다.

복자는 휴대폰을 옆으로 치우고 다시 눈을 감았다. 송곳으로 콕콕 찌르는 듯한 통증이 온몸을 쑤셔댔다. 남편은 일 년 전 치매로 요양병원에 입원했다. 최대한 복자의 손으로 집에서 보살피려 애썼지만, 하루에도 몇 번씩 속옷을 적시는 남편의 뒤치다꺼리를 하다 보니 관절이 남아나질 않았다. 보다 못한 아들이 아버지를 요양병원으로 보내기로 결정했다. 앉은뱅이 화장대 선반 위에 아들이 사다 준 원통형의 콘드로이친 영양제는 여태 남아 있는데 아들이 먼저 갔다.

복자가 이불 속에서 몸을 뒤척였다. 남편을 만나면 뭐라고 해야 할까. 우리 호영이가 죽었어요, 여보. 라고 말한들 치매로 가족도 못 알아보는 남편이 아들을 기억이나 할까. 그냥 오늘은 한 주 건너뛸까. 그러면 남편은 보육 시설에 맡겨진 아이처럼 우리 엄마 왜 안 오느냐고 떼를 쓰겠지. 복자는 자신을 엄마인 줄 아는 남편이 눈에 밟혔다.

"끄응."

결국 이불을 걷어내고 몸을 일으켰다. 너무 오래 누워 있던 탓에 팔다리가 저릿하고 허리에서 등으로 이어진 척추는 나무토막처럼 뻣뻣했다. 벽을 짚고 겨우겨우 일어나 화장실로 걸음을 옮겼다. 무거운 발이 교대로 바닥을 쓸다가 문턱에 턱 하니 걸렸다. 어어, 소리칠 새도 없이 몸이 고꾸라졌다. 복자는 바닥에 머리를 쿵 박고 쓰러져 의식을 잃었다.

***

 1974년 가을의 복자는 대체로 행복했다. 그해 가족은 오로라맨숀에 입주했다. 당시 오로라맨숀은 제산시 최초의 신식 아파트라 복자가 이사 온 장평동 일대가 신흥 부촌으로 떠오를 것이란 전망이 줄을 이었다. 젊은 나이에 새집을 장만한 남편은 의기양양해서 거실 벽에 액자를 걸 못을 박았고, 이제 막 걸음마를 뗀 호영이 아빠와 엄마 사이를 뒤뚱뒤뚱 오갔다. 복자는 아들이 걸음을 옮길 때마다 옳지, 잘한다, 추임새를 넣으며 가족사진을 마른 수건으로 고이 닦았다. 남편이 방금 망치질을 한 못에 사진을 걸었다. 복자가 한 걸음 뒤로 물러나 좌우 수평이 맞나 확인했다. 남편은 복자가 알려주는 대로 왼쪽으로 한 번, 오른쪽으로 두 번 액자를 움직여 수평을 맞추었다. 그럭저럭 균형 잡힌 인생이었다.

 새벽녘엔 신문과 우유 배달부가 계단을 오르내렸고, 집집마다 도마에 칼질하는 소리, 찌개 끓는 냄새, 자명종 시계 소리로 분주했다. 남편이 출근하고 나면 어김없이 싱싱한 생선과 야채를 실은 트럭이 입구에 도착해 스피커를 켰고, 일주일에 한 번은 301호 아주머니의 조카라는 방문 판매 아가씨가 커다란 가방에 화장품을 잔뜩 넣어와서 맨숀에 사는 주부들에게 팩을 해줬다. 찬 바람이 불어오는 11월 마지막 주엔 중정에 모여 다 같이 김장을 했다. 김장독은 지하창고에 보관했는데, 505호라고 적힌 장독이 가장 많았다. 장독의 숫자만큼 부자가 된 것 같은 기분이 들어 복자는 매년 김장을 늘려나갔다. 나중에는 시댁과 친정, 초등학교 동창들에게까지 나눠주고도 김치가 남아돌아 가까운 보육원과 양로원에 기부했다. 시간이 언제 이렇게 흘러버렸을까. 서른이 훌쩍 넘어 장가를 간 아들 호영이 며느리, 손녀와 함께 놀러 올 때면 집이 작게 느껴질 정도로 북적거렸는데… 이젠 혼자다.

 복자가 겨우 눈을 떴다. 눈꺼풀 들어 올리기도 힘든데 몸을 일으킬 수 있을 리 만무하다. 아무리 애를 써도 몸이 말을 듣지 않는다. 손가락 하나도 까딱할 수 없는 채로 의식이 가물가물해졌다. 이제는 집에 찾아올 사람도 없는데. 혼자서 일어나지 못하면 아무도 일으켜줄 사람이 없는데. 텔레비전에서나 보던 고독사가 생각났다. 생을 마감한 지 한 달이 지나서 발견됐다, 두 달이 지나서 발견됐다… 이런 뉴스를 볼 때면 저 사람들은 가족도 없나 싶어 애달팠는데 지금은 내 처지가 딱 그거구나 싶다. 섬뜩한 고독이 밀려왔다. 의식이 고독 아래로 아득하게 침잠했고, 몸은 자꾸만 까무룩 잠이 들었다.

 마지막 힘을 짜내 의식을 끌어올린 복자는 한 번도 믿

어본 적 없는 신께 기도하기 시작했다. 사람을 보내주세요. 누구라도 좋으니 제발 내게 사람을 보내주세요. 그러면 그를 내 가족처럼 아끼며 살겠습니다. 제발 내게 사람을 보내주세요. 현관문을 향하던 복자의 눈이 다시 감기고 기도하던 마음도 잠들 즈음 딩동, 초인종이 울렸다. 고요했다. 딩동. 다시 초인종이 울리고 다시 고요가 찾아오더니 일정한 간격으로 벨이 울렸다. 딩동. 3초. 딩동. 3초. 딩동. 3초. 딩동. 3초. 딩동… 쾅쾅쾅쾅 -! 현관문 두드리는 소리와 함께 목소리가 들려왔다.

"문 열어요! 안에 있는 거 다 알아요. 경비 아저씨가 505호 할머니 집에 들어가서 밖으로 한 번도 안 나왔다고 했거든요? 그러니까 없는 척하지 말고 문 열란 말이에요! 내 돈 천만 원 줄 때까지 한 발자국도 안 움직일 거니까 그렇게 알아요!"

그 아이다. 호영의 장례식장에 와서 밀린 월급을 달라며 행패를 부린 소년. 지금 당장 돈을 주지 않으면 죽어버리겠다며 유리 조각으로 제 손목을 그으려 했던 아이. 하필이면 그 아이, 혜성이었다.

***

쾅쾅쾅쾅 -! 혜성이 505호 문을 두드렸다. 주먹 쥔 왼

손이 빨갛게 부어올랐다. 계속 문을 두드렸다간 왼손도 붕대 신세를 져야 할 지경이었다. 오른손은 장례식장에서 유리 조각에 베어 이미 붕대를 감고 있으니, 그랬다간 당분간 양손을 모두 못 쓰게 된다. 주먹 대신 발로 문을 뻥 차던 혜성은 돌연 이상한 기분에 휩싸여 발길질을 멈췄다. 복도 길을 따라 바람 소리가 휘잉 스쳐가자 주위가 잠잠해졌다.

조용해도 너무 조용했다. 아무리 인기척을 숨긴다고는 해도 어떻게 사람이 공기처럼 고요할 수가 있지? 이 정도로 시끄럽게 굴었으면 옆집이라도 나와봐야 하는 거 아닌가. 복도형 맨숀엔 층당 12호의 집이 닭장처럼 늘어서 있었다. 소리 나게 문을 두드리기 시작할 때만 해도 이웃들이 시끄럽다고 항의할까 봐 조마조마했다. 혹시라도 험한 이웃을 만나 호된 말을 들을 수도 있었다. 그럴 경우 자초지종을 얘기하고 505호를 향해 협공을 퍼부어달라고 부탁할 생각이었다. 그런데 이건… 뭔가 잘못돼도 단단히 잘못된 게 분명했다. 잘못됐다고 느꼈을 땐 처음으로 되돌아가야 한다. 게임을 할 때도, 공장에서 냉면기계를 만들 때도 그런 방식으로 문제를 해결해왔다. 혜성은 오로라맨숀의 첫 번째 관문인 경비실로 향했다.

입구에 붙은 한 평 남짓한 작은 경비실에선 60대 경비원이 태블릿으로 넷플릭스 최신 영화를 보고 있었다. 혜성이 노크를 하고 경비실 문을 열었다.

"저기… 아저씨."

경비가 영화를 일시 정지하고 안경을 벗었다. 돋보기 너머로 커다랗게 보이던 눈이 반으로 줄어들며 하회탈에나 붙어 있을 실눈으로 변했다.

"아까 505호 할머니 계시냐고 물어봤던 분이네요."

경비실에 어울리지 않는 기품있는 목소리였다.

"네, 그런데 할머니가 안 계세요."

혜성은 최대한 공손하게 말했다.

"안 계신다고요?"

"네, 아무리 문을 두드려도 안 나오세요."

경비가 태블릿 속 영화의 타임라인을 봤다. 42분 51초. 영화를 시작할 때 방문객이 들어왔으니 40분 동안이나 문을 두드렸다는 소리다. 혜성이 말을 이었다.

"더 이상한 건 문을 시끄럽게 두드리고 발로 찼는데도 아무도 안 나와요. 보통 이 정도면 옆집에서도 시끄럽다고 화를 낼 텐데…"

"이웃이 없어서 그래요. 3동은 505호 빼고 다 이사를 나가서 옆집에는 아무도 안 살거든요."

경비가 입구에 붙은 재개발 현수막을 가리켰다. 오로라맨숀은 작년에 실시한 점검에서 안전등급이 낮게 나와 재개발 허가를 기다리는 중이었다. 제산시 인구가 줄면서 자연히 빈 집이 늘어나기도 했지만, 안전등급 문제 때문에 몇 안 남은 입주민들도 부동산개발업자에게 웃돈을 받아 집을 팔고 이사를 나가버렸다. 남은 입주민은 전체를 통틀어 단 세 가구뿐이었다.

"그러면 505호는요?"

"505호는 아직 살고 있죠."

505호는 아들이 집을 담보로 여러 군데서 중복으로 불법 대출을 받은 탓에 이러지도 저러지도 못하고 눌러앉아 있었다. 경비는 이런 얘길 어린 사람에게 하는 건 적합하지 않다는 생각에 시시콜콜한 이유는 생략했다. 그래도 분명 어제 낮에 505호 할머니가 상복을 입고 귀가한 이후로 나가는 걸 못 봤는데 40분이나 인기척이 없다니. 예감이 안 좋았다. 그가 비상키를 꺼내 들었다. 맨숀의 모든 문을 열 수 있는 만능키였다.

"올라가봅시다."

경비가 다부진 걸음으로 앞장섰다. 한 걸음에 두 계단을 오를 만큼 보폭도 시원시원했다. 하지만 그보다 머리 두 개쯤 큰 혜성은 뒤따라 걷기가 여간 답답한 게 아니었다. 타고난 다리 길이에 차이가 나는 건 어쩔 수가 없어 평소보다 소폭으로 조심스레 뒤따를 수밖에 없었다. 505호에 도착한 경비는 초인종을 세 번, 노크를 세 번

하고는 마치 안에서 누군가가 듣고 있는 것처럼 예의 바르게 소리쳤다.

"실례하겠습니다."

만능키로 현관문을 열자 안방 문턱에 걸려 기절한 복자가 보였다. 경비가 신발을 신은 채로 달려 들어갔다.

***

간호사가 포도당 수액을 연결하는 동안 응급실 의사가 경비에게 다가갔다.

"남편분, 검사 결과 나왔는데 당뇨는 없으시네요. 식사를 얼마나 안 하신 거예요? 저혈당 쇼크가 올 정도면 꽤 긴 시간 동안 공복이셨던 것 같은데."

경비는 남편이란 오해를 애써 정정하지 않고 차분하게 대답했다.

"아들의 장례를 치르느라 그만… 식사에 신경을 못 썼나 봅니다."

"아들 장례요?"

경비는 말없이 고개를 끄덕였다.

"예. 슬픔은 마음뿐 아니라 몸도 아프게 하는 법이죠."

의사가 대충 어떻게 된 건지 알겠다는 듯 잠든 복자의 얼굴을 돌아봤다.

"15분만 늦었어도 후유증 있으실 뻔했어요."

"후유증이라면…."

"뇌에 문제가 생길 뻔했는데, 다행히 제때 병원에 오셨으니 일단 포도당 수액 맞고 경과 보면서 혈당 수치 다시 체크할게요."

의사가 다른 병상으로 가자 간호사가 원무과에 접수하라고 친절하게 알려줬다.

혜성은 복자의 옆에 혼자 있기가 두려워 경비를 따라갔다. 원무과 직원에게 자신이 환자를 데리고 응급실로 오게 된 경위를 밝힌 경비는 환자의 신분증을 가져오지 못했으니 사진을 전송받아 보여줘도 되겠냐고 물었다. 원무과 직원이 옆에 앉은 다른 상급자에게 그래도 되느냐고 확인하니, 상급자가 팩스로 보내달라며 메모지에 팩스 번호를 적어줬다.

경비는 곧장 관리소장에게 전화를 걸어 505호에 가서 할머니 신분증을 찾아 병원 팩스로 보내달라고 부탁했다. 그러고선 그녀에게서 들은 할머니의 이름 세 글자를 간호사에게 알려주었다. 간호사는 곧 응급실로 가 침대 프레임에 새 이름표를 붙였다. 명복자. 따라 들어온 혜성이 이름표를 물끄러미 바라봤다. 장례식장에서부터 응급실에 오기까지 한 번도 궁금해본 적 없는 이름이었다. 그에게 복자는 그저 사장의 엄마, 밀린 월급을 대신 받아내야 할 상주였다. 죄책감이 몰려왔다. 슬픔 때문에 기절할 정도로 힘든 사람에게 돈을 안 주면 죽겠다고 협박까지 한 자신이 쓰레기 같았다. 경비가 물었다.

"505호 아드님의 회사 직원이었다고 했죠?"

"네."

"볼일이 뭐였어요? 새벽부터 찾아올 정도면 중요한 일이었을 텐데."

"저, 그게… 돈이요."

"돈?"

"사장님이 제 월급을 6개월 동안 안 주셨거든요. 월급의 전부는 아니고 90퍼센트… 아직 수습이라… 6개월 수습 기간이 끝나면 정직원 시켜주겠다고 했는데 갑자기 돌아가셨어요."

혜성이 주머니에서 너덜너덜해진 근로계약서를 꺼냈다. 장례식장에서 복자가 찢었던 서류를 복구하느라 군데군데 투명테이프가 붙어 있었다. 경비가 근로계약서를 받아들더니 돋보기안경을 끼고 한 글자씩 눈으로 읽어내려갔다. 돋보기 탓에 몇 배나 커져 보이는 눈이 총명하게 반짝였다. 계약서를 모두 읽은 경비가 안경을 코끝으로 내리자 다시 하회탈의 갸름한 눈이 됐다. 하회탈 눈이 혜성을 바라봤다.

"그래서 505호에 밀린 월급을 받으러 왔다는 말입니까?"

"네."

"명복자 님에게요?"

그 질문이 행패를 부리러 왔냐고 질책하는 것처럼 들려 대답하는 혜성의 목소리가 쪼그라들었다.

"…네."

"헛수고예요."

단호한 한마디가 혜성을 놀라게 했다.

"네?"

"명복자 님이 상속을 포기하면 밀린 급여를 줄 의무가 없어지니까요."

혜성은 뒤통수를 세게 맞은 것처럼 얼떨떨했다.

"그럼 제 돈은 어디서 받아요?"

"…못 받아요. 그러니까 헛수고하지 말고 빨리 다른 일을 찾아봐요."

경비의 목소리는 차분하면서도 냉정했다. 혜성은 지난 노동의 대가를 아무 데서도 보장받을 수 없다는 사실에 절망했다. 사회란 게 원래 이렇게 잔인한 건지, 자립청년인 자신에게만 유독 더 잔인한 건지 알 수 없었다. 왜 첫 월급을 못 받았을 때 당장 그만두지 않았냐는 장씨의 잔소리가 떠올랐다.

경비가 혜성을 내버려두고 휴대폰을 받으며 복도로 나갔다. 관리소장이 복자의 신분증을 팩스로 보냈다고 알려왔다. 경비는 원무과로 가서 접수와 동시에 수납을 했다. 직원에게 영수증과 신용카드를 받아서 돌아서는데, 혜성이 멀찌감치 서 있었다. 병원에 오는 길에도 경비의 그랜저를 타고 왔는데, 수십만 원이나 되는 응급실 비용까지 카드로 계산하는 걸 보며 혜성은 원래 경비직이 이렇게 돈을 잘 벌었나 궁금했다.

"경비원은 돈 잘 벌어요?"

소년과 청년 중간 즈음인 사회초년생의 뜬금없는 질문에도 경비는 차분하게 대응했다.

"글쎄요. '잘'이라는 기준이 어디냐에 따라 다르겠죠."

혜성은 뉴스에서 본 평균 월급이 떠올랐다.

"월급이 삼백만 원 넘어요?"

"아니요."

"그런데 아저씨는 왜 돈이 많으세요?"

"돈이 많다니. 왜 그렇게 생각해요?"

"그랜저 타고 다니고, 병원비도 바로 카드로 계산하고… 휴대폰도 최신형이고… 아까 보니까 태블릿도 백만 원 넘는 거던데… 동생이 그거 갖고 싶다고 해서 가격을 찾아본 적이 있거든요. 월급만 잘 나온다고 하면 저도 경비가 되고 싶어서요."

경비의 얼굴에 미묘한 그늘이 스쳤다. 그가 왜 저런 표정을 짓는지 혜성은 알 수 없었다.

"몇 살이에요?"

"만으로 열여덟이요. 다음 달에 생일 지나면 열아홉이 돼요."

"열여덟… 그 나이에 경비를 하겠다는 사람은 드물어요. 나도 처음부터 경비였던 건 아니었으니까."

"아저씨는 처음에 뭐였는데요?"

"그 나이 땐 대학생. 대학교 졸업한 후론 은행에 취직해서 33년을 다니다가 정년퇴직했어요. 집에 혼자 있기 적적해서 2년 전부터 경비 일을 시작했고…."

"그럼 경비를 취미로 한다는 거예요?"

모든 경비 아저씨들이 취미로 일을 한다고 생각하니 세상이 달라 보였다. 지금까지 혜성을 스쳐 지나간 경비원들의 전직이 은행원, 선생님, 직장인, 기타 등등, 어쨌든 경비가 아닌 다른 직업이었다면 경비는 치킨집 같은 거였다. 혜성은 중학생 때부터 배달 아르바이트를 하면서 대개의 치킨집 사장님은 퇴직금으로 가게를 차린다는 사실을 알게 됐다. 그렇게 장사를 시작한 사장님 세 명 중 두 명은 망했는데, 삼거리에 있는 치킨집 간판이 세 번 바뀔 동안 혜성은 중학교 2학년에서 고등학교 2학년이 됐고, 내내 같은 자리의 치킨집에서 배달 아르바이트를 했다. 생닭 공급처도 똑같고, 혜성이 하는 일도 똑같았지만, 치킨 브랜드와 사장님만 바뀌었다. 양념치킨이 간장 양념치킨과 고추장 양념치킨으로 분화했다가 다시 마늘 간장 양념치킨, 불맛 아사삭 고추장 양념치킨으로 길어지는 사이 첫 번째 사장님은 1년 만에, 두 번째 사장님은 3년 만에 치킨집을 정리했는데 마지막에 개업한 치킨집은 얼마나 갈 수 있을지 모르겠다. 혜성은 인생 2막으로 망한 치킨집 자리에 새로운 치킨집을 차리기보다 경비 일을 알아보는 게 현명할 거라는 생각이 들었다. 경비는 퇴직금을 투자할 필요도 없고, 망하더라도 다른 아파트로 옮겨가면 될 일이니 리스크가 적다. 물론 세 번째 치킨집 사장님에게 이런 말을 해봤자 씨알도 안 먹힐 것 같긴 했다. 치킨집 사장님한테는 '님' 자를 붙이지만, 경비를 경비'님'이라고 부르지는 않으니까.

이렇게 따지고 보니 혜성은 경비를 취미로 하느냐는 자신의 질문이 잘못됐다는 생각이 들었다. 치킨집 사장님이 치킨을 취미로 튀겼다면 기름이 튈 때마다 그렇게 욕을 해대지는 않았을 것 같았다. 취미의 기본은 즐거움인데 혜성은 치킨을 즐겁게 튀기는 사장님을 단 한 번도 본 적이 없었다. 그 말인즉슨 경비 아저씨도 경비 일을 즐겁게 하지 않을 수 있다는 소리였다. 다행히 아저씨는 혜성의 잘못된 물음을 듣지 못한 듯 대답 대신 다른 질문을 했다.

"이름이 뭐예요."

"이혜성이요."

혜성이 대뜸 대답했다. 경비 아저씨는 월급만 잘 나온 다면 경비가 되고 싶다는 열여덟 소년이 궁금해졌다.

"혜성 군은 꿈이 뭐예요."

경비는 호의로 한 질문이었지만, 꿈이라는 단어 하나가 비수처럼 혜성의 가슴을 찔렀다. 왜 젊은이라면 당연히 꿈이 있어야 하는 것처럼 묻는 걸까, 만나는 어른들마다 왜 이렇게 꿈 타령을 하는 걸까, 나에 대해 잘 알지도 못하면서 쓸데없는 관심을 쏟고 싶어 안달이 나 있는 걸까, 배알이 꼬였다.

"저는 꿈 못 꿔요."

"아니, 그게 무슨⋯."

그렇다고 응급실 한가운데서 자신의 삶을 구질구질하게 설명하기도 싫었다.

"제가 꿈을 꾸면⋯ 아저씨가 책임질 거예요?"

혜성의 목소리에 날이 섰다. 어느새 정신이 들어 대화를 엿듣고 있던 복자가 침대에서 벌떡 일어났다.

"시끄러워서 누워 있을 수가 없네. 치료 다 받았으면 집에 갑시다. 그리고 박 씨는 병원비 영수증을 날 줘요. 나중에 갚을 테니."

복자가 경비의 손에 들린 병원비 영수증을 가로채서 밖으로 나갔다.

***

 그랜저가 오로라맨숀 입구에 도착했다. 경비가 운전석에서 재빨리 내려 뒷좌석 문을 열고 복자를 부축했다. 조수석에서 내린 혜성은 이제 어디로 가야 할지 몰라 쭈뼛거리며 제 발만 내려다봤다.
 "됐으니까 이만 가봐요."
 복자가 경비를 등 떠밀었다.
 "댁에까지 모셔다드리고 갈게요."
 "괜찮다니까 자꾸 그러네."
 "계단 오르시다가 또 쓰러지기라도 하면 이번엔 정말 큰일 나요."
 사양해도 경비가 계속 고집을 부리자 복자는 혜성을 끌어들였다.
 "여기 혜성이가 있는데, 뭐. 올라갔다가 갈 거지?"
 복자와 경비가 대답을 기다리며 그를 바라봤다.
 "네."
 어차피 할 일도 없는 혜성이었다. 대답이 떨어지자마자 경비는 부축했던 손을 놓고 복자를 향해 공손하게 목례를 했다.
 "그럼 저는 집에 가서 눈 좀 붙이고 교대 시간에 맞춰 다시 나오겠습니다."

그러고선 혜성을 향해 응급실에서 못다 한 얘기를 마무리했다.

"자기 꿈에 대한 책임은 스스로 져야 해요."

"아, 꿈 없다니까 자꾸 왜 그러세요."

혜성이 다시 짜증을 내자 복자가 손사래를 쳤다.

"그놈의 꿈 타령 좀 그만하고 박 씨는 얼른 가봐요. 혜성이 너는 나랑 같이 올라가고."

복자가 입구로 걸어 들어가자 혜성이 그녀의 어깨를 감싸고 부축했다. 뒤에서 그랜저가 출발하는 소리가 들렸다. 차 소리가 멀어지고 계단에 이르자 복자가 혼잣말처럼 중얼거렸다.

"꿈이 없긴, 왜 꿈이 없어. 호영이 장례식장에선 밀린 월급 받아 동생하고 같이 사는 게 꿈이라고 해놓고선."

"어떻게 그런 게 꿈이 된다고… 꿈은 의사, 변호사, 아이돌, 웹툰 작가 같은 거지… 저는 꿈 없어요. 월급만 잘 나오면 돼요. 그리고 그땐 너무 화가 나서… 죄송합니다."

"죄송할 게 뭐 있어. 호영이 그놈이 나쁜 놈이지. 어디 부모도 없는 애를 돈도 안 주고 홀랑 일을 시켜 먹어서…."

복자가 혜성을 힐끔 보고는 말을 덧붙였다.

"장 씨가 그러더라고. 너도 다 사정이 있어서 그러는 거니까, 너무 미워하지 말라고."

장 씨가 동네방네 소문을 다 낸 모양이었다. 이제는 복자까지 자신을 동정의 눈길로 볼 거라고 생각하니, 혜성은 어서 그 눈길에서 도망치고 싶었다. 복자는 2층 계단에서 잠시 쉬었다가 5층까지 무사히 올라왔다. 그사이 혜성의 배에서 연신 꼬르륵 소리가 났다. 혜성은 할머니를 집에 모셔다드린 후 버스정류장 앞에 있는 편의점에 가서 컵라면과 김밥을 사 먹어야겠다고 생각했다. 천 원짜리 어묵 삼각김밥에 구백 원짜리 얼큰 라면을 곁들이면 이천 원이 채 안 되는 돈에 한 끼를 해결할 수 있어 혜성이 즐겨 찾는 조합이었다. 입안을 감도는 쌀알과 얼큰한 라면 국물을 떠올리자 자기도 모르게 군침이 돌았다. 혜성은 복자가 505호 현관문을 열 때까지 옆에서 얌전히 기다렸다가 인사를 했다.

"그럼 안녕히 계세요."

돌아서는 혜성을 복자의 말 한마디가 멈춰 세웠다.

"월급 안 받고 그냥 가게?"

"주시게요? 경비 아저씨 말로는 유산 포기하면 못 받는다던데…."

"다른 건 몰라도 네 월급은 내가 책임질게… 근데 지금은 나도 돈이 없어서 당장은 안 되고…."

혜성의 배에서 어마어마하게 큰 소리가 났다. 꼬로로로로옥. 그 소리를 들으니 복자까지 갑자기 허기가 졌다.

"일단 밥부터 먹자. 아침도 안 먹고 왔었지?"

혜성이 말없이 고개를 끄덕였다.

"지금 시간이 몇 신데 아침부터 쫄쫄 굶고 있어. 들어와."

복자가 투덜대며 집 안으로 들어갔다. 저 아쉬운 것한테 뭐라도 먹여야지, 창자에서 골짜기 소리가 나는 아이를 그냥 돌려보낼 수는 없었다.

***

냉장고엔 유통기간이 임박한 두부 한 모와 검은 비닐봉지에 둘둘 싸놓은 돼지고기가 들어 있었다. 복자가 아들에게 김치찌개를 해주려고 마트에서 사둔 재료였다. 찌개를 하려면 지하창고에서 묵은지를 가져와야 했다. 복자가 찬장에서 빨간 통을 꺼내 비닐장갑 한쪽을 통 안에 넣었다. 여기까지 겨우 올라왔는데 다시 지하까지 내려갔다 올 생각을 하니 아득했다. 나이가 들면 별게 다 두려워진다. 이럴 땐 호영이가 지하에서 김치를 가져오곤 했는데. 뒤를 돌아보니 혜성은 아직 신발도 안 벗은 채 현관에 문짝처럼 서 있었다.

"저는 그냥 편의점에서 먹어도 되는데… 저 때문에 괜히 요리하다가 또 아프시면…."

복자가 빨간 통을 내밀었다.

"헛소리 말고 이거 들고 지하창고에 가서 묵은지 반 포기만 가져와. 제일 안쪽에 묵은지라고 써놓은 장독에서 꺼내면 돼."

혜성은 빨간 통을 바라보기만 했다.

"안 가? 네가 안 가면 몸 아픈 내가 직접 지하까지 내려갔다가 다시 올라와야 돼. 무거운 묵은지까지 들고선."

"가… 갈게요."

그제야 빨간 통을 받아들었다.

"뭐 가져오라고 했는지 기억하지?"

"네. 지하창고, 제일 안쪽 장독, 묵은지 반 포기…."

혜성은 잊어버리지 않으려 자신에게 부여된 임무를 중얼거리며 현관문을 열었다. 관리소장이 초인종을 누르려다가 놀라서 물러섰다. 문짝보다 큰 청년도 놀라서 머리를 쿵 박았다. 이 사람은 누구지.

"명복자 어르신 안 계세요?"

관리소장이 경계하며 물었다. 그녀의 목소리를 들은 복자가 문짝 뒤로 나타났다.

"소장님 왔어?"

아들의 장례식에 3일 내내 와준 고마운 사람이라 얼굴을 보는 것만으로도 안심이 됐다. 혜성은 제 몸이 두 사람의 시야를 가리지 않도록 옆으로 비켜섰다. 관리소장이 특유의 나긋나긋한 음성으로 안부를 물었다.

"몸은 좀 어떠세요? 아침에 박 씨 아저씨가 응급실이라면서 전화를 했더라고요. 급하다고 해서 집주인 허락도 없이 집 안에 들어가서는 주민등록증 찾아다가 팩스로 보냈는데…."

"괜찮아. 오히려 내가 고맙지."

"마침 박 씨 아저씨가 어르신 귀가하셨다고 문자를 보내줘서 주민등록증도 돌려드릴 겸 찾아뵌 거예요. 정말 괜찮으신 거 맞죠?"

"그냥 며칠 제대로 못 먹어서 몸이 부실해진 거야. 이제부터 잘 먹고 푹 쉬면 나을 거니까, 걱정 말아."

"무슨 일 있으면 바로 호출 버튼 누르세요."

"신경 써줘서 고마워."

"별말씀을요. 당연히 그래야죠. 그럼 저는 이만 가 볼게요."

돌아서던 관리소장이 혜성과 마주쳐 움찔했다. 복자는 가져오라는 묵은지는 안 가져오고 멀뚱하게 서서 대화를 듣고 있는 문짝 같은 아이가 답답했다.

"거기 서서 뭐 하고 있어. 빨리 가서 가져와."

관리소장이 혜성의 손에 들린 빨간 통을 보고 뭔지 알겠다는 듯 눈을 반짝였다.

"아… 근데 이분은 누구…?"

"그게… 저는… 이혜성이라고 합니다."

"아들네 회사 직원. 아침에 이 직원이 나 괜찮나 보러 왔다가 응급실도 데려가고 그랬어요. 혼자라고 걱정돼서 온 거 맞지?"

복자가 혜성을 향해 눈을 찡긋했다. 맞장구를 치라는 신호였다. 혜성은 차마 그렇다고 제 입으로 말하진 못하고, 그저 고개만 끄덕였다.

"어머, 너무 좋은 분이시네요. 아드님께서 평소에 직원들한테 잘해주셨나 보다."

이번엔 혜성이 복자를 바라봤다. 굳이 나쁜 얘기는 입에 올리지 말자는 암묵적 합의가 눈빛으로 오갔다.

"네."

혜성의 짧은 대답에 관리소장은 비로소 외부인에 대한 경계를 풀고 빨간 통을 가리켰다.

"묵은지 가지러 가는 거죠? 505호 아드님이 이거 들고 지하창고 가면 그날은 항상 김치찌개더라고요. 아, 참… 아드님 얘기는 하는 게 아닌데… 죄송해요, 어르신."

"괜찮아. 저기… 혜성이 넌 얼른 묵은지 가져와. 이러다 뱃가죽이 등가죽에 뽀뽀하겠다."

복자의 해묵은 농담에 관리소장이 까르르 웃으며 혜성을 바라봤다.

"지하창고 어딘지 알아요?"

"들어오다 봤어요."

"눈썰미가 좋네요. 같이 가요. 나도 그쪽을 지나가야 하니까. 그럼 어르신, 저는 사무실로 가볼게요."

현관문이 닫히자 복자는 냉장고에서 고등어를 꺼냈다. 2구짜리 가스레인지에서 한 번에 만들 수 있는 반찬은 최대 두 개였다. 묵은지를 가져올 때까지 시간이 좀 걸릴 테니 고등어를 구우면서 달걀말이를 하면 2구 불꽃을 알뜰하게 쓸 수 있다. 복자는 다시 냉장고 문을 열어 달걀 네 알을 꺼내고 베란다에서 파 한 줄기를 가져왔다. 끄트머리부터 노랗게 시들어가긴 했지만 아직 밑동은 쓸만했다. 파를 씻으려 싱크대에 놓다 말고, 문득 밥솥 안의 밥이 걱정됐다. 밥솥을 열어보니 예상대로 밥알이 굳어 변색이 시작되고 있었다. 목숨을 구해준 손님에게 일주일도 넘은 밥을 줄 수는 없었다. 복자는 비빔밥용 양푼을 꺼내 밥을 모두 퍼내고는 쌀부터 씻었다. 굳어가는 밥은 베란다에서 바짝 말려 누룽지로 해 먹으면 될 일이었다. 백미 쾌속으로 밥솥을 가동하고선 달걀말이에 쓸 파를 송송 썰었다. 생선구이팬 안에서 익어가는 고등어가 뽀얀 김을 솔솔 내뿜었다.

***

관리소장이 지하창고 문을 열었다. 입주민 누구나 드나들 수 있게 만들어 별도의 잠금쇠는 없었다. 혜성이 녹슨 철문을 지나 지하로 내려갔다. 바람결에 오래된 쇠 특유의 시큰한 냄새가 풍겨왔다.

"일 다 보면 꼭 불 끄고 가세요."

관리소장이 공중에 매달린 백열등을 켜주고는 사무실로 돌아갔다. 계단 아래에 늘어선 장독대가 백열등 빛을 받아 반짝였다. 혜성은 복자가 알려준 대로 가장 안쪽에 있는 장독대까지 걸어갔다가 호기심에 좀 더 깊숙한 곳으로 발길을 더했다. 건물 모양을 따라 삼각형 모양으로 이어진 통로의 꺾쇠 부분에 다다르자 새로운 백열등이 혜성의 뺨에 닿았다. 백열등의 높이로 봐서는 복자와 키가 비슷한 사람이 팔을 공중으로 최대한 뻗었을 때 닿을 수 있도록 설계된 듯했다. 고등학교 기계 설계 시간에 선생님이 사용자의 신체 조건과 업무의 특이성을 고려해서 설계를 해야 한다며 한국인의 평균 신장 변화에 대해 알려준 적이 있는데, 그때 실버 세대 여성의 평균 신장이 딱 이 정도였다. 백열등을 켜자 왼쪽 벽으로 입주민들이 버리고 간 장독들과 빨간 대야, 아기용 욕조, 세발자전거, 유모차 등이 즐비하게 쌓여 있는 게 보였다. 그리고 오른쪽 벽에는 동과 호수가 새겨진 길쭉한 회색 캐비닛이 가지런히 놓여 있었다.

캐비닛에는 자물쇠를 달아 귀중품을 보관하도록 해두었지만, 귀중한 것은 이사를 떠날 때 모두 가져갔는지 자물쇠가 달린 캐비닛은 단 하나뿐이고 반 이상은 아예 문이 열려 있었다. 동생과 함께 살 투룸을 구할 때 가져가면 좋을 만한 컴퓨터 책상과 의자, 간이식탁을 찜하며 혜성은 삼각형 길을 모두 돌아 시작점으로 돌아왔다. 머릿속으로 나중에 가져갈 물품 목록을 정리하다가 매트리스를 넣을까 말까 고민도 했다. 입주민들이 버리고 간 매트리스는 태풍 때 물에 잠겼다가 말랐는지 얼룩덜룩했다. 제아무리 궁색해도 열심히 알바를 뛰면 테무에서 중국산 싸구려 토퍼 정도는 살 수 있을 것 같아 매트리스는 목록에서 제외했다.

혜성이 제일 안쪽 장독의 뚜껑을 열었다. 묵은지의 새콤한 향이 알싸하게 코를 휘감았다. 비닐장갑을 끼고 김치를 통에 담아 창고에서 나왔다. 관리소장의 당부대로 백열등을 끄는 것도 잊지 않았다.

3동이 가까워질수록 고등어구이 냄새가 짙어졌다. 그르릉 목을 긁으며 계단을 기웃거리던 고양이들이 혜성의 발소리에 놀라 사방으로 흩어졌다.

복자는 작은 식탁 위에 달걀말이를 내려놓고 혜성이 가져온 묵은지 반 포기를 나무 도마 위에 올려 듬성듬성 썰었다. 밥솥에 김이 올라오며 뜸 들이기가 시작됐다.

복자의 손놀림이 바빠졌다. 4인용 뚝배기에 묵은지를 넣고 냉장고에서 페트병을 꺼냈다. 페트병 안에는 급하게 요리할 때를 대비해 미리 우려놓은 멸치육수가 들어 있었다. 묵은지 위로 육수를 자작하게 부어 센불에서 팔팔 끓이다가 돼지고기와 김칫국물을 넣은 다음 젓갈과 고춧가루, 다진 마늘을 버무려 만든 양념을 넣었다. 찌개가 보글보글 끓기 시작할 때쯤 밥솥의 밥이 다 됐다. 이제 찌개에 대파와 양파를 넣고 중불로 줄인 다음, 마지막으로 큼직하게 썰어놓은 두부를 넣었다. 그리고 찌개에서 깊은 맛이 우러나는 동안 고등어구이를 접시에 담아 식탁 위에 올렸다.

복자는 아들과 함께 쓰던 밥공기 두 개를 꺼내 제 것은 반만 채우고, 문짝에게 줄 그릇엔 꾹꾹 눌러 담아 고봉밥을 만들었다. 혜성의 덩치로 봐서 이 정도는 세 입거리도 안 될 것 같았다. 식탁 위에 밥과 수저를 올리고 멸치조림과 김, 매실장아찌를 내놓은 다음 가스레인지 불을 끄고 전용 집게로 뚝배기를 들어 식탁 위에 올리자 완벽한 저녁 상차림이 됐다. 혜성은 침이 꼴깍꼴깍 넘어갔지만 어른이 먼저 수저를 들 때까지 얌전하게 기다렸다. 배고픈 와중에 먹지 않고 보고만 있으려니 고문이 따로 없었다.

"먹자."

복자가 의자에 앉다 말고 일어서더니 다시 냉장고를 열었다. 달걀말이에 케첩을 안 뿌렸다. 호영은 케첩을 어찌나 좋아했는지 달걀말이를 하는 날이면 케첩을 오며 가며 두 번 뿌려 기찻길을 만들었다. 달걀말이를 달걀 맛으로 먹어야지 왜 애먼 케첩 맛으로 먹느냐며 질색하는 잔소리에도 아랑곳없이 소주로 반주를 하던 아들이었다. 케첩 뿌린 달걀말이에 소주를 마시는 동안 무슨 고민으로 속을 썩이고 있었을까. 한 번쯤은 아들의 침묵을 깨뜨리고 속내를 캐물었어야 했나, 후회가 몰려들었다. 복자는 냉장고를 연 김에 소주도 함께 꺼냈다. 아들이 먹다 남긴 소주가 병을 반쯤 채우고 있었다. 복자는 문짝에게 케첩을 건네주고는 찬장에서 소주잔을 꺼냈다.

"마실래?"

　케첩을 요리조리 돌려보던 혜성이 놀란 눈으로 쳐다봤다.

"저요?"

"그래, 너. 근데 너는 왜 케첩을 들고만 있어."

"그럼 어떻게 할까요."

"달걀말이에 뿌려."

"얼마만큼요?"

"네가 먹고 싶은 만큼."

혜성은 접시 귀퉁이에 케첩을 엄지손톱만큼 짜고는 뚜껑을 닫았다. 아직 달걀말이의 맛을 못 봤으니 맛을 보고 나서 케첩을 많이 찍어 먹을지 말지 결정할 생각이었다.

"마실 거야, 말 거야."

복자가 다시 물었다. 혜성은 여태껏 술을 한 번도 마셔본 적이 없었다. 주위에 술 마시는 애들이 많아서 기회야 종종 있었지만 술을 마시면 그 애들처럼 나쁜 길로 빠질 것만 같아 늘 경계했다. 하지만 오늘 하루쯤은 괜찮을 것 같은 기분이 들었다.

"마… 마실게요."

복자가 소주잔 두 개를 꺼내 식탁에 마주 앉았다. 혜성은 재빨리 소주를 들어 복자의 잔에 따르고는 제 잔도 채웠다. 복자가 단숨에 소주를 들이켰다.

"캬ー 혜성이 너는 밥부터 먹고 마셔. 잘못하면 속 버린다."

그러면서 복자는 제 잔에 다시 술을 채웠다.

"잘 먹겠습니다."

혜성이 보육원 식당에서 하듯 큰 목소리로 인사를 하고는 숟가락으로 윤기가 흐르는 흰 쌀밥을 크게 한술 떴다. 입안에서 밥알이 폭죽처럼 터지며 단맛이 은은하게 퍼졌다. 이어서 찌개 속에 숟가락을 푹 담그고 김치와 돼지고기를 단숨에 퍼서 입안으로 가져가려다 복자의 말에 멈칫했다.

"후후 불어서 식혀 먹어. 입천장 홀랑 다 까질라."

혜성은 숟가락질을 멈추고 입김을 후후 불어 열기를 식힌 다음 조심스레 입안으로 가져갔다. 뜨끈하고 얼큰한 찌개의 맛이 온몸의 신경을 타고 발끝까지 짜릿하게 흘렀다. 끝내 술에는 입도 안 댄 채 밥 세 공기를 뚝딱 비웠다. 그동안 복자는 소주 반병에 밥 세 숟가락을 떴다.

"이제부터 냉면기계공장은 혜성이 네 거야."

"네?"

"공장 너 줄 테니까 거기 있는 걸 팔든 어쨌든 돈을 마련하라고. 맘 같아선 당장이라도 밀린 월급을 해결해주고 싶지만… 우리 호영이… 사업 망하고 이혼한 후에 주식 투자한다고 설레발치다가 또 망하고… 그동안 남편하고 아들하고 번갈아 사고 치는 거 막다 보니까 그 흔한 보험 하나 없고 대출만 줄줄이네. 무슨 말인지 알아들었지?"

"…네."

혜성은 눈앞에 놓인 소주잔을 들어 원샷했다. 어른이라면 이럴 때 응당 술을 마셔야 할 것 같았다.

***

냉면기계는 말 그대로 냉면을 만드는 기계다. 혜성이 다니던 공장에서는 자동 반죽기와 제면기, 고화력 가스레인지, 육수 슬러시 기계를 세트로 만들어서 판매했다. 냉면은 뜨거운 물에 재빨리 삶아야 한다. 몇 초만 늦게 건져내도 면이 축 늘어져버리고 몇 초 빨리 건져내면 질겨서 고무줄을 씹는 것 같다. 냉면 전용 가스레인지는 정확한 온도로 정확한 시간만큼 면을 삶을 수 있어야 했다. 순간적으로 강한 화력을 내뿜는 동시에 안전해야 했다. 사장은 냉면기계 세트에 강한 자부심이 있었다. 공고 졸업을 앞두고 조기 취업한 혜성에게 자신이 만든 냉면기계 세트만 있으면 최고의 냉면집이 될 수 있다고 호기롭게 얘기했다. 그의 말이 맞는다면 장 씨 가게는 최고의 냉면집이 되어야 했다. 먹방 유튜브와 TV 교양 프로그램에도 여러 번 출연했어야 정상이었다. 하지만 아직 그런 일은 벌어지지 않았다. 어쩌면 냉면기계 세트를 하나 더 들여놓으면 최고가 될지도 모를 일이었다.

　장 씨는 한숨을 푹 내쉬었다. 맞은편에선 혜성이 소처럼 눈을 끔뻑이며 그를 내려다보고 있었다.

　"그러니까 혜성이 네 말을 정리하면, 사장님 어머니가 공장에 있는 기계들을 처분해서 밀린 월급을 가져가라 했고, 그래서 나더러 냉면기계 세트를 하나 사달라는 거잖아."

"네."

혜성의 눈빛이 희망으로 반짝거렸다. 장 씨는 곤란했다. 덩치 큰 소년의 반짝이는 희망을 꺾어야 하는 자신의 처지가 씁쓸해 담배 맛까지 떫었다.

"이미 샀어."

"언제요?"

"김사장 그렇게 된 거 알고 다음 날 바로 다른 데 알아봤지."

"아…."

"그러고는 배신감을 느꼈지."

"배신이라뇨?"

장 씨가 재떨이에 담배를 비벼끄고는 립밤을 발랐다. 아랫입술에 하얗게 일어났던 각질이 얌전히 고개를 숙였다.

"너 그거 나한테 얼마에 팔려고 했어?"

"사장님이 늘 파시던 가격에요."

"그러니까 그게 얼만데."

"세트에 팔백…."

장 씨가 노려보는 바람에 혜성은 무슨 잘못이라도 한 사람처럼 말끝을 흐렸다.

"다른 데서는 육백오십에 팔더라고. 니네 공장에서 나온 것보다 화력도 높고 용량도 큰 데다가 육수 슬러시는 아예 서비스로 끼워주던데… 나는 그것도 모르고 사장님이 5프로 디씨해준다고 해서 고맙다고 술까지 샀다는 거 아냐. 호구였어, 내가, 아주."

"그래서 사셨어요, 육백오십에?"

"아니."

"…왜요?"

"세트는 필요 없고 제면기랑 육수 슬러시만 하나씩 더 있으면 되는 거라서. 중고로 찾아보니까 백오십이면 아주 떡을 치더라. 이럴 줄 알았으면 가게 오픈할 때도 중고로 알아볼걸. 코로나 때 개업하자마자 망한 식당들이 많아서 그런지 중고가 죄다 새거 빰쳐."

백오십에 필요한 기계를 산 사람한테 팔백오십만 원짜리 세트를 팔려고 했다니. 파렴치한이 따로 없었다. 혜성이 사과를 했다.

"죄송합니다."

"네가 왜 사과를 해. 네가 물건 판 것도 아닌데."

"방금 팔려고 했잖아요."

"그래서 안 샀잖아."

그건 그랬다. 공장에는 냉면기계가 딱 한 세트 남아 있었다. 그걸 팔고 집기들을 모두 정리하면 얼추 천만 원은 나올 것 같았는데 이제 어떻게 한담. 당근에 올려야 하나. 혜성은 걱정이 됐다.

"가격을 얼마로 해야 최대한 빨리 팔 수 있을까요?"

"요즘 중고 신품 시세 생각하면… 반값 정도?"

중고 신품이라니, 혜성은 그 말이 꼭 시원한 핫초콜릿이나 뜨거운 아이스아메리카노처럼 어색했다. 장 씨가 말을 이었다.

"게다가 원래 세트에는 배송, 설치, 1년간 무상 수리도 포함이잖아. 근데 네가 직접 배송을 할 수 있어?"

"배송은 거뜬해요. 매번 트럭에 기계 올리고 내리는 건 제가 다 했는데요."

"운전은 누가 하고. 혜성이 너 면허 없잖아."

장 씨가 옳았다. 사장이 난로공장에서 트럭을 빌려 운전을 하면 기계를 실어 단단히 묶고 조수석에 오르던 혜성이었다. 트럭은 다시 난로공장에서 빌린다고 해도 운전할 사람이 없었다. 기계를 팔고 집기까지 처분하면 공장 문을 닫을 거라 1년간 무상 수리도 불가능했다.

"내가 볼 땐 마지노선이 삼백오십이야."

그의 말대로라면 결국 혜성은 밀린 월급을 다 못 받고 공장 문을 닫아야 했다.

장 씨의 아내가 가게 문을 열고 나왔다. 등에는 갓난 아이를 업고 있었다. 굳이 나올 필요 없다는데도 그녀는 매일같이 가게에 나와 설거지와 청소를 도왔다. 시어머니와 둘이 집에 있기 불편해서 나오는 걸 모르는 바 아니었다. 육아와 일에 찌들어 까칠해진 아내의 얼굴을 볼 때마다 장 씨는 마음이 안 좋았다. 태국에서 처음 시집 올 때만 해도 발랄한 소녀 같았는데. 그녀가 서툰 한국어로 말했다.

"여보… 김치… 떨어졌어. 하루치 안 대. 새 주문… 해야 대."

***

혜성이 장독 뚜껑을 열었다. 잘 익은 김치의 향이 은은하게 퍼졌다. 복자가 못 믿겠다는 눈으로 혜성과 장 씨를 번갈아 봤다.

"정말 이걸 사겠다고?"
"이렇게라도 도울 수 있으면 돕고 살아야죠. 근데 정말 국산 고춧가루 쓰신 거 맞죠?"
"그야 당연하지. 매년 여기 옥상에다가 돗자리 깔고 고추 말려 방앗간에서 빻아와. 배추랑 마늘이랑 젓갈이랑… 여튼 여기 들어간 건 죄다 국산이야."

장 씨가 비닐장갑을 낀 손으로 김치 한 잎을 쭉 찢어 입안에 넣고는 맛있다는 듯 고개를 끄덕였다. 혜성이 긴장된 목소리로 물었다.

"얼마에 사시겠어요?"

"보자… 국산 김치는 보통 1킬로당 오천 원에 들여오니까… 장독 하나에 이십만 원. 어때요?"

혜성이 복자를 돌아봤다.

"할머니, 팔아도 되죠?"

복자는 얼떨떨했다. 그저 밥상에나 오르는 김치가 그렇게 큰돈이 된다니.

"정말 이, 이십만 원이나 돼? 이게? 내가 담근 김치가?"

"국산인 데다가 제가 어머니랑 혜성이 사정 다 알아서 비싸게 쳐드리는 거예요. 어떻게 하시겠어요? 빨리 결정해주셔야 해요. 어머니가 안 하시면 다른 데다가 주문을 넣어야 내일까지 배달이 되니까."

"할머니…."

혜성은 거래가 불발될까 봐 초조했다.

"가져가. 장독은 나중에 돌려주고."

복자의 한마디에 거래가 성사됐다.

"그나저나 이 무거운 장독을 어떻게 가져가나…."

장 씨의 걱정이 무색하게 혜성이 두 손으로 장독을 번쩍 들었다. 장독만으로도 무거운데 김치가 가득 든 걸 두 손으로 거뜬히 들다니, 엄청난 힘이었다. 지금까지 혜성을 덩치만 컸지 세상 물정 모르는 어린애인 줄로만 알고 은근히 무시했던 장 씨는 그의 팔뚝에 불거진 근육을 보고 앞으로 혜성에게 말 함부로 해서는 안 되겠다고 생각했다. 학창 시절 내내 맞고 다니던 사람 특유의 자연적인 연상 작용이었다.

장 씨는 김치 장독을 차에 싣고 가게로 돌아가서는 군말 없이 이십만 원을 현찰로 주었다. 혜성은 받은 돈을 손에 쥐고 득달같이 달렸다. 냉면기계 세트를 살 수 있는 사람은 드물다. 하지만 김치를 살 수 있는 사람은 많다. 대한민국에서 김치가 필요하지 않은 식당도, 김치를 먹지 않는 가정도 없다. 오로라맨숀에 도착한 혜성은 한달음에 505호까지 뛰어 올라가 복자 앞에 이십만 원을 고스란히 내밀었다.

"남은 김치 다 주세요. 제가 팔아올게요. 그동안 이 돈으로 재료를 사서 새 김치를 담아주세요."

복자의 손맛이라면 해볼 만한 투자였다.

"미친놈⋯ 들어와서 밥이나 먹고 가."

복자는 투덜대면서도 혜성의 제안을 받아들였다. 저녁을 먹은 후 혜성은 공장에 가서 냉면기계 세트와 집기들의 사진을 찍어 당근에 올리고는 반지하 단칸방으로 돌아가 오랜만에 단잠을 잤다. 다음 날 아침부터 혜성은 작은 통에 시식용 김치를 담아 근처 식당을 모두 돌며 홍보를 했다. 발로 뛴 결과는 성공적이어서 3일 만에 남은 장독김치가 동이 났다. 마지막 김치를 사간 중국집 주인아주머니가 이 정도면 못해도 삼십이만 원은 받아야 한다며 기어이 돈을 더 넣어주는 바람에 장 씨가 그를 속여 싼값에 김치를 가져갔다는 걸 알게 됐지만, 상관없었다. 모두 장 씨 덕분에 시작된 일이었기에 대량구매 단가를 킬로당 팔천 원으로 확정한 이후에도 장 씨의 냉면가게에는 변함없이 킬로당 오천 원에 김치를 납품했다. 그렇게라도 사장님에게 호구 잡혔던 장 씨의 마음이 풀린다면, 그래서 사장님이 용서받을 수 있다면, 장례식장에서 그의 노모에게 난장을 피운 미안함이 조금은 사그라들 것 같았다.

4. 복자 구독 서비스

 영미는 혼이 쏙 빠졌다. 아침마다 잠투정을 하는 여섯 살 아들 밥 먹이고 씻겨서 옷을 갈아입힌 다음 자신은 세수만 겨우 하고 아들을 유치원에 등원시키고선 오로라맨숀 관리사무소로 출근하는 일상이 쳇바퀴처럼 되풀이됐다. 미용실에 갈 시간이 없어 잡초가 된 긴 머리를 뒤로 질끈 동여매고 다녔고, 작년 봄에 새로 장만한 색조 화장품은 제대로 써보지도 못한 채 유통기한이 끝나가고 있었다. 고맙게도 설거지와 청소, 저녁과 주말 육아는 남편이 도맡았다. 그가 영미보다 한 시간 일찍 출근하고 세 시간 일찍 퇴근하며 주말마다 꼬박꼬박 쉴 수 있기에 가능한 일상이었다. 영미가 매일 12시간씩 근무하게 된 이후로는 아침 식사와 아들의 등원, 빨래만 책임지기로 했지만 휴일 없이 연속으로 6개월을 일하다 보니 그마저도 체력이 달려 힘이 들었다.

원래 오로라맨숀에는 세 명의 경비원이 근무했다. 다른 아파트들처럼 1일 3교대로 8시간씩 일하는 일반적인 패턴이었다. 관리사무소에도 지금처럼 혼자가 아닌 두 명이 함께 근무했다. 영미는 서울에서 전문대를 졸업한 후 중소기업 몇 군데를 거쳐 결혼을 하면서 군무원인 남편을 따라 제산시로 내려왔다. 직장을 구하던 영미는 벼룩시장 구인 공고를 보고 오로라맨숀 관리사무소에 입사했다. 9년 전에 그녀의 직책은 경리였다. 당시만 해도 오로라맨숀 입주민들은 재개발의 꿈에 부풀어 있었다. 부동산업자들 사이에서도 소문이 돌아 전국 각지의 꾼들이 맨숀을 사겠다며 현찰을 들고 찾아오는 바람에 집값이 세 배나 뛰었다. 눈치 빠른 입주민들은 그때 집을 판 돈으로 기차역 인근에 신축한 주상복합 아파트로 이사를 갔다. 그러나 활기차던 시절은 재개발 허가가 차일피일 미뤄지면서 점차 시들해졌다.

인구 소멸로 아파트 재개발 허가를 내줄 수 없다는 시의 결정이 나오자, 보상금을 두둑이 받을 수 있을 거란 꿈에서 깬 입주민들이 뒤늦게 집을 팔고 이사를 갔다. 집값은 절벽처럼 가파르게 떨어지고 아무리 싼 값에 내놔도 사겠다는 사람이 나타나지 않았다. 여유가 있는 입주민들은 오로라맨숀에 월세를 놓고 다른 곳으로 떠났고, 아닌 사람들은 남았다. 그때까지만 해도 인근 대학교에 유학을 온 외국인 학생들이 있어서 그래도 세는 간간이 나갔지만 3년 전 대학교가 폐교를 하게 되자 그마저도 다 빠져버렸다. 그러자 집주인들은 재개발추진위원회를 만들고 맨숀의 유지 비용을 줄이기 위해 관리사무소와 경비실 인원을 감축했다. 관리소장은 없어도 경리는 있어야 한다며 위원회는 만장일치로 영미를 경리에서 소장으로 승진시켰고, 경비실은 1일 3교대에서 2교대로 축소했다. 그러다 안전등급이 미흡에 해당하는 D로 나오자 경비를 아예 한 명으로 줄여버리고 영미를 재개발추진위원회 소속으로 바꾼 다음 경비와 교대로 출근하며 맨숀을 지키라고 지시했다. 그사이 실거주 입주민은 단 세 가구만 남게 되었다.

  남편은 다른 일을 찾아보라고 매일같이 잔소리했지만 영미는 관리소장을 그만둘 수 없었다. 만으로 서른아홉. 새로운 직장을 찾기엔 늦은 나이다. 영미는 하루의 반을 개미굴 같은 오로라맨숀에 처박혀 있는 데 만족했다. 괜히 여기서 그만뒀다가 실직을 하면 집에서 놀 게 뻔했다. 남편의 군무원 월급만으로 아들을 키우기는 빠듯했다. 아이가 친구를 사귀려면 피아노, 태권도, 미술 학원 정도는 기본으로 다녀야 하고, 좀 더 커서 국영수 학원까지 다니려면 학원비만 월 백은 거뜬히 넘을 것이다. 한 푼이라도 더 벌 수 있을 때 악착같이 벌어야 했다.

영미가 마을버스에서 내렸다. 불어오는 봄바람에 숨통이 트였다. 아침내 탈탈 털렸던 멘탈이 이제야 제자리로 돌아온 것 같았다. 흩날리는 벚꽃잎을 바라보며 천천히 걸음을 옮겼다. 영미는 이 시간이 좋았다. 마을버스 정류장에서 오로라맨숀 입구까지 걸어가는 5분의 시간. 그 시간만은 오로지 혼자만의 것으로 만끽…하려다가 문득, 뭔가 허전해서 빈손을 내려다봤다. 맞다. 김치통. 어젯밤 깔끔하게 비운 김치통을 씻어놓고선 오늘따라 아들이 잠투정을 심하게 하는 바람에 놓고 나왔다. 김치통이 있어야 김치를 받아 갈 수 있는데. 한숨이 절로 나왔다.

요리할 시간도 솜씨도 없는 영미에게 복자의 김치는 구원투수였다. 대도시처럼 반찬 구독 서비스라도 받을 수 있으면 반찬 걱정을 덜 할 테지만 제산시 같은 촌구석 소도시에서는 정기적인 반찬 배달도 받을 수 없었다. 오래 두고 먹을 콩자반과 오징어채무침, 깻잎무침은 인터넷으로 주문하고 며칠 내 먹어야 하는 잡채, 감자채볶음, 장조림은 남편이 시장에서 사왔다. 국과 찌개는 마트산 밀키트를 배달시켜 해결하면서도 김치만큼는 꼭 505호 복자에게 얻어먹었다. 일정한 패턴으로 회전하는 밑반찬과 조미료 맛이 강한 밀키트에 질릴 때쯤이면 영미는 복자의 김치를 넣은 김치볶음밥과 김치찌개, 김치전으로 입맛을 되돌렸다. 순두부찌개, 제육볶음 밀키트에도 김치를 함께 넣어 조리하면 깊은 맛이 났다. 무엇보다 아들이 복자의 김치 맛을 본 후론 대기업 김치를 먹으려 하지 않았다.

영미가 정신머리 없는 자신을 탓하며 이마를 콩 치는데, 묘안이 떠올랐다. 관리사무소에 배달음식을 시켜 먹고 남은 음식을 보관해야 할 때를 대비해 사둔 식품용 비닐이 몇 장 있었다. 오늘은 그 비닐에 담아가야겠다고 생각하며 편의점에 들어갔다. 복자가 가장 좋아하는 알로에주스 한 박스를 사 들고 나온 영미는 발걸음 가볍게 다시 오로라맨숀으로 향했다. 막 입구로 들어서는데, 혜성이 땀을 뻘뻘 흘리며 장독을 들고 나왔다. 복자의 김치가 들어 있는 바로 그 장독이었다.

***

"안녕하세요."

혜성이 영미를 알아보고 먼저 인사를 했다. 혜성의 얼굴을 한참 들여다보던 영미는 그가 장독을 내려놓고 허리를 쭉 편 후에야 기억을 떠올렸다. 목이 꺾이도록 올려다봐야 하는 큰 키에 곰 같은 덩치. 이런 거구는 505호에서 마주쳤던 그 청년밖에 없었다. 그 당시에는 몰랐는데 앳된 얼굴이 영락없는 소년이었다. 덩치와 어울리지 않게.
"아… 그때 그 505호에서… 네, 안녕하세요. 근데 장독은 왜 꺼내는 거예요?"
"갖다 팔려고요."
"판다니. 장독을요?"
입구 쪽에서 복자의 목소리가 들렸다.
"김치를."
혜성이 복자를 돌아봤다.
"어르신, 어디 다녀오시나 봐요."
영미가 사근사근하게 인사하며 복자에게로 다가갔다.
"어, 시장에 배추랑 이것저것 주문하느라고."
"배추는 왜요."
"김치 담그려고. 저놈하고 같이 김치 장사하기로 했거든."
복자가 영미에게 장독째 김치를 판 이야기를 들려주는 동안 혜성이 리어카에 장독을 싣고 출발했다.
"배달 다녀오겠습니다."
"조심히 다녀와."
혜성이 사라지자 복자가 지하창고로 들어갔다.
김치 장사를 시작하다니. 영미는 복자에게 여느 때처

럼 알로에주스를 안겨주고 공짜 김치를 얻어가야 할지, 돈을 주고 김치를 사가야 할지 혼란스러웠다. 창고에서 김장용 채반을 가지고 나오던 복자가 영미의 손에 들린 알로에주스를 보고 먼저 말을 꺼냈다.

"김치 떨어졌어?"

"아, 네."

"통은."

"그게… 까먹었어요."

"집에 빈 김치통 있으니까 거기에 담아줄게. 퇴근할 때 들렀다 가."

"저기, 근데… 어르신. 김치는 얼마에 사가야 할까요?"

"무슨 소리야. 지금까지 그 주스랑 잘도 바꿔 먹어놓고선."

"아유, 주스 이거 얼마 안 해요. 방금 김치를 판매한다고 하셨잖아요. 그럼 저도 사 먹는 게 도리인 것 같아서."

"내가 장사를 하는 게 아니라 혜성이가 하는 거야. 내 아들놈이 그 애한테 빚을 좀 진 게 있어서 김치로 대신 갚는 중이니까 소장님하고는 하등 연관이 없어. 그러니까 우리는 지금까지 하던 대로 하자고. 알았지?"

"그러면 저야 너무 좋기는 하지만…."

영미가 화단 턱에 알로에주스 박스를 내려놓았다. 복자는 박스를 바로 열어서는 주스병 하나를 꺼냈다.

"이게 정말 맛있긴 한데 내 돈 주고 사 먹긴 아까워. 그림의 떡 같아. 그런데 아쉬울 만하면 이렇게 따박따박 사 오니까 여간 좋을 수가 없어. 소장님도 하나 드셔."

복자가 주스병 하나를 더 꺼내서 영미에게 내밀었다.

"감사합니다."

영미가 주스를 받아들자 복자가 건배하듯 병을 부딪쳤다. 짠, 경쾌한 소리가 울려 퍼졌다. 알로에주스를 한 모금 마시고 영미는 마름모꼴 하늘을 올려다봤다. 복자가 옆에 있어서인지 중학생 때 돌아가신 엄마가 생각났다. 어릴 땐 사람이 죽으면 하늘나라로 간다고 생각했는데, 지금은 저곳에 엄마가 없다는 것쯤은 안다.

"엄마 살아 계실 땐 김장하는 날이면 온 동네가 다 모여서 수육을 삶았어요. 세상 변하는 거야 어쩔 수 없다고 해도 우리 애가 그 맛을 모르고 자라는 게 아쉬워요."

영미와 똑같이 마름모꼴 하늘을 보며 먼저 떠난 아들을 생각하던 복자가 퍼뜩 정신을 차렸다. 관리소장이 엄마 얘길 꺼내는 건 처음이었다. 아마도 저 하늘이 느닷없는 그리움을 불러왔겠지.

"직접 김장을 하면 되지. 이젠 소장님이 엄마잖아."

"제가 김장을요? 호홍. 저는 꿈도 못 꿔요. 워낙에 똥손이라서요. 제가 요리할 때마다 남편이랑 아들이 뭐라는 줄 아세요? 제발 요리하지 말고 사 먹재요. 호호홍."

영미의 비음 섞인 웃음소리에 따라 복자가 유쾌하게 미소 지었다.

"슬슬 다시 일을 시작해볼까."

배추가 도착하기 전에 준비를 끝내야 했다.

"도와드릴게요."

영미는 복자가 지하창고에서 빨간 대야를 꺼내는 걸 도와주다 말고 관리사무소에서 울리는 전화벨 소리에 득달같이 달려갔다. 세이프. 사무소 문을 열고 책상 위로 손을 뻗을 때까지 전화벨은 끊기지 않았다. 나이스 캐치. 영미가 수화기를 들었다.

"네, 오로라맨숀 관리사무소 오영미입니다."

재개발추진위원회 위원장이었다. 위원장은 자신이 알려주는 곳으로 서류를 보내라고 지시했다. 오늘따라 처리해야 하는 서류의 양이 많아서 온종일 컴퓨터와 프린터, 팩스 사이를 오가며 위원장과 통화를 해야 했다. 시에서 인구 소멸로 오로라맨숀을 허물고 아파트를 짓는 건 불가능하다고 통보한 후로 위원회에선 다른 용도의 건물을 지을 의사가 있는 기업을 찾고 있었다. 위원회의 임원 대부분은 서울 경기 쪽에 기반을 둔 부동산업자들이었다. 재개발에 대한 기대가 피크를 찍을 때 매입한 사람들이라 맨숀이 이대로 방치된다면 최소 억대의 손해를 입어야 했다. 업자들은 손해를 만회할 수 있는 방법을 찾느라 혈안이 되어 있었고, 맨손 건물과 토지를 구입해달라는 제안을 받은 기업들은 대부분 거절했다.

한번은 영미가 예술가들을 중심으로 도시재생 사업에 성공한 사례들을 모아 예술인 마을을 만들면 어떻겠냐고 건의했었다. 위원장은 관광객은 모일지언정 위원회에 돌아오는 실질적인 수입은 없고, 공공기관만 생색을 내는 빛 좋은 깡통이니 돈 안 되는 일은 입 밖에도 꺼내지 말라며 쓴소리를 했다. 영미는 위원장이 원하는 만큼의 수익을 안겨줄 수 있는 거래가 과연 현실적으로 가능할지 의문을 품은 채 팩스에 등기부등본을 넣었다. 그녀가 할 일은 현실 가능성 여부를 판단하는 게 아닌, 지시에 따라 서류를 전송하는 것이었다. 이게 위원회가 일개 경리를 소장으로 승진시킨 이유였다.

점심은 간단하게 김밥으로 때우고 서류에 파묻혀 있다 보니 금세 어스름이 내렸다. 그러고 보니 여태 아들한테서 전화가 한 통도 걸려오지 않았다. 아빠와 함께 유치원에서 하원할 때 한 번, 손발 씻을 때 한 번, 저녁 먹을 때 한 번, 최소 세 번은 전화를 걸어왔었는데 왜 이렇게 잠잠하지. 이상한 기분에 핸드백을 열어봤다. 아뿔싸. 휴대폰이 없었다.

따르르르릉 - 관리사무소 전화가 울렸다. 좀 전에 들어간 팩스가 잘못됐나 싶어 빠르게 수화기를 드는데

010으로 시작하는 발신 전화번호가 낯익었다. 남편이었다. 유치원에서 지후를 데려와 전화를 걸어도 받지 않으니까 사무소 번호로 전화를 건 모양이었다.

"여보, 지후 잘 데려왔어?"

수화기 너머 남편의 목소리가 심하게 떨렸다. 사라졌어. 지후가 사라졌어.

* * *

택시가 멈춰 섰다. 영미가 택시 뒷좌석에서 용수철처럼 튀어나와 유치원 안으로 달려갔다. 남편과 유치원 선생님들은 사라진 지후를 찾아 동네를 헤매느라 자리에 없었다. 영미가 온다는 연락을 받고 사슴반 선생님만 남아서 기다리고 있었다. 그녀는 지후의 담임이었다.

"어떻게 된 일이에요."

영미가 사색이 되어 물었다.

"지후가 엄마 왜 안 오느냐고 많이 울었어요."

"군말 없이 잘 다니던 애가 갑자기 엄마를 왜…."

영미의 시선이 화이트보드 위를 장식한 글씨에 멈췄다. 마름모꼴로 색색이 오려 붙인 글자들. 영미가 소리 없이 글자들을 연결해서 읽었다. 엄마의 날. 오늘이 그 날이었나. 일 년에 한 번 있는, 엄마와 함께하는 수업. 유치원에 입학할 때 분명 안내를 받았었다. 봄에는 엄마의 날, 가을에는 아빠의 날이 있다고. 하지만 엄마 아빠가 없는 아이도 있으니 참석이 의무는 아니라고 했다. 부모가 참석하지 못하는 아이는 선생님이 대신 파트너가 되어준다고 했는데, 문제는 영미가 아들한테 엄마의 날 반드시 수업에 참석하겠다고 철석같이 약속했었다는 거다. 어젯밤에도 지후를 재우며 새끼손가락 걸고 엄지로 도장 찍고 손바닥을 스치며 복사까지 했었다. 내일 꼭 갈게.

"엄마가 꼭 온다고 했다면서 전화를 하게 해달라고 하더라고요. 그래서 어머니께 전화를 드렸는데 계속 안 받으시니까… 지후가 엄청 불안해했어요. 엄마한테 무슨 일 생긴 거 아니냐고. 자기가 엄마를 찾으러 가야 한다고. 낮에 많이 바쁘셨나 봐요, 전화도 못 받으실 만큼?"

휴대폰을 집에 두고 출근했다고 대답하고 싶었지만 입이 차마 떨어지지 않았다. 손발을 덜덜 떨며 자책만 할 뿐이었다. 대체 정신을 어디 두고 다니는 거야. 휴대폰만 제대로 챙겨 나갔어도 이런 일은 없었을 거잖아. 다 너 때문이야, 오영미.

"지후… 지후가 언제 사라진 건가요?"

"한… 다섯 시쯤? 참관 수업 끝나서 다 하원하고, 지후랑 다른 애 한 명만 남아 있었는데 그 애가 바지에 실례를 하는 바람에… 씻기고 옷 갈아입히고 오니까 사라졌더라고요. 아무래도 어머님을 찾으러 간 것 같아요."

영미는 머릿속이 새하얘졌다. 날 찾으러 대체 어딜 갔단 말이지, 설마 오로라맨숀에? 지후는 엄마의 근무지가 오로라맨숀 관리사무소란 걸 알았다. 친구들에게 엄마가 소장이라고 자랑하는 걸 여러 번 들은 적이 있었다. 하지만 오로라맨숀은 여섯 살짜리 유치원생이 혼자서 찾아갈 수 있는 곳이 아니었다. 여기서 버스로 네 정거장이나 가야 하는데 버스도 탈 줄 모르는 아이가 어떻게 혼자서 거길 갈 수 있단 말인가. 영미가 거리로 달려나가 미친 듯이 아들의 이름을 외쳤다.

"지후야! 지후야! 어디 있어, 지후야!!"

나쁜 상상들이 영미의 달음박질보다 빠르게 그녀의 머릿속을 채웠다. 길을 잃고 혼자 울고 있는 지후, 나쁜 사람에게 납치당하는 지후, 도망치는 지후, 교통사고를 당하는 지후… 온갖 험한 사건을 겪는 지후의 모습으로 뒤죽박죽되며 머릿속이 비명을 질러댔다.

***

혜성은 중국집 뒷마당에 리어카를 멈추고 김치 장독을 내렸다. 길가 쪽 통유리창 너머로 빨간 두건을 쓴 주인아저씨가 수타면을 치는 모습을 볼 수 있는 정통 수타짜장면 전문점이었다. 주인아주머니가 장독을 신기한 듯 바라봤다.

"정말 장독째로 가져왔네. 장사하면서 김치를 장독째로 납품해주는 데는 처음 봐요."

"다 드시면 연락주세요. 장독 수거해갈게요."

"근데 여기 김치 이름이 뭐예요?"

아직 이름이 없었다. 장사를 하려면 상호가 있어야 하는데, 그저 김치를 팔아 돈을 벌 수 있다는 사실에 들떠서 아직 이름을 지을 생각도 못 했다. 그렇다고 사실대로 말하려니 전문성이 떨어져 보일까 봐 걱정이 됐다. 혜성은 그저 떠오르는 대로 내뱉었다.

"복자… 복자네 장독김치요."

"복자? 먹으면 복이 온다, 뭐 그런 뜻이에요?"

듣고 보니 505호 할머니 이름에 원래부터 좋은 뜻이 담겨 있는 것 같아 맘에 들었다. 좋은 건 냉큼 주워 먹어야 하는 법이다.

"그런 뜻 맞아요. 김치 담그는 할머니 성함이 명복자시거든요."

"다 먹으면 연락하게 명함 하나 주세요."

"명함? …없는데요."

"장사 처음 하죠? 그러니 명함도 없고, 가격도 턱없이 낮게 부르고 그러지. 세금계산서도 당연히 못 떼주겠네,

그죠?"

 세금계산서는 냉면기계공장에서 사장이 발행하는 걸 본 적이 있었다. 홈택스로 들어가서 뭘 어떻게 하면 되던데, 혜성이 직접 해본 적은 없었다.

 "아… 네, 죄송합니다."

 "이번에는 내가 알아서 간이영수증으로 처리할 테니까, 다음부터는 세금계산서 꼭 발행해주세요. 안 그러면 우리도 비용 처리 못 받아서 세금을 더 내야 해요. 이번은 싸게 샀으니까 그냥 넘어갈게요."

 주인아주머니가 앞치마에서 지폐를 꺼내 혜성에게 내밀었다. 혜성은 감사합니다를 연발하며 연신 고개를 숙였다. 삼십이만 원. 단일 판매로는 최고 매출이었다.

 "배달하느라 고생했는데, 짜장면 한 그릇 먹고 가요. 우리 집 양반 수타면 뽑는 솜씨가 끝내줘요."

 얘기를 듣다 보니 허기가 느껴졌다. 하지만 빨리 가서 배추를 절이는 복자를 도와야겠다는 생각에 혜성은 정중하게 거절했다.

 "말씀은 감사하지만, 다음에 명복자 할머님 모시고 와서 같이 먹을게요. 오늘은 아직 할 일이 남아서 들어가 봐야 해요."

 "그래요, 다음에 꼭 할머니 모시고 와요."

 혜성은 주인아주머니와 전화번호를 교환하고는 거리

로 나왔다. 날이 어둑해지자 길가로 난 유리창에 조명이 들어와 중국집은 낮보다 더 화려해 보였다. 혜성이 빈 리어카를 끌고 가다가 걸음을 멈췄다. 혜성의 종아리만 한 꼬맹이가 수타면 치는 모습을 넋을 잃고 바라보고 있었다. 우와 - 우우와아아 - 빨간 두건의 아저씨 손에서 밀가루 반죽이 길게 늘어났다 위로 휘어졌다 아래로 널을 뛰다 하늘로 점프하며 현란하게 춤을 추었다. 혜성이 꼬맹이 옆에 나란히 섰다. 이 아이는 왜 저물녘에 혼자 여기 서 있을까. 외식을 나왔다가 급하게 볼일을 보러 간 부모를 기다리는 걸까. 아니면 길이라도 잃은 걸까. 혹시 엄마가 여기에 애를 버리고 간 건 아니겠지. 수타짜장면집 앞은 애를 버리기 좋은 장소가 아니다. 은혜의 집처럼 엄마를 대신해 아이를 돌봐줄 사람이 없으니까. 혜성이 꼬맹이에게 물었다.

"너 왜 여기 있어?"

꼬맹이가 혜성을 올려다봤다. 낯선 아저씨가 말을 걸면 절대 대답하지 말라고 제대로 배운 듯 아이는 입을 꾹 다물고 아무런 대답이 없었다. 혜성은 상대가 자신을 두려워한다는 걸 간파하고 입을 닫았다. 그저 이렇게 수타면의 춤을 구경하다가 꼬맹이의 보호자가 오면 아무렇지 않게 지나가던 사람처럼 리어카를 끌고 갈 예정이었다. 하지만 부모가 나타나기도 전에 꼬맹이가 먼저 움직였다. 혜성이 꼬맹이를 불렀다.

"어디 가니?"

꼬맹이는 여전히 대답이 없었다. 혜성이 리어카를 끌고 그 애를 뒤따랐다. 엄마는 어디 있냐고 물으려다가 혹시 엄마가 없을까 봐 말을 삼켰다. 혜성이 어릴 때부터 가장 대답하기 곤란한 유의 질문은 이런 거였다. 엄마는, 아빠는, 가족은 어디 있고 너희 둘만 다니니.

"같이 온 어른은 없어? 어디 가는데? 집은 어디고? 밤에 어린애가 혼자 다니면 위험해. 내 동생도 너만 할 때 이렇게 혼자 다니다가 길을 잃어버린 적이 있어."

동생이란 말에 꼬맹이가 걸음을 멈추고 혜성을 돌아봤다.

"아저씨, 동생 있어요?"

예상치 못한 포인트에서 꼬맹이가 반응을 보여 혜성은 조금 당황스러웠다.

"응, 있어."

"좋겠다. 나도 동생 갖고 싶은데… 근데 우리 엄마가 안 된대요. 나 하나 키우기도 벅차다고."

다행히 엄마가 있는 애였다. 이제 엄마의 위치를 파악해서 꼬맹이를 거기까지 데려다주기만 하면 된다. 설마 버린 건 아니겠지. 혜성의 심장이 두근거렸다.

"엄마는 어디 계신데?"

"기린반 선생님이 낯선 사람이 말 걸면 모르는 체하라고 했는데."

"기린반 선생님이 혼자서 밤거리를 돌아다니는 건 괜찮다고 하셨고?"

"음… 그런 얘기는 한 적 없는데요. 엄마는 한 적 있어요. 절대 혼자 돌아다니면 안 된다고."

"그런데 왜 혼자 돌아다녀?"

"돌아다니는 거 아닌데요."

"그럼 뭐 하는 건데?"

"엄마 찾으러 가요."

꼬맹이의 대답에 혜성의 심장이 철렁 내려앉았다. 진짜로 버려진 거면 어떡하지.

"엄마가 어디 계신데."

다시 물었다.

"오로라맨숀이요. 우리 엄마가 거기 일짱이에요."

오로라맨숀에 일짱이라 부를 만한 사람이 있었던가. 여기서 더 캐물으면 다시 경계할까 봐 혜성은 꼬맹이가 동질감을 느낄 만한 화제를 꺼냈다.

"나도 지금 오로라맨숀으로 가는데. 근데 오로라맨숀은 이쪽이 아니라 저쪽이야."

혜성이 손가락으로 반대 방향을 가리켰다. 꼬맹이가 혜성의 손끝을 흘깃 보고는 리어카에 시선을 고정했다.

"얼마나 걸어가야 돼요?"

"좀… 많이? 다리 아프면 태워줄까?"

꼬맹이가 경계하며 한 걸음 뒤로 물러났다. 그러면서도 리어카에서 시선을 떼지 않는 걸 봐서는 타고 싶은 게 분명했다. 혜성은 승부수를 던지기로 했다. 오로라맨숀에서 일짱을 찍는 젊은 엄마는 딱 한 사람밖에 없다.

"소장님이 걱정하실 거야."

"우리 엄마가 소장인 거 어떻게 알았어요?"

혜성의 예상은 적중했다.

"왜 몰라. 오로라맨숀에서 제일 높은 관리사무소 소장님인데. 우리 맨숀 사람들은 다 알아."

"우리 맨숀이요?"

됐다. 꼬맹이의 눈에서 경계가 사라지는 걸 확인한 혜성이 리어카 손잡이를 툭툭 치며 말했다.

"그래, 우리 맨숀."

"거기 살아요?"

잠시 머뭇거리던 혜성은 스스로에게 거짓말을 허용해주기로 했다. 세상엔 착한 거짓말도 있는 법이니까.

"응. 지금 집에 가는 길인데 태워줄까?"

꼬맹이가 고개를 끄덕였다. 혜성은 꼬맹이를 번쩍 안아 리어카에 앉히고는 전속력으로 달렸다. 뒤에서 재밌어 죽겠다는 듯 까르르르 웃음소리가 터져 나왔다.

***

맨손 중정에선 아직도 복자가 배추를 절이고 있었다. 혜성은 리어카를 지하창고 앞에 세우고는 복자에게로 달려가 손에 든 배추를 가로챘다.

"앉아서 좀 쉬세요. 마무리는 제가 할게요."

복자도 피곤했는지, 거절 한마디 하지 않고 평상에 걸터앉아 고무장갑을 벗었다. 혜성이 복자가 벗어놓은 고무장갑을 끼려다가 작아서 손이 안 들어가자 아쉬운 대로 비닐장갑을 끼고 배추를 소금물에 꾹 눌러 담았다.

"근데 얘는 누구야."

복자가 리어카에 앉아 있는 꼬맹이를 쳐다봤다.

"소장님 아들이래요."

"관리소장 아들을 혜성이 네가 왜 데리고 와."

"그냥… 오다가 만났어요."

혜성은 얼버무림으로 대답을 하고는 대야 위로 비닐을 씌웠다. 원장 수녀님이 생각났다. 희망의 집에 있을 때도 11월이면 원장 수녀님을 도와 김장을 하곤 했다. 봉사하는 신도들까지 수십 명이 모여서 담근 김치로 성당과 희망의 집은 한 해를 났다. 혜성은 화단 옆에 쌓여 있는 벽돌을 비닐 위에 올려놨다. 무게가 있는 물건으로 눌러줘야 배추가 잘 절여졌다. 복자가 신통방통하다는 표정으로 혜성을 바라봤다.

"그런 건 어디서 배웠어?"

"원장 수녀님한테요."

혜성의 대답에 복자는 더 묻지 않고, 딱 해야 할 칭찬만 했다.

"잘 배웠네. 근데 너는 이름이 뭐야?"

복자의 질문에 꼬맹이가 또랑또랑한 목소리로 대답했다.

"제 이름은 최지후입니다."

지후는 유치원에서 배운 대로 했다. 어른에게 자기 이름을 소개할 때는 반드시 이렇게 예의 바르게 해야 한다고 배웠다.

"엄마가 지후한테 여기로 오라고 했어?"

"아니요."

"그런데 왜 왔어. 엄마 지금 여기 없는데."

영미는 배추가 배달됐을 때쯤 정신 나간 사람처럼 어디론가 달려 나갔다. 복자가 여태 돌아오지 않는 영미에게 무슨 일이 생긴 건 아닌지 내심 걱정하고 있는데 그녀의 아들이 리어카에 실려 왔다.

"엄마 여기 없어요? 그럼 우리 엄마 어디 갔어요?"

"그건 나도 모르지."

복자의 대답에 지후가 울먹이기 시작했다.

"엄마의 날에는 꼭 유치원 참관 수업 오겠다고 했는데, 유치원에도 안 오고… 하루 종일 전화도 안 받고 오로라맨숀에도 없으면… 우리 엄마 어딨어요?"

지후가 기어이 울음을 터뜨렸다.

"뚝. 울지 말고 기다려봐. 금방 지후 엄마한테 전화를 해볼 테니까."

복자가 휴대폰을 꺼내 2번을 꾹 눌렀다. 영미가 급한 일이 생기면 전화하라며 저장해준 번호였다. 1번이 호영의 번호이니, 소장은 아들 다음으로 복자가 의지하는 상대였다. 신호가 흐르다가 음성 사서함으로 넘어갔다. 복자가 전화를 끊고는 울먹이는 지후에게 물었다.

"아빠한테는 여기 온다고 얘기했어?"

지후가 소매로 눈물을 훔치며 고개를 저었다.

"얘기 안 하고 왔어? 그러면 걱정하실 텐데. 아가, 아빠 전화번호 불러봐."

"싫어요. 아빠가 알면 당장 집에 데려갈 거란 말이에요. 엄마 만날 때까지 여기 있을 거예요. 절대 집에 안 갈 거예요."

아이의 고집을 꺾는 대신 복자는 혜성을 향해 눈을 끔뻑했다. 네가 데려왔으니 해결도 네가 직접 하라는 신호였다. 혜성이 지후가 입은 원복에 달린 유치원 마크를 유심히 들여다봤다. 아래에 조그만 글씨로 숫자가 적혀 있었다. 372 – 9… 전화번호였다. 혜성이 휴대폰에 전화번호를 입력하고는 지후 몰래 복자에게 나가서 전화를 하고 오겠다는 수신호를 보냈다. 복자가 고개를 끄덕이고는 지후에게 다가갔다.

"저 형이 엄마 찾아오겠다니까 아가는 할머니랑 같이 올라가서 밥 먹자."

"형 아니고 아저씬데요."

"아직 아저씨 되려면 멀었어. 열여덟 살밖에 안 돼서 쟤도 아직 애거든."

"에이, 거짓말. 저렇게 큰 애가 어딨어요."

"스무 살 전에는 다 애야."

"그래도 형은 아니에요."

"그러면 삼촌은 어때?"

"어, 우리 삼촌은 삼십 살 넘었는데. 저 형은 열여덟 살이라면서… 어어? 나도 모르게 형이라고 해버렸다."

"그래, 형이야. 지후 삼촌은 삼십 살도 넘었는데 저 형은 스무 살도 안 됐으니까."

"근데 스무 살이 몇 살이에요?"

"이십 살."

복자가 손을 내밀었다.

"아 – 이십 살. 난 또, 스무라는 숫자가 또 있는 줄 알았네."

지후가 주름진 손을 잡고 리어카에서 깡충 뛰어내려서는 복자를 따라가며 질문을 쏟아냈다.

"그런데 왜 이십 살을 스무 살이라고 불러요?"

"이십 살의 다른 이름이야."

"어, 나도 다른 이름 있는데. 영어 이름, 자이언 초이. 스무 살이 이십 살의 다른 이름이구나. 자이언 초이처럼."

지후가 스스로 결론을 내는 동안, 복자는 어떤 반찬을 할까 고민했다. 냉장고 속을 아무리 복기해봐도 애가 좋아할 만한 찬거리가 하나도 없었다. 복자가 난간 너머로 소리쳤다.

"어이 - 형아! 엄마 찾고 나서 소시지 하나 사와! 분홍색 길쭉한 걸로!"

"분홍소시지요! 네!"

분홍소시지는 혜성이 제일 좋아하는 반찬이었다. 보육원에서 달걀옷을 입힌 분홍소시지가 반찬으로 나올 때면 식판에 하나라도 더 받아 가려고 배식 수녀님께 아양을 떨었다. 분홍소시지 먹을 생각을 하니 신이 절로 나는 혜성이었다. 지후는 왜 할머니도 형아라고 부르느냐며 505호에 도착할 때까지 조잘조잘 질문을 해댔다.

***

따리리리- 전화벨이 울렸다.
"여보세요, 유림유치원입니다."
기린반 선생님이 전화를 받았다.
- 저…

중저음의 남자 목소리였다. 학부모라기엔 말투가 좀 어린 듯했다.

- 최지후라고 아시죠?

그녀의 머릿속에 다양한 장면이 스쳐 지나갔다. 의지와 상관없이 범죄 스릴러 드라마 덕후에게 일어나는 자동 연상 작용이었다. 설마 지후에게 그런 험한 일이 일어난 걸까.

"지, 지후요? 네, 당연히 알죠. 제가 담임 선생님인데요."

- 지금 지후를 데리고 있는데요.

드디어 올 것이 왔다. 수화기를 든 손이 부르르 떨렸다. 그녀는 대학에서 배운 위기 대응 매뉴얼을 떠올렸다. 제일 먼저 뭘 해야 하지? 맞다, 이럴 땐 우선 증거를 남겨야 했다. 그녀가 전화기의 녹음 버튼을 누르려다가 손가락을 멈췄다. 녹음 버튼엔 이미 불이 깜빡이고 있었다. 막말을 하는 학부모들에게서 교사들을 보호하기 위해 모든 통화가 녹음되고 있었다.

- 지후 부모님께 전해주세요. 지후를 찾으려거든 오

로라맨숀 505호로 오시라고.

메모도 못 했는데 남자가 전화를 끊으려 했다.

"저기요, 잠시만요. 메모 좀 하겠습니다. 오로라맨션…."

─션이 아니라 숀! 오로라맨숀!

남자가 숀이라며 거듭 강조했다. 그녀는 메모지에 쓴 '션'이라는 글자 위로 취소선 두 줄을 긋고 '숀'으로 고쳐 썼다. 맨션을 맨숀이라고 부르다니. 어린 말투와는 달리 나이가 많거나 외국인일지도 모른다는 생각이 들었다. 어느 쪽이든 지금은 상대의 심기를 거스르지 않는 게 중요했다.

"오로라맨숀… 몇 호라고 하셨죠?"

─505호.

"505호… 그리고요."

─네? 그리고… 뭐요?

"그리고 뭘 더 원하시는데요."

─뭘 더 원한다고는 안 했는데….

"아… 그래도 원하는 걸 정확히 말씀해주셔야 전달을 할 수가 있는데…."

─그건 와서 직접 물어보시라고 하세요. 너무 늦으면 지후가 여기서 잠들 수도 있으니 최대한 빨리 지후 부모님께 전해주세요. 부탁드립니다, 선생님.

잠들 수도 있다는 건 지후가 잘못될 수도 있다는 걸 에둘러 말한 게 분명했다. 그리고 부탁드린다는 말은 시키는 대로 하지 않으면 안 된다는 겁박이다. 상대가 전화를 끊자마자 기린반 선생님은 지후의 아빠에게 바로 연락을 했다.

"아, 아, 아, 아버님, 저기⋯ 방금 유치원으로 어떤 남자가 전화를 해왔는데요. 지금 지후를 데리고 있다고 부모님더러 그쪽으로 오시라고 하더라고요. 원하는 건 부모님이 오시면 직접 말해주겠다 했고요. 주소는 오로라 맨숀 505호⋯ 너무 늦으면 지후가 잠들 수도 있다고 했어요."

그녀는 지후가 납치된 게 확실하다며 무릎을 꿇고 흐느꼈다. 지후에게 닥친 불행이 자신의 불찰인 것만 같았다. 지후에게 무슨 일이라도 생긴다면 스스로를 용서할 수 없을 것이다.

"이게 다 저 때문이에요. 죄송합니다⋯ 정말 죄송합니다⋯ 제가 정말 죽을 죄를 지었습니다."

―아니, 그게 무슨 말씀이세요, 선생님.

여자 목소리, 지후의 엄마였다.

"어, 어머님."

―지후 찾으러 돌아다니다가 지후 아빠랑 만났어요.

그녀는 끝내 울음을 터뜨리고 말았다.

"흐어엉 - 지후 어머니, 정말 죄송합니다."

- 선생님 진정하시고 천천히 말씀해보세요. 누구한테 전화가 왔다고요?

"누군지는 모르겠고… 오로라맨숀 505호로 오라고, 너무 늦으면 지후가 잠들 수도 있다고…."

- 505호요? 정말 505호라고 그랬어요?

"네."

- 혹시 전화 거신 분이 할머니셨어요?

"아니요. 남자였는데요."

- 남자? 아… 혜성 군인가 보다.

"아는 분이세요?"

- 네. 선생님, 찾은 것 같으니까 걱정 마시고 퇴근하세요. 늦게까지 너무 고생하셨어요.

기린반 선생님은 휴대폰을 바닥에 내려놓고 꺼이꺼이 소리 내어 울었다. 저녁 내내 어찌나 긴장했던지 양쪽 어깨에 담이 와서 뻣뻣했다. 한참을 울고 나니 매운 김치닭발에 소주가 당겼다. 그녀가 고등학교 친구들이 모인 단체방에 메시지를 보냈다. 매운 김치닭발에 소주 먹을 사람.

곧이어 친구들의 답 메시지가 올라왔다. 왜 오늘도 식겁했 - ㅋㅋㅋ. 매운 김치닭발이면 ㅅㄱ 게이지 max. 맥스는 맥주. 단종됐음 노땅아. 술안주로 하루를 표현하는 진정한 미식가. 옆구리 타이어 어쩔. 친구들의 메시지를 읽은 기린반 선생님이 키득대며 답을 했다. ㅁㅊ 옆구리 타이어고 나발이고 개ㅅㄱ 세상 하직할 뻔. 그 뒤로 헉, 허걱, 허거거 등의 놀라는 이모티콘과 함께 무슨 일이냐는 친구들의 메시지가 줄을 이었다. 실내 정리를 마친 그녀는 핸드백을 메고 나가며 무슨 일인지 알고 싶으면 닭발집으로 모이라고 공지를 했다. 낮에 어떤 힘든 일이 있더라도 퇴근길에 친구들과 수다를 한판 떨고 나면 마음이 가벼워졌다. 밤바람이 촉촉하게 불어왔다. 봄비가 내릴 것 같았다.

***

영미가 5층으로 올라갔다. 505호엔 불이 켜진 채 현관문이 활짝 열려 있었다. 현관을 가린 한 겹 방충망을 걷으니 복자가 검지손가락을 입술에 대고 조용히 하라는 시늉을 했다. 거실엔 지후와 혜성이 부둥켜안은 채 잠들어 있었다. 남편이 신발을 벗고 거실로 들어가 혜성의 품에서 지후를 조심스레 빼냈다. 잠귀 밝은 혜성이 먼저 깨어났고, 아빠 품에 안긴 지후가 뒤이어 눈을 떴다.

"엄마! 나 엄마한테 갈래!"

영미가 발버둥 치는 지후를 받아 안았다.

"엄마, 도대체 어디 갔었어."

"미안해. 엄마가 너무 미안해. 다 엄마 잘못이야."

지후가 입을 뾰로통하게 내밀고 엄마의 목을 꼭 끌어안았다.

"괜찮아. 혜성이 형이 리어카도 태워주고 목마도 태워주고 비행기도 해주고 재밌게 놀았어."

여섯 살 아들이 오히려 엄마의 어깨를 토닥거렸다. 영미의 눈시울이 붉어졌다. 그녀는 아들을 다시는 잃어버리지 않겠다는 듯 두 팔에 힘을 주어 꼬옥 껴안았다.

"혜성이 쟤가 수타짜장면집 앞에 있는 애를 발견해다가 달구지에 싣고 왔더라고."

복자가 자초지종을 설명했다.

"고마워요, 혜성 군."

"지후가 엄마를 잃어버린 게 아니라서 다행이에요."

혜성이 마음을 담아 말했다. 복자는 그가 길 잃은 아이를 보고 저 어릴 적 생각이 나서 얼마나 애달파했을까 생각하니 가슴이 시큰했다. 영미는 혜성이 어떻게 자라왔는지 모르니 그 마음까지는 헤아리지 못하고 그저 심성 착한 청년이 제 아들을 도와줬다고 여기는 듯했다. 복자가 반찬이 든 종이 가방을 영미의 남편에게 내밀었다. 주말이면 가끔 아들과 함께 맨손에 들렀던 터라 서로 안면이 있었다.

"지후 좋아하는 분홍소시지 달걀부침하고 김치랑 미역국도 좀 넣었으니까 내일 아침에 간단히 데워먹고 소장님 출근길에 다 같이 여기로 와. 김치 담그고 수육 삶을 요량이니까."

"수육 하시게요?"

영미의 눈이 동그래졌다.

"소장님이 그랬잖아. 아들이 김장 날 수육 맛을 몰라서 아쉽다고. 내일 지후 요 녀석 그 맛 좀 보여주게."

지후가 복자에게 물었다.

"그거 맛있어요?"

"그럼. 오늘 먹은 소시지보다 백배 천배는 더 맛있지."

"이야, 그럼 정말 맛있는 건데."

지후가 엄마에게 안긴 채로 손뼉을 쳤다. 내일 만날 약속을 하고 영미의 가족이 현관문을 나섰다.

"저도 이만 가볼게요."

혜성이 주섬주섬 바람막이 점퍼를 입고 운동화를 신었다. 영미의 남편이 같은 방향이면 태워주겠다고 했다. 혜성은 걸어서 금방 갈 수 있다며 공손하게 호의를 거절하고 영미의 가족이 차를 타고 떠나는 모습을 지켜봤다. 차가 모퉁이를 돌아 사라지는 걸 확인하고서야 돌아서는데 빗방울이 후드득 떨어졌다. 바람막이에 달린 모자를 눌러쓰고 빗속을 걷는 동안 아까 본 장면이 머릿속을 떠나지 않았다. 아들을 안아주던 영미와 뒤늦게 만난 엄마의 어깨를 괜찮다고 다독이던 지후의 모습. 혜성은 만약 그들 형제를 버렸던 엄마가 지금이라도 돌아와서 미안하다고 하면, 이렇게 대답할 자신이 있었다. 괜찮아. 돌아와줘서 고마워.

***

벚꽃이 떨어진 가로수에 푸른 잎이 돋아났다. 꽃이 저물었다고 슬퍼하기엔 잎이 무척 싱그러운 초여름의 아침이었다. 혜성은 두근거리는 마음으로 미래아파트 단지 안에서 열리는 오일장에 가판대를 폈다. 복자네 장독 김치의 구독 서비스를 처음으로 개시하는 날이었다.

김치 구독 서비스에 대한 아이디어를 낸 사람은 영미였다. 복자와 혜성이 영미의 가족과 함께 김치를 담가 수육을 먹던 날, 영미는 자신이 사는 아파트 주민들을 대상으로 김치 구독 서비스를 해보면 어떻겠냐고 제안했다.

"김치 구독 서비스?"

복자는 의아했다. 잡지나 신문을 구독하면 몰라도 김치를 구독한다는 말은 처음 들었다.

"김치를 구독하면 일주일에 한 번 정해진 요일에 새

김치를 보내주는 거예요. 결제는 한 달, 석 달, 여섯 달, 일 년 이렇게 미리 받아놓고. 김치 종류도 선택할 수 있으면 더 좋고요. 애가 있는 집은 백김치도 필요하고, 여름엔 동치미가 좋잖아요. 대신 지금처럼 현찰 받고 장독째로 리어카 끌고 다니면서 장사하면 안 되고, 시스템을 만들어야 해요."

시스템을 만들기 위해 혜성은 냉면기계공장을 김치공장으로 바꾸기로 결심했다. 당근에 올린 지 한참이 지나도록 팔리지 않는 냉면기계 세트 중 김치 공정에 사용할 만한 것만 남겨두고 나머지는 창고로 치웠다. 그리고 복자가 칼로 배추를 가르는 수고를 하지 않도록 절삭기를 만들었다. 레일에 배추를 올려놓기만 하면 절삭기가 슥슥 반으로 갈라주니 너무 편하다며 복자는 함박웃음을 지었다. 배추를 씻고 절이는 데 필요한 물을 끌어오기 위해 수도와 배관 설비를 손보고, 가스레인지 위에 복자의 키만 한 육수 통을 올려 김치에 사용할 멸치다시마 육수를 대량으로 끓일 수 있도록 준비했다. 복자가 바닥에 쪼그리고 앉아 허리를 숙이지 않아도 되도록 높낮이를 조절할 수 있는 모션 조리대도 만들었다. 양념에 쓸 재료를 대량으로 갈 수 있는 믹서와 육수 슬러시를 동치미용 슬러시로 개량했다.

시스템은 하드웨어만으로 끝나지 않았다. 세금계산서

를 발행하거나 카드 결제를 하기 위해서는 사업자등록이 필요했다. 상호는 혜성이 수타짜장면집에서 엉겁결에 말한 복자네 장독김치로 확정했다. 상호명은 만장일치였지만, 누가 사장을 하느냐의 문제에서 혜성과 복자의 의견이 갈렸다. 혜성은 김치를 만드는 복자가 사장이 되어야 한다고 주장했고, 복자는 장사를 시작하자고 한 혜성이 사장이 되는 게 맞다고 했다.

복자는 아직 혜성이 벌어들인 돈이 천만 원에 턱없이 모자라 마음이 무거웠다. 열심히 김치를 담가서 여러 군데 식당에 팔았음에도 불구하고 원가와 마진율에 대한 계산 없이 아는 사람들에게 주먹구구식으로 장사를 하다 보니 수익이 적었다. 게다가 혜성이 복자와 수익을 5대 5로 나누어야 한다고 기어이 고집을 피우는 바람에 그가 가져가는 돈은 더 적어졌다. 복자는 매달 나오는 연금에서 남편의 요양병원비를 빼고 남은 금액으로 근근이 살아가는 처지라 한 푼이 아쉬웠지만, 그래도 혜성이 힘들게 장사해서 번 돈을 받으려니 염치가 없었다.

누가 사장이어야 하는가의 문제는 복자가 혜성이 사장이 아니면 김치를 담그지 않겠다고 선언하면서 일단락됐다. 혜성은 영미의 도움을 받아 개인사업자를 등록하고 세금계산서를 발행하고, 비용을 신고하는 법을 배웠다. 중고 카드 리더기를 구매해 사용법을 터득하고

1종 보통 운전면허를 딴 후 오로라맨숀 경비 아저씨에게 부탁해 연수도 끝냈다.

오일장에 들고 나온 김치는 배추김치, 묵은지, 백김치, 동치미까지 총 네 종류로 무료 시식을 위한 것이었다. 무료 시식대 옆으로 김치 구독 신청서와 볼펜을 가지런히 비치했다. 신청서 뒷면에는 서비스에 대한 안내를 상세히 적어놓았는데 영미가 그동안 갈고 닦은 문서 편집 실력을 발휘한 결과물이었다. 김치를 시식한 후 원하는 김치를 선택해 구독을 신청하면 원하는 요일 새벽에 집 앞으로 배달해준다는 내용이 플로 차트 형태로 눈에 쏙 들어왔다.

오늘 복자네 장독김치의 목표는 20명의 월 구독자를 확보하는 것이다. 혜성은 아파트의 가구 수와 연령대를 고려해 목표치를 잡고 이들에게 배송할 김치를 미리 준비해뒀다. 김치가 맛있게 익으려면 일정 기간이 필요하기 때문에 구독 신청을 받은 후 허겁지겁 김치를 담갔다가는 가장 맛있는 때 식탁에 올라갈 수 없었다. 오픈 시간이 다가오자 손에서 진땀이 났다. 목표 구독자 수를 못 채우면 김치를 담그는 데 사용한 비용들을 모두 날리고 말 것이다. 복자는 김치가 어디 가느냐고, 남은 김치는 묵혀서 음식을 해 먹으면 된다고 무리하지 말라고 다독였지만, 혜성은 꼭 목표량을 채우고 싶었다. 그래야 본격적인 여름 장마가 시작되기 전에 제대로 된 투룸으로 이사를 갈 수가 있었다.

***

11시가 되자 단지 중앙 광장이 캐노피 천막으로 가득 찼다. 곧 안내 방송이 나왔다. 오일장이 열렸다는 안내 멘트가 집집마다 연결된 스피커를 타고 흘러나갔지만 정작 밖으로 나오는 사람은 드물었다. 혼자 집에 있기 적적한 노인들이 어슬렁거리며 휴대용 안마기를 구경할 뿐이었다. 누군가가 혜성의 가판대를 보곤 요즘 젊은것들은 김치도 사 먹는다며 혀를 끌끌 차며 지나갔다.

해가 중천에 떠서 저물도록 구독 신청은커녕 시식하는 사람도 하나 없었다. 미래아파트 경비원이 점심 도시락에 곁들여 먹겠다며 동치미를 조금 얻어갔을 뿐이었다. 혜성은 초조해졌다. 오일장 마감은 저녁 6시였다. 지금이 오후 4시이니 앞으로 두 시간 안에 20명의 구독자를 모집하지 못하면 목표치를 채우지 못하고 돌아가야 했다. 무슨 방법이 없을까 고민하며 혜성은 주위를 둘러봤다. 오전에 휴대용 안마기를 구경하던 노인들은 이제 전통과자와 차를 시식하는 코너에 옹기종기 모여앉아 담소를 나누고 있었다. 노인이 아닌 사람은 부모가 일을 나간 동안 할머니, 할아버지와 하루를 보내는 갓난아기들뿐이었다. 노인들은 김치를 사 먹지 않고 유모차에 탄 아기들은 김치를 먹을 수 없다. 저녁 6시 이전에 김치를 살 만한 주민들이 나타날지 의문이었다. 낙심하는 혜성의 귀에 탕, 탕, 공 튕기는 소리가 들렸다. 미래중학교 교복을 입은 남학생 한 무리가 농구공으로 장난을 치며 아파트 정문으로 들어왔다.

"아, 배고파!"

한 중학생이 소리쳤다. 혜성은 저 나이대 소년들이 얼마나 자주 배가 고픈지 경험으로 알고 있었다. 그렇다고 저 학생들에게 와서 김치로 배를 채우라고 할 수도 없는 노릇이었다. 혜성은 고3 때 들은 창업 특강을 떠올렸다. 반 아이들이 출튀하는 동안 한 번도 빠지지 않고 끝까지 남아서 들었던 강의였다. 마지막 수업 때 강사는 교실에 홀로 앉아 있는 혜성에게 다가와 이렇게 말했다. 고객이란 벽을 혼자서 못 넘겠으면 끼워팔기로 시작해라. 그렇게 첫 번째 손님이란 관문만 넘으면 그 뒤는 자석과 같다. 품질이 바로 자성이다. 품질만 좋으면 고객이 알아서 들러붙는다. 마치 무림고수가 하산을 앞둔 제자에게 마지막 비기를 전수하는 것처럼 비장했던 그의 표정이 떠올랐다. 혜성은 김치의 품질에서만큼은 누구보다 자신 있었다. 그렇다면 지금이야말로 창업 특강 강사가 알려준 비기를 시험해볼 차례였다.

혜성은 제일 구석 가판대로 달려갔다. 대기업 G사 로고에 신제품 출시라 적힌 현수막을 건 가판대에선 혜성 또래의 알바생들이 컵라면과 즉석밥의 판촉행사를 하고 있었다. 새로 나온 제품을 주민들에게 시식으로 제공하고 설문을 받아 가는 게 그들의 임무였다. 기본급에 설문지 장당 얼마의 수당이 붙는 구조라 가급적 설문을 많이 받아 가야 했다. 하지만 두 가지 모두 노인들의 관심을 받지 못하는 품목이어서 알바생들은 오일장에 나온 상인들을 대상으로 컵라면과 즉석밥을 나눠주고 거짓 설문이라도 부탁해야 하나 고민하고 있었다.

"우리 동업해요."

혜성의 말에 알바생들이 어리둥절해서 서로를 바라봤다. 혜성은 대답을 기다리는 대신 컵라면과 즉석밥을 양손에 들고 농구공을 든 중학생 무리 쪽으로 달려갔다.

"시식하고 가세요. 새로 나온 제품이에요. 공짜예요, 공짜!"

주머니가 가벼운 중학생들이 공짜라는 말에 귀가 솔깃했다. 혜성이 그들을 G사 가판대로 안내하자 알바생들은 머릿수에 맞게 컵라면을 준비하며 다 먹고 맛이 어땠는지 설문지만 작성해주면 된다고 안내했다.

"두 개 먹어도 돼요?"

농구공을 든 중학생이 물었다. 이제 막 컵라면에 물을 붓기 시작했는데 벌써 더 먹을 생각부터 하는 한창의 성장기였다. 알바생은 두 개를 먹으면 두 장의 설문지를 작성해야 하는데 혹시 주변 친구들이나 가족들 이름, 성별, 나이, 휴대전화 번호를 기재하고 설문지를 작성할 수 있으면 컵라면을 두 개도 줄 수 있다고 대답했다.

"제가 우리 형 이름으로 설문지를 하나 더 작성하면 컵라면을 더 받을 수 있다는 거예요?"

"네."

중학생들은 형뿐만 아니라 누나, 동생, 친구, 엄마의 명의로 설문지를 더 작성할 테니 컵라면을 하나씩 더 달라고 주문하고는 아직 먹지도 않은 음식의 시식평을 매우 맛있음에 줄줄이 체크했다. 알바생은 학생들이 설문을 작성하는 동안 즉석밥에 관해 설명했다. 일반 제품의 2분의 1 사이즈인 즉석밥은 별도로 데울 필요 없이 라면 국물에 말아 먹도록 만들어진 짝꿍 제품이었다. 그사이 혜성은 빠른 손놀림으로 종이컵에 김치를 담아 G사 가판대로 향했다. 중학생들은 밥에다 김치도 준다며 자기들끼리 어깨를 두드리고 손을 맞잡으며 오버 액션으로 환호했다. 아싸- 개이득.

중학생들이 두 개째 컵라면 뚜껑을 열 때쯤 갑자기 주부들이 나타났다. 주부들. 혜성이 그토록 원하던 잠재고객들. 대체 지금까지 어디 있다 이제서야 나타난 걸까. 혜성은 구세주를 만난 것처럼 그들이 반가웠다. 주부들이 정문 쪽으로 모여드나 싶더니 초등학생들을 실은 학원 차와 노란 유치원 차들이 정문으로 줄줄이 들어왔다. 혜성이 G사 가판대 앞에서 있는 힘껏 소리쳤다.

"시식하고 가세요! 신제품이에요, 신제품!"

알바생들은 자기들보다 제품 홍보에 더 열을 올리는 혜성을 신기한 듯 쳐다봤다. 당연하게도 그들은 혜성의 불안하고 절박한 심정을 알 리 없었다. 주부들이 하원하는 아이를 데리고 아파트 안으로 들어가버리면 오늘 다시는 안 나올 것이다. 잠재고객들이 아파트 현관 안으로 발을 들여놓기 전에 그들의 입맛을 잡아야 한다. 혜성은 미소를 방긋 띠고 긴 팔을 들어 손짓했다.

"시식하고 가세요!"

시큰둥한 주부들과는 달리 아이들이 먼저 반응을 보였다. 한 아이가 혜성을 가리키며 뭔지 보고 가자고 엄마 손을 이끌자 곧이어 다른 아이들도 엄마를 조르기 시작했다. 농구공을 두 발 사이에 끼우고 컵라면을 먹던 중학생이 혜성을 지원 사격했다. 탄수화물을 흡입해 기분이 한껏 좋아진 목소리였다.

"맛있어요!"

첫 번째 손님이 최고의 호객꾼이라더니 중학생들의

맛있다는 탄성에 아이들이 보호자의 손을 더욱 거세게 잡아끌었다. 고사리손에 이끌린 엄마, 아빠, 할머니, 할아버지가 G사 가판대로 모여들었다. 알바생들의 손이 바빠졌다. 준비한 의자가 모자라 일부는 서서, 또 일부는 근처 벤치로 가서 컵라면을 먹었다. 혜성은 종이컵에 김치를 담아 바지런히 날랐다. 유치원복을 입은 아이들에게는 백김치와 동치미를 제공했다. 맵고 뜨거운 음식을 못 먹는 아이는 라면 면발을 동치미 국물에 적셔서 먹기도 했다.

"여기도 백김치랑 동치미 좀 주세요."

여기저기서 동치미를 달라는 주문이 잇따랐다. 얼큰한 컵라면 끝에 시원하고 개운한 맛이 당기는 법이다. 혜성이 다 먹은 종이컵을 회수해서 돌아오는데 가판대 앞으로 손님이 다가왔다. 조금 전에 백김치와 동치미를 달라고 했던 초등학생의 엄마였다.

"구독 서비스면 집 앞으로 배달해주는 거예요?"

"네, 여기에 원하는 요일과 김치 종류를 체크해주시면 매주 한 번씩 배달해드려요."

손님이 서비스 신청서를 꼼꼼히 들여다봤다.

"다른 건 다 맛을 봤는데, 묵은지 맛을 못 봐서 어떻게 해야 할지 모르겠네."

혜성은 아차 싶었다. 묵은지는 생으로 시식을 하면 안

되고 조리를 해서 먹어봐야 했다. 아예 김치찌개를 끓여서 시식을 하도록 할걸, 후회됐다.

"묵은지는 김치찌개 양념과 레시피를 동봉해서 배달하는데요. 어떻게… 조금 싸드릴까요? 드셔보시고 결정하시겠어요?"

"그래도 돼요?"

"네. 양념이랑 레시피도 준비해왔으니까 같이 드릴게요."

"아니…."

손님이 망설였다. 혜성은 심장이 철렁 내려앉는 것 같았다. 김치 구독 서비스에 처음으로 관심을 보인 손님을 이렇게 돌려보내고 싶지 않았다. 혜성이 다른 김치들까지 더 싸줄 수 있다고 말을 하려는데 손님의 입에서 예상치 못한 말이 나왔다.

"…사갈게요. 좀 전에 컵라면 먹으면서도 여러 번 공짜로 먹었는데 어떻게 그래요. 묵은지는 김치찌개 4인분 끓일 수 있을 만큼 넣어주세요. 그러면 얼마예요?"

미처 카드 리더기를 가져오지 못한 혜성은 계좌이체로 돈을 받고는 묵은지와 김치찌개 양념, 레시피를 검은 봉지에 넣어 내밀었다. 봉지를 받아든 손님이 구독 서비스 신청서 한 장을 챙겨 들었다.

"먹어보고 괜찮으면 연락할게요."

"감사합니다!"

손님이 가자마자 다음 손님이 혜성의 앞에 섰다. 그 뒤로도 손님들이 줄을 이었다.

***

혜성이 공장으로 돌아와 가판대와 캐노피 천막을 정리했다. 시식용으로 준비해 간 김치는 동이 났고 묵은지도 현장에서 모두 팔았다. 구독 접수는 아홉 명뿐이었지만, 묵은지까지 먹어보고 결정하겠다며 구독 신청서를 가져간 사람만 스물두 명이었다. 줄 끄트머리에 서 있던 몇 명은 묵은지가 떨어지는 바람에 결국 사가지도 못했다. 어떤 주부는 옆집에 가서 김치찌개를 먹어보고 맛있으면 주문하겠다고 했다. 애당초 설정한 목표량을 채우지는 못했지만 희망이 있었다.

신청서를 가져간 사람 중 반만이라도 연락이 오면 좋겠다고 생각하며 정리를 끝낸 혜성은 화장실에 가서 찬물로 몸을 씻고는 잠자리로 향했다. 그는 반지하 단칸방 계약이 끝난 후론 줄곧 공장에서 지냈다. 복층형 공장의 2층은 원래 사장이 낮잠을 자기 위해 만든 공간이었다. 사장 말로는 점심 후엔 식곤증이 와서 꼭 낮잠을 자야 한다고 했지만, 어떤 날엔 혜성이 출근할 때까지 2층에서 잠들어 있었다. 그런 날엔 꼭 빈 소주병이 나뒹굴었다. 하늘로 떠나기 직전 한 달은 집에 들어가는 날보다 여기서 자는 날이 더 많았다.

혜성이 수건으로 젖은 머리를 털며 철제 계단을 올라가는데 2층에서 부스럭거리는 소리가 들렸다. 혜성이 놀라서 걸음을 멈췄다. 부스럭거리는 소리가 더 커지더니 계단 위로 그림자가 길게 드리웠다. 귀신이라도 나타났나 더럭 겁을 내는데 사람 머리가 쑥 나타났다. 목구멍에서 저절로 비명이 튀어나왔다.

"흐어어거 - 소장님이 여긴 어쩐 일이세요."

영미가 천장에 머리가 닿지 않게 몸을 숙이고선 철제 계단을 내려왔다. 혜성이 바닥으로 내려서서 길을 터주었다. 영미가 마지막 계단참에 멈춰선 채 난간에 팔을 기댔다.

"나도 구독 서비스 신청하러 왔지. 복자 어르신이 퇴근길에 너한테 들러서 저걸 주고 가라고 부탁하시기도 했고."

선반을 가리키는 영미의 손가락 끝에 보온병이 걸렸다.

"저게 뭐예요?"

"사물탕. 어르신이 시장에서 지황, 작약, 당귀, 천궁을 사다가 팔팔 끓여서 걸러냈다고 남기지 말고 꼭 다 마시라고 전해달라셨어."

혜성이 보온병에 든 사물탕을 뚜껑에 부었다. 한방 약재의 향이 코끝을 감돌았다. 누군가 자신의 건강을 걱정해준다는 사실에 벌써부터 몸이 든든해진 기분이었다.
"근데 대체 언제부터 여기서 지낸 거야?"
영미가 물었다.
"곧 방 구해서 나갈 거예요."
"곧 언제?"
"천만 원 모으면요."
"복자 어르신도 아셔?"
"말하지 마세요. 알면 속상해하신단 말이에요."
혜성이 보온병 뚜껑을 두 손으로 들고 사물탕을 호로록 마셨다.
"도대체 너랑 복자 어르신은 무슨 관계야?"
"말했잖아요. 돌아가신 할머니 아들이 제 사장님이었다고."
"그리고?"
"그리고 뭐요."
"그리고 또 뭐가 있냐고. 사장이 죽었다고 직원이 그 엄마 쓰러졌을 때 응급실 데려가고, 매일같이 뻔질나게 드나들고, 같이 장사하고, 공장도 혼자서 리모델링하고, 이게 상식적으로 말이 되는 일이야? 너 설마… 숨겨둔 손자… 뭐, 그런 건 아니지?"

영미의 막장급 상상력에 혜성은 웃음이 피실 새어 나왔다.

"차라리 그랬으면 좋겠네."

진심이었다.

"뭐야. 이건 또 무슨 반응이래? 너 오늘은 제대로 말해. 다 듣기 전까지는 여기서 한 발짝도 안 나갈 테니까 그렇게 알아."

영미가 계단에 걸터앉았다. 혜성은 어서 빨리 이 불청객을 내보내고 계단을 올라가 잠을 청하고 싶어 사장이 강물에서 주검으로 발견된 아침부터 김치 장사를 시작하기까지의 이야기를 했다. 말을 하다 보니 마음속이 점차 후련해졌다. 사실은 그 역시 누군가에게 속내를 털어놓고 싶었던 걸지도 몰랐다.

한참이 걸려 혜성의 이야기가 끝났다. 묵묵히 듣고 있던 영미가 낮은 한숨을 내쉬었다. 그래서 김치 장사를 시작했다니. 그게 정말 혜성이 원했던 삶인지 궁금했다.

"후회 안 할 자신 있어? 기계공이었다면서. 네 꿈이 원래 김치 장사를 하는 건 아니었을 거잖아."

그놈의 꿈, 꿈, 꿈. 또 꿈 타령인 걸 보니 영미도 어쩔 수 없는 꼰대에 불과했다.

"나는 꿈 없어요. 내 꿈은 죄다 악몽뿐인데… 무슨 꿈을 꿔요. 나 같은 게… 나는요, 아침마다 비명을 지르며 잠에서 깨요. 오늘 하루를 또 어떻게 버티나 겁이 나서. 오늘 하루를 버텨낼 자신이 없어서. 그래도… 겁이 나도… 자신이 없어도… 어금니를 꽉 깨물고 자리에서 일어나요. 살아야 하니까… 동생을 지켜줄 사람은 세상에 나 하나밖에 없으니까."

영미는 별말 없이 한참을 앉아 있다가 딱 한 가지 질문을 더 했다.

"동생이 몇 살인데."

"생일 지나서 만으로 열네 살이요."

영미가 떠난 후 혜성은 2층 매트리스 위에 누워 후회하느라 밤을 꼬박 새웠다. 아무리 편해졌다고 해도 그렇게 쏘아붙인 건 잘못했다. 영미는 그저 그가 걱정돼서 한 말인데, 지금까지 마음속에 담아놨던 울분을 다 토해버렸다.

혜성은 해가 뜨자마자 사과할 마음으로 오로라맨숀으로 가서 영미를 기다렸다. 8시 정각이 되자 영미가 부스스한 몰골로 출근해 경비와 교대를 했다. 혜성이 관리사무소 안으로 들어가는 영미를 줄레줄레 따라갔다.

"어제는… 죄송해요."

"죄송하면 당장 짐 싸서 들어오든지."

"들어오라니. 어딜요?"

영미가 관리사무소 캐비닛에서 열쇠 꾸러미를 꺼내

혜성에게 내밀었다. 꾸러미 손잡이 부분에 2동 202호란 꼬리표가 붙어 있었다.

"2동 202호 주인이 재개발추진위원회 위원장님인데 재건축 허가 날 때까지 거기서 지내도 된다고 허락받았어. 방 두 개니까 동생 데려와서 같이 살아. 월세는 없고 관리비만 내면 되는데, 그건 내가 알아서 할 테니까 우리 집에 김치 구독 서비스 무료로 넣어주는 걸로 퉁치자. 그 정도는 할 수 있지?"

영미는 지난밤 위원장에게 전화를 걸어 조카의 사정이 어려워서 그러니 관리비만 받고 세를 달라고 한참을 설득했다. 부자가 더 깐깐하다고, 위원장은 아무리 그래도 월세를 조금은 받아야 하지 않겠냐고 고집을 부렸다. 설득하다 지친 영미가 안 되면 부위원장에게 부탁하겠다고 하자 그제야 위원장은 그녀의 제안을 받아들였다. 어차피 세는 안 나간 지 오래고 판교 부촌에 사는 위원장이 직접 들어와서 살 수도 없어 관리비만 생돈으로 잡아먹는 중이었다. 관리비만 받아도 지출을 줄일 수 있었다.

영미가 혜성을 202호로 안내했다. 2동은 복자의 집이 있는 3동과는 좌우가 바뀌었을 뿐 똑같은 구조였다. 안방은 혜성의 덩치에 맞는 킹사이즈 침대를 사서 넣으면 딱 맞는 크기였다. 오랫동안 비워놓은 집이라 벽지가 조금 뜨긴 했지만 간단히 손 볼 수 있는 수준이었다. 영미가 방마다 불을 켜보고 화장실과 주방의 수도까지 일일이 체크하며 보수할 곳이 없나 점검하는데, 현관에서 콧물을 훌쩍이는 소리가 났다. 찬 데서 자는 바람에 감기라도 걸렸나 싶어 돌아보니, 혜성이 신발도 벗지 않은 채 울고 있었다. 영미는 못 본 척 고개를 돌리고는 베란다로 나가 천장에 달린 빨래건조대 손잡이를 당겼다. 스르륵. 건조대 발이 아래로 슬라이딩해 내려왔다. 모든 게 제대로였다.

5. 위대한 상속자

　총알맨이 오로라맨숀 앞에 대형 박스를 내렸다. 박스에는 국제특송 스티커가 붙어 있었다. 관리사무소에서 CCTV를 보던 영미가 궁금증을 못 이기고 정문으로 나왔다.
　"이게 다 뭐예요?"
　"오로라맨숀아파트 3동 505호 명복자 님 앞으로 온 겁니다."
　총알맨이 마지막 박스를 내리고는 송장을 확인한 다음 손수레에 박스를 싣고 중정으로 들어섰다. 엘리베이터가 없는 구식 건물이라 박스 여섯 개를 일일이 들어서 5층까지 운반해야 했다. 그에겐 시간이 생명이었다. 달리 고객들이 총알맨이라고 부르는 게 아니었다. 총알같이 재빠르고 정확하게 고객에게 도착한다는 게 총알맨이 지켜야 할 철칙이었다. 그런데 이렇게 한 번 지체하게 되면 이후 배송이 줄줄이 늦어진다. 최대한 기민하게 움직여야 했다. 그는 한 번에 박스를 몇 개까지 들고 올라갈 수 있을지 가늠해봤다. 부피는 크지만 무게는 무겁지 않아 세 박스까지도 가능했다. 문제는 층고였다. 박스 세 개를 한꺼번에 쌓아서 가기엔 높이가 안 나왔다. 하는 수 없이 계단을 세 번 왕복하기로 하고 박스 두 개를 겹쳐 드는데, 영미가 박스 하나를 들고 앞장섰다. 덕분에 왕복 두 번으로 배송을 끝낸 그는 전속력으로 배송 트럭에 올라 다음 목적지로 향했다.

총알맨의 트럭이 떠난 자리에 복자네 장독김치 배달 트럭이 멈춰 섰다. 운전석에 앉은 혜성이 시동을 끄고는 휴대폰을 확인했다. 동생에게 이사한 집으로 들어오라고 하루에도 몇 번씩 메시지를 보내는데, 계속 읽씹이었다. 혜성은 동생에게 연락을 기다리겠다는 짧은 메시지를 남기고 고개를 들다가 맞은편에서 걸어오는 생명체를 보고 얼이 빠지고 말았다. 여자는 검은 단발에 검은 원피스에 검은 가죽점퍼에 검은 망사 스타킹에 검은 롱부츠를 신고 백팩을 검은색으로 통일하는 것도 모자라 검은 아이라인에 손톱과 입술까지 검게 칠하고 있었다. 여자의 검은 입술이 빨대를 쪽 빤 다음 크, 낮은 탄성을 내뱉었다. 뭐가 그리 맛있는 건지. 무의식적으로 여자의 손에 들린 음료수병에 눈길이 갔다. 탄성을 내뱉을 만큼 맛있는 음료의 정체를 알고 싶었다. 어딘가 낯익은 병을 유심히 살피던 혜성은 짙은 초록색 병에 붙은 빨간 라벨을 보고서야 소주라는 걸 알아챘다. 대낮에 길에서 소주를 빨대로 빨아 먹는 여자가 검은 아우라를 내뿜으며 혜성의 트럭을 지나 오로라맨숀 안으로 들어갔다.

여자를 따라가려던 건 아니지만, 뒤따라가는 것처럼 되어버린 혜성이 오로라맨숀 3동 5층 복도 끝에 멈춰 섰다. 제일 먼저 복자의 집 앞에 쌓여 있는 커다란 택배 상자들이 눈에 띄었고, 그다음으론 여자를 바라보는 복자의 눈이 움찔거리는 게 보였다.

"할머니, 나야, 할머니 손녀 아린이."

여자의 말에 혜성과 영미가 놀라서 서로를 바라봤다. 복자가 아린을 위아래로 훑어봤다.

"아린이. 네가⋯ 네가 정말 아린이라고?"

"응. 그런데 아빠 죽었다며. 왜 나한테 연락 안 했어?"

"아니, 그게⋯."

"왜 나한테 연락 안 했냐고."

"번호를 알아야 연락을 하지."

"아빠가 내 번호 알 텐데."

"호영이 휴대폰이 사라졌어."

"어쩌다가?"

"근데 넌 꼬락서니가 그게 뭐야?"

아까부터 복자가 하고 싶은 말이었다. 그녀는 검은 아우라를 내뿜는 눈앞의 여자가 손녀라는 사실을 믿고 싶지 않았다. 어쩌다가 그 귀여운 아이가 이렇게 됐을까.

"그냥 콘셉트야. 여기 오려니까 어마어마한 용기가 필요해서."

"콘… 뭐?"

"콘.셉.트. 생각해봐, 할머니. 아빠가 죽었다는 소식을 대부업체 깡패한테 전해 들은 딸의 심정이 얼마나 꿀꿀하고 또 무섭겠어."

"대, 대부업체라니. 그게 무슨 말이야?"

"대부업체는 빚쟁이란 뜻이야, 할머니. 빚쟁이가 뭔지 알지? 그 빚쟁이가 어찌나 정보력이 좋은지 내 연락처를 알아내서 협박 전화에 메시지 폭탄까지 보냈어. 아빠가 죽었으니 상속자인 네가 대신 빚을 갚아야 한다, 안 그러면 할머니를 다시는 못 볼 줄 알아라, 그래서 내가 그랬지, 한국에 가서 내가 직접 해결하겠으니 제발 할머니한테 해코지는 하지 말라고. 그래서 온 거야. 할머니 지키러. 그러니까 나 여기 살아도 되지?"

아린이 배시시 웃으며 피어싱을 한 코끝을 찡긋했다. 혜성이 밀린 월급을 받아냈어야 하는 사람은 복자가 아닌 아린이었다. 그녀가 사장의 진짜 상속자였다.

***

  다음 날 아침, 혜성이 약속 시각에 맞춰 중정으로 나갔을 때 아린은 검은 바지 정장 차림에 화장기 없는 얼굴을 하고 있었다. 콧볼에서 반짝이던 피어싱도 사라지고 손톱에 칠한 매니큐어도 깨끗하게 지운 채였다. 검은 아우라를 걷어낸 아린은 고등학생이라고 해도 믿을 만큼 뽀얗고 귀여운 얼굴의 소유자였다. 어딘가 모르게 혜성의 최애캐 루나와 닮은 것 같기도 했다.

  복자와 아린이 트럭 조수석에 나란히 올라탔다. 혜성은 내비게이션 안내에 따라 김씨 문중의 선산 쪽으로 핸들을 돌렸다. 호영의 무덤은 선산 중턱에 있었다. 혜성은 제수 음식이 담긴 보따리와 돗자리를 들고 묵묵히 두 사람을 따라 산을 올랐다. 그도 아린처럼 산소는 처음이었다. 복자에게 위치를 물어 미리 인사를 올 수도 있었는데 지금껏 너무 주변머리가 없었던 것 같아 죄송했다. 굳이 변명하자면 장례식장에서 난리를 피우다가 장 씨가 휘두른 의자에 머리를 맞아 며칠 누워 있은 후론 정말 머리가 어떻게 됐는지 밀린 월급 천만 원이 뇌를 지배했다. 다른 생각은 아무것도 할 수 없었다.

  복자가 비석도 없는 초라한 무덤 앞에 섰다.

  "여기다. 네 아빠 묻힌 곳."

아린은 잔디 한 포기 없는 민둥 무덤을 말없이 바라봤다. 중학생 때 캐나다로 떠난 이후로 한 번도 본 적 없는 아빠가 동그란 봉분 아래에 묻혀 있다고 생각하니 실감이 안 났다. 언제나 그랬던 것처럼 아빠는 저 멀리 닿지 않는 곳에 살아 있는 것만 같았다. 단지 서로 연락을 안 하는 것일 뿐. 그렇게 생각하니 성묘를 온 지금도 이전과 다를 바가 없게 느껴졌다.

"이리 와."

복자의 부름에 돌아보니 돗자리 앞으로 간단한 제수가 차려져 있었다.

"인사해야지."

아린이 복자의 옆에 섰다. 복자는 마치 아들이 흙 속에 누워 외부감시용 CCTV라도 보고 듣는 것처럼 이야기를 늘어놓았다. 아린이가 왔는데 넌 왜 거기 누워 있냐. 일어나, 이것아.

아린이 먼저 절을 하고 혜성이 다음으로 절을 했다. 아린은 성묘를 끝내고 돗자리를 정리할 때까지 제수로 가져간 소주를 홀짝홀짝 들이켰다. 복자가 아린의 어깨를 탁 치며 술 좀 그만 마시라고 핀잔을 줬다. 아린은 한 모금만 더, 한 모금만 더, 애교를 떨며 소주 한 병을 다 비우고도 말짱했다. 복자가 그런 손녀를 보며 헛웃음을 웃었다. 김 씨 핏줄이 어디 가나.

산에서 내려온 세 사람은 곧장 법원으로 향했다. 복자는 아들이 사망한 지 한 달이 넘도록 상속 포기 신청을 하지 않았다. 자신이 상속을 포기하고 나면 행여 손녀인 아린에게 피해가 갈까 봐서였다. 이제는 아린과 함께이니 그런 걱정은 할 필요가 없었다. 요양병원에서 받은 서류를 첨부해 남편과 복자, 손녀 아린까지 모두 상속 포기를 하는 데는 고작 한 시간이면 충분했다.

***

마지막 행선지는 아린의 할아버지이자 복자의 남편이 입원해 있는 요양병원이었다. 혜성이 트럭을 몰아 요양병원으로 가는 내내 아린은 투덜거렸다.
"할아버지를 꼭 봐야 해? 그냥 이대로 집으로 돌아가면 안 돼?"
"그래도 사람이 그러는 거 아니다. 오랜만에 한국에 왔는데 할아버지한테 인사는 드려야지."
"할아버지는 뭐 사람이라서 그랬나? 할아버지는 사람이라서 할머니한테 그래도 되고, 나는 뭐 사람 되려면 그러면 안 되는 거야? 이건 너무 편파적이고 불공평해."
'그래도'라는 단어가 혜성의 마음에 체증처럼 걸렸다. '그래도'라니. 뭐가 '그래도'라는 거지. 굳이 이렇게 에

둘러 말하는 건 혜성에게 알리고 싶지 않거나 입에 담고 싶지도 않은 일인 게 분명해서 혜성은 '그래도'가 뭔지 묻지 못한 채 요양병원에 도착했다.

복자가 앞장서서 2층 병실에 들어섰다. 복자의 남편은 자신의 이름이 적힌 침대 위에 누워 있었다. 김화평. 혜성은 복자가 아무 기억이 없는 남편에게 손녀를 인사시키는 동안 이름표만 물끄러미 바라봤다. 아이의 눈빛을 한 낯선 할아버지를 마주하는 게 겁이 났다. 아린이 오는 길에 편의점에 들러서 산 과자를 까먹으려 하자 화평이 버럭 소리를 질렀다.

"내 거야!"

아린이 반사적으로 가드를 올렸다. 혜성은 제 눈을 의심했다. 두 팔을 직각으로 세워 얼굴을 가리는 방어 자세. 홍민과 양아치들이 혜성을 집단 구타할 때 이런 말로 시작하곤 했다. 야, 가드 올려.

화평이 이불 위에 떨어진 과자를 주워 베개 밑에 숨기고는 누가 가져가지 못하게 몸으로 꾹 눌렀다. 베개 아래에서 과자 부스러지는 소리가 났다. 복자가 자리를 털고 일어나자 아린은 그제야 가드를 풀었다.

"가자. 손녀도 못 알아보는 할애비 옆에 더 있어서 뭐해. 아린이는 가는 길에 맛있는 거 사줄게."

화평이 돌아서는 복자의 손목을 잡아챘다.

"엄마, 나 버리지 마."

참다못한 아린이 한마디 했다.

"할아버지, 여기 명복자 씨는 엄마가 아니라 부인이에요."

"엄마, 나 버리지 마."

화평은 같은 말을 반복하며 복자의 손을 더욱 세게 움켜쥐었다. 아린이 억지로 손을 떼내자 화평은 으앙 울음을 터뜨렸다. 혜성은 더 보고 있기 힘들어 먼저 자리를 떴다. 곧이어 아린이 눈물을 글썽이는 복자를 데리고 병실에서 나왔다.

"다신 오나 봐라."

아린이 병실 쪽으로 모나게 눈을 흘겼다. 침을 안 뱉는 게 다행이라고 여겨질 정도로 경멸에 찬 눈길이었다.

***

아린이 왜 그렇게 매몰찼는지 알게 된 밤, 옥상에선 유달리 많은 별이 보였다. 혜성이 버너를 켜고 삼겹살을 굽는 내내 아린은 손가락으로 하늘을 가리키며 별 이름을 읊었다. 생일 별자리에 따르면 아린은 물고기자리, 혜성은 염소자리였는데 밤하늘에 떠 있는 두 별자리 사이는 거리가 꽤 멀었다. 염소는 뭍에 살고 물고기는 물속에 사니까 두 사람의 별자리가 떨어져 있는 건 당연한데도 좀 더 가까웠으면 하는 아쉬움이 들었다. 혜성은 고기를 굽던 집게로 물고기자리 옆에 있는 별을 가리켰다.

"저기 저건 무슨 자리야?"

"저건 고래자리."

물고기자리 바로 옆을 차지한 고래자리에 괜히 심술이 났다. 왜 생일 별자리 중엔 고래자리가 없지. 묻고 싶었지만, 입 밖에 내지는 않았다. 대신 딴소리를 했다.

"오늘따라 별이 많네."

아린이 반박했다.

"어제랑 똑같거든. 맨날 바닥만 보면서 걷는 주제에 언제 하늘을 봤다고. 너 어제 밤하늘에 별이 몇 개였는지 세어는 봤어?"

"왜 또 시비야. 그걸 누가 한가하게 세고 있냐? 먹고살기도 바빠 죽겠는데."

"그래놓고선 맨날 밤하늘의 별이라도 세는 사람처럼 오늘따라 별이 많다느니. 그거 기만이다, 너?"

"그러는 누나나 오버 좀 작작해. 밤하늘에 별 좀 많다고 얘기한 걸 가지고 기만까지나 갈 일이냐?"

아린이 다리를 쭉 펴고 발을 까딱거렸다. 엄지발톱에 고양이 얼굴 모양으로 붙여놓은 반짝이 스티커가 혜성에게 고개 숙여 인사했다.

"너 여자랑 같이 별 본 적 없지? 나랑 같이 별 본 소감이 어때?"

그녀와 눈이 마주치자 혜성은 자기도 모르게 고개를 돌려 시선을 피했다.

"아니 뭐, 질문을 해놓고선 대답도 안 듣고 다음 질문으로 바로 넘어가는 게 어딨냐?"

"그래서 여자랑 같이 별 본 적 있어?"

"…없어."

"야, 너 모태솔로야?"

"아니거든."

"그럼 여자랑 키스해본 적은 있고?"

"아, 얘기가 왜 갑자기 글루 튀어."

"그래서 키스해본 적 있어?"

"…왜, 내가 키스 한번 못 해봤을 것 같아?"

"응."

"해봤거든."

"거짓말."

"아니, 대답을 해도 안 믿을 거면 묻지를 말든가."

"그래서 나랑 같이 별 보니까 어때?"

아린은 늘 이런 식이었다. 1, 2, 3, 4 다음에 카드 5를 내밀 거라고 예측하고 있는데 카드 E를 내미는 사람 같았다. 예상치 못한 잽을 맞은 아마추어 복서처럼 혜성은 바로 대답하지 못하고 헛기침으로 당황한 감정을 숨겼다. 그러고선 김이 솔솔 나는 컵라면 한 젓가락을 입에 넣었을 때나 오렌지 주스를 한 모금 마셨을 때의 느낌으로 말했다.

"뭐… 좋네."

참고로 혜성은 컵라면과 오렌지 주스를 별로 좋아하지 않았다. 편의점에서 끼니를 때울 때면 삼각김밥과 우유를 선택하는 쪽이었다. 그렇다고 딱히 컵라면과 오렌지 주스를 싫어하는 것도 아닌 딱 그 정도의 적당한 말투를 내뱉은 자신이 맘에 들었다. 쏟아지는 별로 샤워를 하는 듯한 반짝이는 지금의 기분을 흠뻑 다 담아서 말을 했다간 아린이 놀리려 들 게 분명했다. 그녀에게 어린애 취급을 당하지 않으려면 속내를 감출 줄도 알아야 했는데, 그건 혜성이 누구보다 잘할 자신이 있는 분야였다.

"앞으론 하늘도 좀 보고 살아, 이 문짝아."

"문짝? 나보고 하는 소리야?"

"할머니가 널 그렇게 부르던데? 저 문짝 같은 놈."

"나한텐 그런 적 없는데."

"내가 여기 온 첫날부터 그랬거든. 저 문짝 같은 놈 때문에 내가 살았다. 이 문짝 같은 놈 덕분에 돈도 벌고 있다. 그 문짝 같은 놈한테 갖다줘라. 요 문짝 같은 놈이 곰인 줄 알았는데 여우더라. 블라블라블라."

그러고선 아린은 검지로 하늘을 가리키며 페가수스자리와 안드로메다자리 사이에 사각형을 그렸다.
"저게 가을 대사각형인데 앞으로 저걸 문짝자리라고 부르겠다. 어이, 문짝! 이제부터 문짝자리가 네 별자리야. 알았지?"
혜성은 아린의 손가락을 따라 밤하늘을 올려다봤다. 작고 하얀 하트가 그려진 손톱 끝에 문짝자리가 걸려 있었다. 아린의 생일 별자리인 물고기자리 바로 옆에 붙어 있어서인지 어째 혜성은 생일 별자리인 염소자리보다 별명을 따라 급조한 문짝자리가 더 마음에 들었다. 물론 그 마음을 입 밖으로 내뱉지는 않았다.
"다 익었다, 먹어."
혜성이 나무젓가락을 내밀었다. 젓가락을 받아든 아린이 삼겹살을 상추에 싸서 야무지게 먹었다.
"역시, 이 맛이야. 야, 문짝. 김치도 구워라."
아린이 소주를 병째로 들이켜는 사이, 혜성은 불판에 상추 한 잎을 올려 다 익은 삼겹살을 잎 위로 피신시키고 생삼겹살과 김치를 불판에 올렸다. 지직 - 입맛 돋우는 소리와 함께 연기가 피어올랐다. 하필이면 연기가 눈에 들어가서 눈을 깜빡이는데 상추 쌈이 시야에 불쑥 들어왔다. 아린이 쌈을 싸서 내밀고 있었다.
"아 - 먹어."

"됐어. 내가 알아서 먹을 테니까 누나나 많이 먹어."
"히잉 - 내가 먹여준대도."

아린이 울상을 지으며 고개를 까딱했다. 그 모습이 귀여워 혜성은 입을 아 - 벌렸다. 아린이 주는 쌈을 받아먹으니 심장이 간질간질했다. 입안 가득 쌈을 넣고 기분 좋게 어금니를 다물어 씹는데 알싸하다 못해 쓴맛이 혀를 강타했다. 대체 생마늘을 몇 개나 넣은 거야. 혜성의 표정이 일그러지자 아린이 재밌다는 듯 깔깔댔다.

"야, 뱉지 마, 뱉지 말라니까! 이놈의 자식이 어디 누나가 준 걸 뱉고 그래! 이 문짝 같은 놈아! 으하하하하!"

아린이 멀리 달아나 배를 잡고 웃었다. 입이 너무 써서 마늘을 모두 뱉어버린 혜성은 안 그래도 예쁜 아린이 달빛 아래 서 있으니 더 예쁘다고 생각하며 달달한 콜라로 입가심을 했다. 달아나던 아린은 혜성이 잡으러 오지 않자 갑자기 시시해져 평상 위에 털썩 걸터앉았다.

"너는 어린애가 매사에 뭐가 그렇게 무겁냐? 엉덩이도 무겁고, 입도 무겁고, 분위기도 무겁고."

아린이 소주를 한 모금 마셨다.

"그러는 누나는 무슨 술을 그렇게 많이 마셔?"
"술을 못 마시면 내가 할아버지의 손녀, 아빠의 딸이 아니지. 그래도 난 사람은 안 때려. 그냥 주량이 무지막지 센 것뿐."

혜성이 고기 뒤집던 손을 멈추고 아린을 쳐다봤다. 어쩐지 말에서 시궁창 냄새가 났다. 한마디만 더 하면 그녀의 시궁창 같은 비밀 속으로 빨려 들어가게 될 게 뻔했다. 서로의 아픈 과거를 알게 된다는 건 관계가 극단적으로 흘러갈 거라는 의미였다. 베프 홍민이 그랬고, 첫사랑 수진이 그랬다. 비밀을 공유한 순간 혜성과 그들의 관계는 극단적으로 멀어졌다. 혜성이 큰맘 먹고 수진에게 털어놓은 비밀이 홍민에게 전달되고, 홍민이 또 다른 친구들한테 얘기해 어느새 학교에 있는 모든 학생들이 그 비밀을 알게 되면서 나쁜 기억은 또 다른 거대한 나쁜 기억을 낳았다. 그때를 떠올린 혜성은 아린이 지금부터 어떤 얘기를 하든 절대 다른 사람에게 말하지 않겠다고 결심하며 그녀의 비밀 속으로 다이빙했다.

"누나네 할아버지가 누굴 때렸는데?"

"할머니랑 아빠랑."

"그럼 아빠는?"

"할아버지, 할머니, 엄마, 그리고 나."

혜성은 아린을 향한 시선을 거두고 불판 위에 김치를 올렸다. 어설픈 위로의 말 몇 마디로 얼버무릴 얘기가 아니란 것쯤은 알았다. 혜성이 고아라는 이유로 위로의 말을 듣는 걸 싫어했던 것처럼.

아린이 혜성을 빤히 쳐다보다가 갑자기 평상 위로 다

리를 걸치더니 바짓자락을 후룩 걷어 올렸다. 뽀얀 다리가 드러나자 혜성이 화들짝 놀라서 물러났다.

"아 씨, 뭐… 뭐 하는 거야. 놀랐잖아."

"여기 봐."

아린이 오른쪽 종아리에 길게 난 상처를 가리켰다. 칼에 베였다가 꿰맨 상처였다. 혜성과 함께 보육원에서 자란 동기 중에 비슷한 모양의 상처가 있는 녀석이 있었다. 홍민이라는 양아치. 서로 극단적인 관계가 되어버린 베프, 혜성의 첫사랑을 오토바이 뒷좌석에 태우고 달아난 폭주족, 혜성의 동생을 꾀어내 가출하게 만든 천하의 나쁜 놈. 홍민에게서 그 상처를 처음 본 날도 이만큼 놀라고 쓰라렸다.

"대체 누가 그런 거야."

"김아린의 아빠, 김호영 씨 작품."

"사… 사장님이?"

"문신으로 덮으려고 했는데 아플까 봐 무서워서 못 하겠더라. 내가 워낙에 쫄보라. 여튼 이것 때문에 엄마랑 캐나다로 도망친 거야. 주위엔 유학 간 거라고 얼버무리고. 모르긴 몰라도 할머니도 많이 맞고 살았을걸. 근데 참 이해가 안 가는 게… 왜 이혼을 안 하나 몰라. 지금이라도 하지. 치매 걸려서 아내를 엄마인 줄 아는 남편이 뭐가 그리 좋다고. 이젠 이혼했다고 손가락질할 사람도 없고, 집 나가면 지구 끝까지 쫓아가서 죽여버릴 거라는 혈기 왕성한 김화평도 없는데…."

얘기를 듣는 내내 혜성의 마음에 파도가 거세게 일렁였다. 아린이 갑자기 집게를 뺏어 들었다.

"야, 김치 타잖아. 삼겹살은 김치가 생명인데."

아린이 집게로 김치 한 조각을 집어 입김을 후후 불었다. 입속에 넣으려는 찰나, 혜성이 집게를 도로 뺏었다.

"여기 탔잖아."

혜성이 가위로 고기와 김치의 탄 부위를 잘라내고 멀쩡한 부분만 앞접시에 놔주는데도 아린은 굳이 불판 위에 있는 거무튀튀한 김치를 집어 들었다.

"대충 먹어. 안 죽어."

"아, 탄 거 먹지 말라고, 좀!"

성난 목소리에 아린이 흠칫 놀라 탄 김치를 내려놓고 제 앞접시에 놓인 빨간 김치를 집어 들었다.

"…알았다. 나 이거 먹으니까, 이제 성질내지 마라, 문짝."

"성질낸 거 아니거든요? 걱정한 거거든요? 탄 거 먹으면 암 걸린다는 기사도 못 봤어, 누나는?"

"오호라, 존대하니까 공손하고 좋네. 앞으로 문짝은 모든 말끝에 '요' 자를 붙이도록."

아린이 원래로 돌아왔다. 매사에 건성건성 장난으로 넘기는 콘셉트 광 김아린. 혜성은 그녀의 장난스러운 미소가 꼭 눈물을 감추기 위한 가면처럼 느껴져 평소 마시지 않던 소주를 입에 댔다. 술기운이 오른 탓일까. 혜성도 자신의 이야기를 털어놓았다. 희망의 집 앞에 버려진 날부터 동생이 메시지를 읽씹한다는 푸념까지, 아린은 긴 이야기를 묵묵히 듣기만 했다. 복자를 만나고 나서부터 이상하게 속내를 드러내는 게 쉬워진 혜성이었다. 불과 몇 달 전만 해도 이런 얘길 하면 무시당할까 봐, 사람들이 싫어할까 봐, 구질구질하다고 그를 멀리할까 두려워 입 밖으로 꺼낼 용기도 못 냈다.

"내 상황이 너무 거지 같아."

"거지 같은 상황치고 삼겹살은 너무 호화로운 거 아니야, 문짝?"

"아니, 지금 상황 말고… 예전에 사장님 장례식장 갔던 거… 거기서 할머니한테 밀린 월급 달라고 난리 피운 거… 내 상황이 그렇게 거지 같지만 않았어도, 난동 대신 애도를 했어야 마땅한데."

"세상 모든 일엔 예외란 게 있는 법이야."

"예외?"

"마땅하다는 거, 그거 다른 말로 하면 모든 사람이 천편일률적으로 동일한 행동을 해야 한다는 거잖아. 그런데 난 이런 의문이 들어. 과연 그런 인간의 죽음도 애도해야 했을까. 그런 인간이 애도 받을 자격이 있나."

아린이 남은 소주를 단번에 들이켰다. 소주가 동이 났다. 아린이 평상에서 폴짝 뛰어내렸다. 발목까지 차는 얕은 개울 속으로 뛰어드는 아이를 부축하는 것처럼 혜성이 아린의 팔을 가볍게 붙잡았다. 술기운에 몸이 기우뚱하던 아린은 곧장 중심을 잡고 혜성의 눈을 들여다봤다. 아린의 얼굴, 정확히는 입술이 너무 가까워서 혜성은 심장이 멈출 뻔했다. 아린의 동그랗고 도톰한 입술이 조그맣게 움직였다. 입술 사이로 무어라무어라 말이 새어 나오는 것 같은데 도무지 해독이 안 됐다. 말은 숨결이 되어 혜성의 목 언저리를 간지럽혔다. 뜨거운 열기가 후끈 올라와 머리가 어질했다. 아린은 도톰한 입술을 쉴 새 없이 움직이며 혜성의 어깨에 양팔을 올려 손바닥으로 그의 뒤통수를 감싸 안았다.

"야!"

그러면서 두 귀를 확 잡아당기는 바람에 혜성은 정신이 번쩍 들었다. 입술 외엔 아무것도 보이지 않던 시야가 카메라가 줌아웃하듯 아린의 눈썹까지 확장됐다. 게슴츠레한 실눈이 못마땅한 눈초리로 그를 노려보고 있었다.

"듣고 있어, 문짝?"

"뭐… 뭐, 뭘?"

"거기 가보자고 내가 몇 번이나 말했는데 왜 대답을

안 해?"

"거기라니 어디… 어딜 가자고?"

***

혜성과 아린은 편의점에서 맥주를 사 호영이 발견된 강가로 갔다. 아린이 기어이 가보고 싶다고 고집을 부려서 데려오긴 했지만 괜한 짓을 하는 것 같아 혜성은 후회가 됐다. 트럭과 레미콘이 주차된 도로를 지나 강둑에 다다르자 아린은 강둑 위에 올라서서 아래를 내려다봤다. 조금만 발을 헛디뎠다간 검은 강물이 아가리를 벌리고 덮쳐올 것만 같아 혜성은 아린의 등 뒤에서 셔츠 자락을 가만히 움켜쥐었다. 아린이 한참 동안 강물을 바라보다가 굽혔던 허리를 폈다.

"나는 못 하겠다."

아린이 강둑에서 바닥으로 뛰어내렸다.

"뭘."

혜성은 이제야 겨우 안심하며 움켜쥔 셔츠 자락을 놓았다.

"자살."

"그런 생각을 왜 하냐?"

"그냥. 아빠가 여기 섰을 때 어떤 기분이었을까 궁금

하잖아. 그래서 스스로를 세뇌했지. 나는 빚쟁이들에게 쫓기고 있다. 나는 빚쟁이들에게 쫓기고 있다. 이렇게 생각하면서 강물을 한참 내려다봤는데도 뛰어들 엄두가 안 나. 그런데 말이야…."

아린이 강둑에 걸터앉으며 말을 이었다.

"…자살도 양심이 있어야 하는 거 아니야? 생채기가 날 만큼 보들보들한 심장이어야 하지 않느냐고."

"사장님은 뭐, 양심도 없는 강철 심장이었으니 제 발로 강물에 뛰어들었을 리 없다, 지금 이 말이 하고 싶은 거야?"

"양심 있는 사람이 가족들한테 손찌검하고, 보육원에서 갓 나온 알바생 월급도 안 주고 그러겠니? 그건 양심이 없어도 보통 없는 게 아닌 거지."

뭐라고 대꾸를 해야 할지 몰라서 혜성은 맥주만 마셔 댔다. 생각해보면 아린의 말이 맞을지도 몰랐다. 마지막까지 냉면가게 장 씨 아저씨한테 가격을 속여서 냉면기계를 팔려고 했던 사람에게 보드라운 심장이 달려 있을 거란 상상은 하기 어려웠다.

"그래서 나도 양심 없이 태어난 게 아닐까 걱정이 돼."

"누나가 왜 양심이 없어."

"그냥 그런 생각이 들어서. 내 아빠가 낳은 자식이라서 내가 이렇게 양심도 없고 매정한가 하는… 있잖아,

작년에 옆집에서 키우던 강아지가 죽었을 때도 이틀을 꼬박 울었는데, 명색이 아빠가 죽었다는데 눈물이 한 방울도 안 나는 거 있지. 정말이지 슬픔이고 애증이고 분노고 간에 아무런 감정이 안 드는 거야. 그러니까 내가 꼭 나쁜 년이라도 된 기분이야. 아니면 마음이 고장이라도 나버린 걸까?"

"그래도 두려움, 공포심 같은 건 있잖아."

"네가 그걸 어떻게 알아?"

"여기 오던 첫날에 그랬잖아. 무섭고 두려워서 세 보이고 싶었다고."

"별걸 다 기억하네."

"그리고 무엇보다⋯ 누나가 복자 할머니를 진심으로 위하고 있다는 게 느껴져. 두 사람을 보면 나는 모르는 가족 간의 사랑이란 게 이런 건가 싶기도 하고⋯ 마음이 고장 난 사람이 어떻게 그런 애정을 베풀겠어."

제법 어른스러운 소리에 아린이 혜성을 물끄러미 바라봤다. 가로등 불빛을 받아 반짝이는 콧날의 선이 꽤 날렵했다. 날렵한 선은 턱까지 이어져 사람을 편안하게 해주기보다는 긴장하게 만드는 인상이었다. 아린은 시선을 더듬어 올라가 혜성의 눈을 바라봤다. 처음 봤을 때부터 그의 눈이 그라운드호그를 닮았다고 생각했는데, 옆에서 보니 더 그랬다. 동그랗고 귀여운 눈동자가 매섭게 치켜 올라간 눈꼬리와 대조를 이루며 한 단어로 축약할 수 없는 묘한 분위기를 자아냈다. 옆집에서 농장을 하는 아저씨가 그랬다. 그라운드호그 데이에 굴에서 나온 그라운드호그가 제 그림자를 보고 놀라 땅굴로 다시 들어가버리면 겨울이 6주간 더 계속되고, 자기 그림자를 볼 수 없어 밖에서 활개를 치면 봄이 더 빨리 다가온다고. 그래서 봄이 빨리 오려면 그라운드호그 데이에 날씨가 흐려야 한다고. 보육원에서 나와 사회에 첫발을 내디딘 동시에 혜성의 인생은 먹구름이 잔뜩 꼈다. 그 구름 덕에 자신의 그림자를 볼 수 없었으니 그의 인생에도 봄이 더 빨리 찾아올까. 그랬으면 좋겠는데.

그나저나 엄마는 옆집 아저씨와 잘 지내고 있을까. 아저씨가 프러포즈했을 때 그냥 받아들였으면 좋았을 텐데. 아린의 엄마는 극구 누군가의 아내가 되길 거부했다. 아니, 그보단 남편이라는 폭력적인 이름의 자리를 그 아저씨가 차지하도록 허락하지 않았다고 하는 편이 맞겠다. 아빠 같은 사람을 겪어낸 엄마의 심정은 충분히 이해하지만, 그렇다고 세상 모든 남자가 남편이 되는 순간 폭력적으로 변하는 건 아닌데. 아린은 사람 좋은 옆집 아저씨가 남편이란 이름으로 엄마의 곁에 머물길 바랐다. 그라면 아빠가 남편이란 이름에 뒤집어씌운 오명을 깨끗하게 씻어내줄 것만 같았다. 혜성의 논리대로라면 이런 생각도 다 엄마를 향한 사랑에서 나온 거니까, 어쩌면 정말 마음이 고장 난 게 아닐지도.

아린이 스스로를 다독이며 시선을 돌렸다. 맞은편 강둑 너머에서 그림자가 어른거렸다. 곧 작은 불씨와 함께 그림자의 형체가 드러났다. 교복을 입은 아이들이었다. 아이들이 지포 라이터를 돌려가며 담배에 불을 붙였다. 교복에는 혜성이 졸업한 공업고등학교 마크가 붙어 있었다.

"혜성이 너도 저랬어?"

"난 담배 안 피워. 냄새만 맡아도 질색이야."

"여기 강변엔 내팽개친 인생들만 모이나 보다. 교복 입고 담배 피우는 애들이랑 저 강물이 다 술이었으면 좋겠다 싶은 대책 없는 청춘, 그리고 빚쟁이들한테 쫓기는 아저씨까지."

아린의 말처럼 이 강변이 우범지대이긴 했다. 혜성은 과거 유일한 친구였던 홍민을 따라 이곳에 자주 오곤 했었다. 그는 혜성보다 더 내성적이고 고분고분한, 소위 말 잘 듣는 아이였다. 그런데 보육원 출신은 아무리 착하고 고분고분하게 학교생활을 해도 선생님의 인정을 받을 수 없다는 걸 깨닫게 되자 삐딱선을 타기 시작했다. 중학생이 된 홍민은 부잣집 아이들의 옷과 신발을 빼앗아 멋을 냈고, 용돈 받는 날을 체크해 다달이 삥을 뜯었다. 그 돈으로 부모가 없거나, 있어도 없느니만 못한 여자애들과 어울려 다니며 술과 담배를 했다. 어느 순간부터는 마약에 손을 댔다는 소문도 들려왔다. 혜성은 친구가 나쁜 길로 빠지는 게 싫었다. 잠깐의 일탈을 끝내고 예전의 홍민으로 돌아와주길 원했다. 혜성은 뼁을 뜯는 홍민을 막아섰고, 혼자 고고한 척하지 말라며 혜성에게 먼저 주먹을 날린 홍민은 오히려 보기 좋게 얻어터지고 학내 웃음거리가 됐다.

혜성은 힘으로라도 친구를 제압해 나쁜 짓을 그만두게 만들고 싶었지만, 패배는 홍민의 마음에 모멸감만 심어주었다. 모멸감을 먹고 자란 앙심은 수단과 방법을 가리지 않고 이기기만 하면 된다는 비겁한 자기합리화로 피어났다. 일 대 일로는 혜성을 이길 수 없었던 홍민은 양아치들을 모아와 혜성을 집단 구타했다. 그런 일이 있고 난 뒤 불법 개조한 오토바이 뒷자리에 상고 여학생을 태우고 폭주하던 홍민은 큰 사고를 내고 퇴학을 당했다. 뒤에 타고 있던 여학생은 급정거하는 오토바이에서 십 미터를 튕겨 나가 얼굴을 아스팔트에 가는 바람에 눈, 코, 입이 다 사라졌다는 흉흉한 소문이 돌았다. 그 여학생의 이름은 수진이었는데, 혜성이 초등학생 때부터 좋아하던 첫사랑이었다.

"저기야."

혜성이 맞은편 강둑 너머를 가리켰다. 저곳, 고등학생들이 모여 담배를 피우고 있는 바로 저곳에서 혜성은 생애 첫 키스를 했다. 상대는 수진이었다.

"뭐가?"

"저기서 내가 첫키스를 했어. 아까 누나가 물어봤었잖아, 키스해봤냐고. 그래서 성심성의껏 질문에 대답하는 중."

입맞춤의 아찔한 감각에 취해 혜성은 털어놓아선 안 될 비밀을 첫사랑 수진에게 털어놓고 말았다. 혜성은 엄마가 자신과 동생을 보육원 앞에 버리고 갔다고 고백했다. 아무것도 기억 안 난다고 지금껏 거짓말을 했던 건 사실이 알려지면 보육원에서 쫓겨나 엄마에게로 돌아가야 할까 봐서였다. 지금껏 아무에게도 말하지 않은 비밀인데 너한테만 얘기하는 거라고 했다. 수진은 그런 마음속 깊은 곳에 숨겨둔 비밀을 자기한테 털어놓아줘서 고맙다고 했다. 혜성은 자신의 비밀을 들어준 수진과 영원히 함께하겠다고 속으로 다짐했다. 하지만 그 다짐은 반나절도 지나지 않아 깨졌다. 수진에게 털어놓은 비밀은 어느새 홍민의 귀에 들어갔고, 홍민은 전교생에게 소문을 내다시피 했다. 당연히 비밀은 동생 유성에게도 전해졌다.

형이 엄마와 함께 산 기억을 가지고 있으면서 여태까

지 숨겨왔다는 사실을 알게 된 유성은 대놓고 반항하기 시작했다. 그는 친형인 혜성보다 홍민을 더 따랐다. 그리고 수진은 홍민의 여친이 되었다. 제산공고 일진 나 홍민의 여친 자리는 웬만큼 논다는 여자애들은 모두 탐을 내는 자리였다. 자정 넘어까지 제산시 내에 하나뿐인 디스코팡팡을 타는 십 대들은 모두 그녀를 누님이나 언니로 모셨다. 덕분에 용돈은 물론 옷과 화장품까지 거저 생겼다. 수진은 혜성에게 첫키스를 해 치부를 알아낸 대가로 십 대들의 여왕 자리에 앉았다. 날카롭다 못해 등골이 서늘해지는 첫키스의 추억이었다.

"성심성의껏 질문에 대답하는 중이라더니. 갑자기 왜 입을 합 다물고 아무 말을 안 하는 거야? 전여친 생각해?"

아린이 물었다.

"아무 생각도 안 해."

"아무 생각도 안 한 게 아닌데?"

"또또, 사람 말을 못 믿고 자기 말이 맞는다고 억지 부리려고."

"그래그래, 믿어줄게. 너 모태솔로 아니라는 말도, 전여친이랑 저기 동네 양아치들 담배 피우는 데서 첫키스 했다는 것도 다 믿어줄게. 어휴, 기특해라. 우리 문짝이 숙맥인 줄 알았더니 할 거 다 하고 살았네."

아린이 혜성의 머리를 쓰다듬으려 손을 뻗었다. 그 손길에 닿았다간 감전될 것 같아 혜성은 아린의 손을 살며시 쳐냈다.

"어디서 자꾸 애 취급이야."

"어쭈."

아린이 실눈으로 혜성을 흘겨보다가 실없는 말을 툭 내뱉었다.

"인생 직진이야."

"뭐… 뭐? 하여튼 세 마디에 한마디는 헛소리지."

"인생 직진이니까 뒤돌아보지 말라고. 그게 가족이든, 전여친이든, 전에 근무하던 공장 사장이 됐든, 뭐가 됐든. 과거사 절절하게 부모 없는 너나, 부모에 조부모까지 다 살아 있던 나나, 결국 지금은 이렇게 혼자잖아. 앞만 보고 가다 보면 결국엔 인생 다 고아라고."

아린다웠다. 상대방이 알아들을 수 없는 소리를 맥락 없이 툭툭 내뱉고선 뒤에 개똥철학으로 해석을 갖다 붙이는데, 그게 다 뺄소리만은 아니라서 묘하게도 위로가 됐다.

"무슨 말을 하고 싶은 건지… 이리 튀었다, 저리 튀었다… 그리고 나 엄마 있거든?"

"그 정도면 없는 거야, 문짝아. 이제 좀 포기를 해. 포기도 문제 해결의 한 방법이야."

"지금 위로를 하는 거야, 시비를 거는 거야."
"동질감을 느끼자는 거다, 치얼스."
 아린이 맥주 캔을 높이 들었다. 혜성은 아린에게 건배를 하고는 맥주를 단숨에 들이켰다. 옥상에서 보이던 별이 강물 위에서도 반짝였다. 페가수스자리와 안드로메다자리 사이에 자리 잡은 커다란 사각형, 문짝자리 별이었다. 두 사람은 모두 서로를 향한 문 하나를 열었다는 마음에 살짝 들떴다. 누군가가 무슨 좋은 일이 있냐고 물어오면 취기가 오른 탓이라고 둘러댈 수 있을 만한, 실구름 같은 기분이었다.
"야, 근데 키스하니까 좋았어?"
 아린의 질문에 혜성은 하마터면 입에 머금은 맥주를 뿜어낼 뻔했다.
"조금 전엔 지나간 건 잊으라며. 인생 직진이라며."
"아니, 그건 나쁜 기억을 잊으라는 거고. 좋은 기억을 왜 잊어. 그리고 난 아직 키스도 못 해봐서 무지무지 궁금하단 말이야."
"누나 아직 그것도 못 해봤어? 진짜야?"
 비실비실 웃음이 새어 나오려는 걸 억지로 참느라 혜성의 입술이 물결을 그렸다.
"너 지금 비웃는 거지?"
"아니, 내가 어떻게 감히 누나를 비웃어."

"그럼 대체 그 표정은 뭐지? 입으로는 억지로 웃음을 참으면서 눈으로는 상대를 깔보는 듯한 건방진 빛을 마구마구 내뿜는데…."

아린이 얼굴을 바싹 갖다 대자 혜성은 뒤로 한 뼘 물러나며, 아린의 이마를 손가락 끝으로 멈춰 세웠다.

"첫키스가 다 좋았을 거라는 편견은 버려. 이 모태솔로야."

***

총알맨이 불편한 자세를 바꿔서 오른쪽으로 돌아누웠다. 벌써 네 번째 자세를 바꾸는데도 차 안에서 자는 건 도통 적응이 안 됐다. 밤에 먹은 부대찌개가 짜서 물을 많이 마셨더니 볼일이 보고 싶어졌다. 얼마 전 강둑 위에 CCTV가 설치되기 전까지만 해도 급할 때는 트럭 뒤에서 노상 방뇨를 하기도 했는데, 이젠 꼭 5분 거리에 있는 공중화장실을 다녀와야 했다. 다음부터는 물을 적게 마셔야겠다고 결심하며 차에서 내리는데 아까부터 강둑에 앉아 맥주를 마시며 꽁냥거리던 문짝 같은 남자애와 고양이 같은 여자애가 크게 웃음을 터뜨렸다. 총알맨은 데이트에 방해가 안 되도록 그들에게서 멀찌감치 떨어진 보도를 걸어 화장실로 향했다.

그가 서울 생활을 접고 제산시에 내려온 건 하루에 배송을 세 타임 뛸 수 있다는 친구의 제안 때문이었다. 서울은 배송 기사가 많아 주간 배송과 새벽 배송 중 한 타임만 뛸 수 있지만, 제산시 같은 지방에는 기사가 모자라 배송 타임을 세 개로 쪼개서 기사 한 명이 두 타임까지 뛸 수 있도록 스케줄을 조정해준다는 말에 솔깃했다. 서울 집을 정리하고 트럭을 몰고 제산시로 내려온 날부터 그는 새벽 1시부터 밤 8시까지 일을 했다. 새벽 배송은 새벽 1시에서 7시, 오전 배송은 오후 1시까지였는데, 오후 배송 백업으로 밤 8시까지 한 타임을 더 뛸 수 있었다. 그렇게 일이 끝나면 트럭에서 네 시간을 자고 다시 새벽 배송 입차를 준비하는 생활이 다람쥐 쳇바퀴처럼 돌아갔다. 오후 백업 물량을 포기하면 집에 들어가 샤워하고 푹 잘 수 있지만, 한 번 포기하면 다시 일을 받기 힘들어서 집을 포기하는 쪽을 택했다. 집이라고 해봤자 옥탑방에 매트리스 하나 깔아놓은 게 다라서 트럭과 비교해 월등하게 아늑하지도 않았다.

그에겐 몇 시간의 편안한 잠보다 돈이 더 귀했다. 코로나 시기에 자영업을 하다가 망했다 보니, 그때 생긴 빚을 하루라도 빨리 메워야 제정신으로 살 수가 있을 것 같았다. 하지만 제산시로 내려와 함께 배송을 하자던 친구가 새벽 트럭에서 주검으로 발견되며 모든 것이 변했다. 그는 친구가 과로로 사망한 거라고 주장했지만, 회사는 과로사를 인정하지 않았다. 회사가 배송 기사에게 하루 세 타임을 뛰라고 강요한 적이 없으며, 밤마다 강변에 차를 대고 쪽잠을 잔 건 개인 사정이라는 이유에서였다. 그때부터 법정 싸움이 시작됐다.

총알맨은 죽은 친구를 대신해 변호사를 고용하고 회사와 싸웠다. 이전보다 더 많은 돈이 필요하게 돼 옥탑방 보증금마저 빼서 소송비용으로 사용했다. 덕분에 배송을 하루 세 타임씩 뛰며 강변에 불법으로 트럭을 주차해놓고 쪽잠을 자는 생활을 멈출 수가 없었다. 그나마 노조의 감시 덕분에 회사와 소송을 한다는 이유로 일감에서 배제되는 일이 없어 다행이라고 생각하며 하루하루를 보냈다. 그러다가 지난주 1심에서 지는 바람에 근심이 커졌다. 친구가 남긴 유일한 유품인 배송 트럭을 팔아 상고를 해야 하나, 여기서 그만 소송을 접어야 하나 고민이었다.

총알맨은 볼일을 보고 화장실에서 나와 강둑으로 향했다. 드문드문 가로등이 있었지만, 해가 지면 강변은 유난히 어두워졌다. 물색이 까맣게 보일 정도로 깊은 밤이 되면 강둑에 가까이 가는 것도 무서울 지경이었다. 친구가 트럭에서 주검으로 발견된 이후 강에 사람이 빠져 죽었다는 소문이 들려 더 간담이 서늘했다. 한데 그보다 더 무서운 건 어둠 속에서 담뱃불을 반짝이는 고등학생 일진들이었다. 담배를 피우며 낄낄대던 고등학생들이 일제히 총알맨을 바라봤다. 그들과 마주치지 않으려고 매일 밤 필사적으로 오줌을 참아왔는데, 오늘은 정말이지 오줌보가 터질 것만 같아 어쩔 수가 없었다. 고등학생들이 담배를 꼬나물고 총알맨에게로 다가왔다. 이제 주머니가 털리는 일만 남았다.

"아저씨, 우리가 오늘 잘 데가 없어서 그러는데 모텔비 좀 주세요."

언제나 똑같은 레퍼토리다. 총알맨은 트럭에서 생활하는 동안 두 번을 직접 당했고, 남들이 당하는 꼴도 많이 봤다. 그래서 되지도 않게 학생들에게 훈계를 한다거나, 돈이 없다고 잡아떼면 바로 주먹과 발길질이 날아온다는 걸 잘 알고 있었다. 하지만 그는 정말 돈이 없었다. 체크카드와 연결된 계좌에는 새벽 배송 입차 전에 기름을 넣고, 오후 배송 백업 전에 엔진오일을 갈 수 있을 만큼의 돈만 있었다. 친구의 소송비용을 내고 대출 상환까지 한 직후라 앞으로 일주일은 컵라면에 삼각김밥만 먹어야 할 정도로 주머니 사정이 안 좋았다.

"돈 없는데… 다음에 만나면 줄게."

"아, 시발. 졸라 신박하다. 다음에 만나면 준댄다, 얘들아. 다음에 만나면 준대! 이히히!"

이인자쯤으로 보이는 학생이 소리치자, 다른 학생들이 큰 소리로 비웃으며 총알맨의 주위로 몰려들었다. 강둑에 등을 기대고 뒤에서 느긋하게 지켜보던 남학생이 어깨를 풀며 그에게 다가왔다. 가장 마지막에 나서는 자, 대개는 그가 일인자다. 일인자가 다가오자 다른 학생들이 총알맨의 양팔을 움켜쥐고 벽으로 밀어붙였다. 일인자가 주먹을 꽉 쥐고 펀치 기계를 때릴 때처럼 한껏 포즈를 취했다.

 "아저씨, 한 대 맞으면 없던 돈도 생겨. 어금니 꽉 깨물어!"

 총알맨은 상대가 시키는 대로 어금니를 꽉 깨물었다. 얻어터지는 한이 있어도 기름값과 엔진오일 교체비를 줄 수는 없는 노릇이었다. 그랬다간 내일 하루만 공치는 게 아니라, 도미노처럼 그 이후의 모든 하루들이 무너질 것이다. 하루 배송을 펑크 내면 회사에선 그의 모가지를 자를 빌미가 생겨 좋아하겠지. 그럴 바엔 그냥 여기서 맞아 죽는 게 나을지도 몰랐다. 총알맨은 두 눈을 질끈 감았다. 곧이어 주먹이 바람을 가르나 싶더니 총알맨의 얼굴 바로 앞에서 샌드백 치듯 둔탁한 소리가 났다. 퍽.

 "하지 마."

 뒤이어 들리는 나직한 목소리에 총알맨은 눈을 떴다. 강둑에 앉아서 꽁냥거리던 문짝 같은 남자애가 일인자의 주먹을 손바닥으로 막아내고 있었다.

"너희들, 나홍민 밑에 있는 애들이지?"

"홍민이 형을 아세요?"

"얘들아, 나 이혜성이야. 올해 2월에 졸업한 너희들 선배. 좋게 말할 때 얌전히 가라."

"이혜성이 누군데, 시발?"

이인자가 건들거리며 혜성에게 다가갔다. 혜성은 남은 한 손으로 이인자의 목울대를 치고선 그 손 그대로 목을 졸라 벽으로 밀어붙였다. 이인자가 기침을 컥컥해대며 벽에 붙은 모기마냥 쪼그라들었다. 어둠 속에서 주춤거리던 학생들 중 한 명이 수군댔다.

"이혜성이면 홍민이 형이랑 일대일로 맞짱 떠서 이긴 그 쌈짱 아냐?"

그 말에 학생들 모두가 일시에 겁을 먹는 게 느껴졌다. 곧이어 일인자가 명령했다.

"야, 그만하고 다들 가자."

일인자가 꽁무니를 빼자 학생들이 뒤따랐다. 혜성의 손에서 풀려난 이인자도 비틀거리며 그들 뒤로 따라붙었다. 비로소 자유로워진 총알맨이 혜성에게 다가가 인사를 했다.

"고, 고맙습니다. 이 은혜를 어떻게 갚아야 할지."

"괜찮습니다."

"연락처를 주시면 나중에 감사의 뜻으로 식사라도 한 번….."

"아아, 아뇨, 정말 괜찮으니까 신경 쓰지 마세요. 그럼 조심히 들어가세요."

혜성은 허리를 숙여 깍듯하게 인사하고는 강둑에 드러누워 있는 여자애한테로 달려갔다. 그러고선 비틀거리는 여자애를 부축해 길 너머로 사라졌다. 이름 세 글자를 말한 것만으로 불량 학생들을 보내버린 놈이 조그만 여자애에게 쩔쩔매는 꼴이 재밌어서 총알맨은 두 사람의 뒷모습을 오래도록 지켜보았다. 총알맨에게도 결혼을 약속한 여자친구가 있었다. 다니던 회사에서 권고사직을 당하고 치킨집을 오픈한다고 했을 때, 여자친구가 극구 반대를 했었다. 여자친구의 말을 듣고 바로 배송 기사 일을 시작했으면 지금쯤 서울에 아파트 전세 정도는 마련할 수 있었는데. 이렇게 돌고 돌아 어차피 배송 기사 일을 할 거면서 그땐 왜 그렇게 사장님 소리가 듣고 싶었는지. 철 지난 후회를 하다 보니 어느새 새벽 배송 입차 시간이었다. 총알맨은 택배 물건을 싣고 새벽 배송을 시작했다. 숨 돌릴 틈도 없이 트럭을 몰고 계단을 오르내리는 사이, 아침 해가 떠올랐다.

***

복자가 김치콩나물국을 떠서 식탁에 올렸다. 혜성은 속이 쓰려 죽겠는데, 아린은 말짱한 얼굴로 거실 한복판에서 스트레칭을 했다.

"다리 내리고 얼른 앉아서 밥 먹어."

복자의 부름에 벽에 대고 다리를 찢던 아린이 식탁 의자에 앉았다. 혜성이 김이 솔솔 나는 국을 숟가락으로 연거푸 입에 떠 넣었다. 뜨거운 국물이 식도를 타고 내려가며 취기를 씻었다. 이제야 좀 살 것 같았다. 아린은 아예 국을 그릇째 들고 마셨다. 얼굴만 말짱했지, 속이 쓰린 건 똑같은 모양이었다. 아린이 국그릇을 내려놓으며 말했다.

"대박. 이거 팔자."

혜성은 반대했다.

"소비기한이 짧고 국물까지 있는 반찬을 파는 건 김치를 파는 것과는 또 다른 문제잖아. 게다가 국 종류는 배달 앱으로 식당에다 시켜 먹으면 되지, 굳이 김치 장수한테 사 먹을 사람이 있을까?"

"국을 파는 게 아니라, 레시피를 파는 거야. 밀키트로 만들어서. 밤에 한잔하고 새벽에 일어나서 출근 준비해야 하는 사람이 어떻게 배달 앱에다가 콩나물김칫국을 주문해."

"콩나물김칫국이 아니라 김치콩나물국."

"그거나 그거나."

"어떻게 그게 그거냐? 콩나물김칫국의 기본은 김칫국이고, 김치콩나물국의 기본은 콩나물국이잖아. 콩나물국은 해장할 때 마시는 거지만 김칫국은 설레발칠 때 드링킹하는 건데, 제발 좀 가려서 불러."

혜성은 김칫국을 마신다는 말의 부정적인 뉘앙스가 싫어 여러 차례 정정했지만, 아린은 끝까지 김치콩나물국을 콩나물김칫국이라고 부르며 공장에까지 따라와 고집을 부렸다.

"레시피를 적은 종이랑 콩나물이랑 파랑 소스랑 국물 팩이랑 밀키트로 예쁘게 포장을 해서 팔면 되잖아."

"안 돼. 지금 배달하는 것만 해도 정신없이 바빠."

"그렇게 정신없이 바쁘게 팔아서 한 달에 얼마 버는데?"

혜성은 아린의 질문을 무시하고 식당들에 납품할 김치를 장독에서 김치통으로 옮겨 담았다. 장독이 너무 무거워서 옮기기 힘드니 사각 김치통에 담아 납품하고 다 먹으면 통은 재활용하자는 건 영미의 아이디어였다. 덕분에 배달에 드는 힘이 반으로 줄었다.

혜성이 점심 전에 배달할 김치를 모두 트럭에 싣고 들어오니 아린이 노트북으로 거래처 리스트를 들여다보고 있었다. 무시당한 질문의 답을 기어이 찾아낸 아린이었다.

"아파트 김치 구독 32가구, 식당 납품 8곳. 이게 다야? 이래가지고 언제 돈을 벌어."

그것만으로도 혜성은 성공한 기분이 들었는데, 아린으로부터 안 좋은 말을 들으니 의기소침해졌다.

"배달 갔다 올게."

혜성은 시큰둥하게 인사를 하고는 트럭을 몰아 배달을 나갔다.

***

점심시간 전이라 냉면가게는 아직 한산했다. 혜성이 냉면가게 앞마당에 트럭을 세우고 김치통을 내리는데, 장 씨가 한 남자와 함께 가게 문을 열고 나왔다. 남자가 꼿꼿하고 빠른 걸음걸이로 주차장에 세워둔 차로 향했다. 주위를 스쳐가는 모든 것을 스캔하고야 말겠다는 듯 부리부리한 눈동자를 재빠르게 굴리던 남자가 혜성의 얼굴에서 시선을 딱 멈췄다. 그러고는 머리끝에서 발끝까지 단숨에 훑었다. 혜성이 언젠가 한 번쯤 접해본 적이 있는 낯익은 시선이었다. 장 씨가 남자의 시선 끝에 걸린 혜성을 발견하고 알은체했다.

"어, 왔네. 저기가 냉면기계공장에서 일했던 직원이에요. 혜성아, 인사해라. 제산경찰서 서태산 형사님이셔."

그제야 그가 낯익었던 이유를 알 것 같았다. 호영이 주검으로 발견되던 날 아침에 공장 안팎을 드나들던 경찰들 중 한 명이었다. 혜성이 허리 굽혀 인사를 했다.

"안녕하세요."

"근데 너 왜 이렇게 얼굴이 안 좋아. 다크서클이 축 늘어져서는… 많이 힘들어?"

혜성은 지난밤에 술을 마셨다는 얘기는 생략하고 장 씨가 꼬투리를 물고 늘어지지 않을 수준으로 얼버무렸다.

"밤에 잠을 좀 설쳤더니… 괜찮아요."

"그래, 장사 처음 하려니까 신경 쓸 게 무지하게 많을 거야. 혜성이 얘가 요즘 김치 장사를 새로 시작했거든요. 한번 먹고살아보겠다고 이렇게 용을 쓰니… 요즘 애들 같지 않게 착실하고 기특해요."

서태산 형사는 장 씨의 말을 무시하고 본론으로 직진했다.

"혹시 공장으로 돈 받으러 찾아온 사람들 본 적 있어요?"

"아뇨, 없는데요. 그런데…."

가끔 공장으로 손님들이 찾아오긴 했었다. 호영은 손님이 오면 무단횡단을 해서 길 건너 카페로 가곤 했다. 늘상 거기서 얘기를 했기 때문에 그 손님이 돈을 받으러 온 건지, 기계를 주문하러 온 건지, 혜성으로선 알 도리가 없었다.

"이 남자 본 적 있어요?"

서태산 형사가 휴대폰으로 사진을 보여줬다. 까무잡잡한 피부에 앞머리만 노랗게 염색한 남자였다. 턱과 코가 벨 듯이 뾰족했고 눈은 상대를 내리깔아보듯 게슴츠레했다. 왼쪽 뺨이 체크무늬 흉터로 뒤덮여 인상을 더욱 사나워 보이게 했다. 혜성은 고개를 저었다. 본 적 없는 얼굴이었다.

"그런데 이 남자는 왜요?"

형사는 자신에겐 답할 의무가 없다는 듯, 혜성의 질문을 건너뛰고 호영이 손님들과 자주 갔다던 카페 이름만 메모해서 승용차를 타고 떠났다. 장 씨가 멀어지는 승용차 꽁무니를 따라 시선을 옮기며 추리를 했다.

"아무래도 자살이 아닌 것 같지? 사진 속 그 남자가 강물로 떠민 거 아닌가 모르겠네. 그러니까 형사가 저렇게 찾아다니지."

초등학생도 할 수 있는 수준의 추리였다. 그 말을 듣자마자 혜성의 뇌리에 복자와 아린의 얼굴이 동시에 스쳐 지나갔다. 그들에게도 이 얘기를 해줘야 할까. 호영이 스스로 생을 마감한 게 아니라, 누군가 그를 죽였을 수도 있다고. 그래서 형사가 탐문 수사를 하고 다닌다고. 이 소식을 알려주면 두 사람은 어떤 반응을 보일까 걱정이 앞서는데, 아린으로부터 메시지가 도착했다.

—들어올 때 수타짜장면 사와.

***

배달을 마치고 공장으로 돌아온 혜성의 손에는 아린과 함께 먹으려고 포장해온 수타짜장면 곱빼기 두 그릇이 들어 있었다. 아린은 짜장면을 보고 반색했다. 곱빼기 양이 많아 행여라도 남기면 혜성이 다 먹어 치울 생각이었는데, 아린은 마지막 건더기를 싹싹 긁어먹고 주인아주머니가 서비스로 넣어준 군만두까지 두 개씩 집어 입에 구겨 넣었다. 아침에도 밥을 두 그릇이나 먹더니. 저 작은 몸에 어떻게 그 많은 음식이 다 들어갈 수 있는지 신기했다.

"내가 좀 위대하거든."

혜성이 농담을 못 알아듣고 멍하니 바라보자 아린이 설명을 덧붙였다.

"하여튼 문짝… 농담을 하면 꼭 주석을 달아줘야 한다니까. 위.대. 위가 거대하다고."

"아… 맞네, 위대한 거."

"에잇, 하는 수 없다. 내가 양보할게."

"갑자기 뭘?"

"콩나물김칫국 아니고 김치콩나물국인 걸로. 내가 이름 양보할 테니까 밀키트 만들자, 우리."
"와, 막무가내. 그거 원래 이름이 그거였거든?"
"그래서 밀키트 만들 거야 말 거야?"
"알았어. 만들지, 뭐."
"앗싸, 기분이다. 가자!"
"갑자기 어딜?"
"이 누나가 커피 쏠게!"

기분이 한껏 좋아진 아린이 혜성의 손을 이끌고 길 건너 카페로 갔다. 오른쪽으로 조금만 걸으면 횡단보도가 나오는데도 무단횡단을 했다. 혜성은 아린이 기분 나빠 할까 봐 그녀의 아버지도 카페에 갈 때면 무단횡단을 했다는 얘기는 하지 않았다.

카페에 들어선 아린이 기름기 있는 음식을 먹은 후엔 아아가 최고라며 혜성에겐 물어보지도 않고 아이스아메리카노 두 잔을 주문했다. 커피가 나오길 기다리는 동안 혜성은 혹시나 서태산 형사가 올까 봐 조마조마해서 통창 너머를 지켜봤다. 아린에게 아버지의 죽음을 수사하는 형사를 맞닥뜨리게 하고 싶지 않았다.

아린이 거리가 내다보이는 창가 바에 자리를 잡고 앉았다. 혜성이 얼음이 살랑이는 아아 두 잔을 들고 그녀의 옆에 나란히 앉았다. 아린이 혜성에게 어깨를 바싹 붙여가며 태블릿을 보여줬다. 복자네 장독김치 로고 시안 A, B가 떠 있었다. 배달을 다녀오는 짧은 시간에 태블릿으로 로고를 두 개나 뽑아내다니, 엄청난 금손이었다.

"어느 게 더 좋아?"

A안은 귀여운 장독대 위로 텍스트가 무지개를 그렸고, B안은 가지런한 텍스트 위로 복자의 캐리커처가 해처럼 떠오르고 있었다. 혜성이 B안을 가리켰다.

"할머니 얼굴이 밝아서 좋아."

"그래, 맞아. 역시 이 브랜드의 아이덴티티는 복자 씨야."

브랜드 아이덴티티. 혜성은 모르는 말들이었지만, 그딴 건 아무래도 상관없었다. 지금은 맞닿은 어깨와 빛을 받아 반짝이는 눈동자와 대낮의 햇살보다 환한 아린의 미소만으로 충분했다. 다행히 서태산 형사는 오지 않았고, 혜성도 호영이 살해당한 것 같다는 말을 전하지 않았다. 가급적 이대로 덧나지 않고 아린의 기억 속 아버지가 고요하게 사라지길 원했다.

6. 국수와 칼국수와 캣타워의 문제

혜성은 일을 핑계로 한시도 아린의 곁을 떠나지 않았다. 배달을 갈 때도 아린을 데려가려고 별별 핑계를 다 댔지만 대개는 실패했다. 그리고 실패할 때마다 강둑에서 얼굴을 들이미는 아린을 손가락 하나로 밀어낸 일을 후회했다. 그냥 키스해버릴걸. 아니지, 그러고 나서 복자 할머니 얼굴을 어떻게 봐. 마음이 좌우로 끄덕이는 메트로놈처럼 오락가락했다. 떨어져 있을 때는 모르겠다가 아린와 함께 있을 때면 심장 박동이 미친 듯 빨라져 정신이 혼미해졌다.

김치를 만드는 것도, 포장을 하는 것도 아니면서 아린은 매일 바쁘다며 혜성더러 혼자 배달을 가라고 했다. 어쩔 수 없이 혼자서 트럭을 몰고 배달을 다니던 혜성은 그녀가 자기와 함께 있기 싫어 바쁘다고 둘러대는 게 아닐까 하는 의구심마저 들었다. 그러던 차에 아린이 로고 디자인을 내놓았다. 복자의 캐리커처가 해처럼 떠오르는 로고 아래에 복자네 장독김치라는 상표가 쓰여 있었다.

"짜잔! 어때, 근사하지? 새 로고로 스티커를 만들고 명함도 제작했어."

아린이 내민 명함 속 혜성과 복자의 직함은 공동대표, 아린은 CBO였다.

"CBO가 뭐야?"

혜성이 물었다.

"Chief Brand Officer, 최고 브랜드 책임자."

"브랜드 책임? 그게 뭐 하는 건데?"

"앞으로 잘 봐. 내가 뭘 어떻게 하는지."

아린은 복자에게 김치찌개, 김치전, 김치콩나물국을 만들어달라고 하고선 그 자리에서 레시피를 정리했다. 각 음식에 들어가는 재료를 구매해 혜성이 제작한 진공포장기계로 포장을 한 다음 겉에 로고 스티커를 붙이곤 역시 로고가 프린트된 봉투에 담아 레시피를 동봉해 밀키트를 완성했다. 마지막으로 태블릿으로 QR코드가 포함된 체험단 이벤트 스티커를 쓱쓱 그려 출력하더니 밀키트 겉봉에 붙였다.

"이걸 기존 구독자들한테 무료로 나눠주고선 설문을

받아 선호도 조사를 하는 거야. 그 데이터를 기반으로 정식으로 밀키트를 출시하는 거지. 어때?"

그럴듯했다.

"설문지는 어딨는데?"

"야, 요즘 누가 설문을 종이로 하냐? 저기 QR 붙여놨잖아."

혜성이 밀키트 겉봉에 붙은 체험단 이벤트 스티커를 들여다봤다. 함께 인쇄된 QR코드 아래에 안내문이 조그맣게 적혀 있었다. QR코드에 휴대폰 카메라를 대면 바로 설문에 참여할 수 있어용 (하트) 감사해용 (하트 하트).

혜성은 미래아파트의 구독자들에게 김치를 배달하며 한 주는 김치찌개, 다음 주는 김치전, 그다음 주는 김치콩나물국 밀키트를 차례로 제공했다. 그가 3주에 걸쳐 밀키트를 테스트하는 동안 아린은 스마트 스토어에 입점할 준비를 했다. 언제나처럼 혜성과 복자에게는 미리 상의하지 않고, 사후에 통보했다. 내일 스마트 스토어에 입점하니까 돈방석에 앉을 준비해, 라면서.

미래아파트 구독자들에게 제공한 밀키트는 예상보다 반응이 폭발적이었다. 맛있다는 평이 압도적이었고, 정식 출시를 하면 밀키트도 정기 구독을 할 수 있냐는 문의 또한 줄을 이었다. 영미는 어떻게 이런 생각을 했냐며 칭찬 끝에 남편에게 줄 김치콩나물국 밀키트를 세 개나 얻어갔다.

  하지만 아린이 야심차게 입점한 스마트 스토어에는 반응이 하나도 없었다. 주문만 없었던 게 아니라, 스마트 스토어 방문자가 0을 찍을 정도로 처참하게 실패했다. 그도 그럴 게 배달 김치 시장은 이미 포화 상태였다. 복자네 장독김치처럼 할머니 레시피 그대로 손맛을 살린 김치도 많았고, 국산 재료만 사용한다며 정직함을 내세운 스토어도 많았고, 전통 방식으로 장독에서 숙성하는 프리미엄 김치를 내세운 브랜드도 많았다. 돈방석에 앉을 준비나 하라고 큰소리치던 아린은 3주 동안 김치를 하나도 못 팔자 노랗게 시든 쪽파처럼 풀이 죽었다. 아린이 고개를 떨구고 다니는 걸 보다 못한 혜성은 영미가 혼자 있을 시간에 관리사무소를 찾아갔다.

  "어쩐 일이야?"

  영미가 반갑게 맞으며 믹스커피를 타주었다.

  "저기… 소장님, 혹시 시간 나실 때 블로그에 글 하나만 올려주실 수 있으세요?"

  "무슨 글?"

  "복자네 장독김치를 먹어본 소감이랑 밀키트에 대한 평가 같은 거요. 스마트 스토어에 입점을 하긴 했는데, 방문자가 하나도 없어서 블로그에 노출이 되면 유입이 좀 있을까 하고요."

"내가 운영하는 블로그가 있긴 한데, 그냥 소소하게 유치원 학부모들이랑 소통하는 용도로 사용하다 보니 이웃이 몇 안 돼. 원하는 만큼 홍보 효과가 있으려나 모르겠네."

"그래도 아예 콘텐츠가 없는 것보단 낫지 않을까요?"

"그래, 알았어. 짬 날 때 블로그에 글 올릴게."

혜성이 영미에게 부탁한 다음 날이었다. 아침부터 아린이 비명을 지르며 혜성에게 달려왔다.

"야, 이것 봐. 이거이거…."

아린이 내미는 휴대폰을 받아서 보니, '김치 밀키트로 준비하는 건강한 아침식사'라는 제목의 시식글이 스마트 스토어 대문에 노출되어 있었다.

"이 글 하나로 유입된 방문자만 2천이야. 대박이지?"

혜성은 블로그 프사를 터치해서 프로필을 봤다. 전날 블로깅을 부탁해서 영미가 올린 글인 줄 알았는데, 그녀가 아니었다. 미래아파트 구독자 중 한 명이 테스트로 나눠준 밀키트를 먹어보고 실제로 작성한 후기였다. 블로그 글 아래에 영미의 사진을 프사로 한 이웃이 댓글을 달아놓은 게 보였다.

- 나도 너무 맛있게 먹었어요, 윤서 엄마. 공짜로 받아먹기 미안할 정도로 맛있었는데, 밀키트 정식으로 출시되면 이것도 같이 구독할까 봐요. ㅎㅎ

그 아래로 밀키트는 스마트 스토어에서 안 파느냐는 질문 댓글들이 연이어 달렸다. 그중에는 김치 구독 서비스가 뭐냐는 질문도 있었다. 아린은 밀키트 체험단의 블로그 글과 그 아래로 달린 댓글을 보고선 이슬을 머금은 로즈메리처럼 향기롭게 되살아났다.

아린은 스마트 스토어에서 상위권을 점유한 다른 브랜드 김치를 주문해서 일주일 동안 맛을 보고, 마케팅 방식을 분석했다. 10위 안에 드는 브랜드는 세 유형으로 압축됐다. 대기업 김치, 지역 특화 김치, 연예인을 내세운 김치. 호텔이나 유명 한식 셰프의 레시피를 적용한 프리미엄 라인은 맛은 우수하지만 비싼 가격 때문에 최상위권에 진입하지는 못했다. 복자네 장독김치는 대기업도 지역 특화도 아니었다. 연예인은 더더욱 아니어서 최상위권에 진입할 수 있는 마케팅 포인트를 찾기가 어려웠다. 그렇다고 아예 희망이 없는 건 아니었다. 다른 브랜드 중 김치를 메인으로 하는 밀키트를 판매하는 곳은 없었고, 그들에겐 '복자'라는 정체성이 있었다.

아린은 밀키트 패키지를 정식으로 디자인해 포장 봉투를 인쇄하고, 혜성에게 음식별로 백 개의 밀키트를 준비하라고 했다. 안 그래도 미래아파트 구독자들에게 체험단 이벤트를 하느라 비용이 꽤 들었는데 밀키트 삼백 개를 만들 만한 여유가 없었다. 아린은 그 자리에서 스마트뱅킹으로 오백만 원을 이체했다.

"투자금이니까 나중에 지분으로 정산해줘."

혜성은 아린이 어떻게 이렇게 큰돈을 고민도 없이 바로 쏠 수 있는지 궁금했다.

"누나 돈 많아?"

"너보단 많을걸?"

"어떻게? 일도 안 하잖아."

호영은 분명 사업 실패, 증권, 도박으로 빚이 눈덩이처럼 불어났다고 들었는데, 어떻게 그의 딸에게 돈이 많을 수가 있는지 궁금했다. 엄마 쪽이 부자인가, 생각하는데 아린이 혜성에게 인스타그램 링크를 하나 보냈다. 링크를 따라 들어가 보니 aaaRiiinnn이란 계정에 아린이 디자인한 스티커와 문신 도안이 한가득 보였다. 프로필 소개란엔 '디자인 문의는 DM으로'라는 안내글이 영어와 한글로 쓰여 있었다.

"누나 디자이너였어?"

"정식은 아니고. 고등학생 때부터 인스타그램에서 조금씩 하다 보니 이렇게 된 거야. 엄마가 한인마트에서 힘들게 일하니까 내 용돈은 내가 벌고 싶어서."

세상에 이렇게 돈을 버는 사람도 있다니. 혜성은 아린이 달라 보였다.

"그걸로 모은 돈도 있고, 엄마가 준 대학 등록금도 있고."

"대학? 설마 누나 대학도 다녀?"

대한민국 십 대의 칠십 퍼센트 이상은 대학에 진학한다. 혜성이 고등학교를 졸업하기도 전에 취업전선에 뛰어들었다고 해서 아린까지 그래야 한다는 법은 없지만, 은연중에 아린이 그와 같은 고졸이라 믿어버렸다. 그래서 질문 앞에 설마라는 말까지 붙이고 말았다. 설마는 '설마 그럴 리는 없겠지만'과 같이 부정적인 추측을 할 때 주로 사용하는 단어지만 아린은 오랫동안 해외 생활을 한 탓인지 그 말에 담긴 뉘앙스를 알아차리지 못하고 특유의 무심함으로 대답했다.

"캐나다에서 디자인 대학에 다녔어. 지금은 휴학 중. 엄마가 준 이번 학기 등록금 들고 한국으로 튀었거든. 어쨌든 결론은 오백 투자한다고 당장 문제 생길 일은 없으니까 너는 그걸로 내일까지 밀키트 삼백 개 준비해. 알았지?"

혜성은 아린이 보내온 투자금으로 시장에 가서 장을 보고 식재료를 손질해 진공포장을 하는 내내 충격에서 헤어나올 수 없었다. 동질감이 어쩌고저쩌고하더니 저만 대학생인 배신자. 어차피 두 사람은 같아질 수 없었다고 생각하니 아침까지만 해도 간질간질했던 심장이 저녁이 되자 욱신거렸다.

***

 감정도 시간적 여유가 있어야 생겨나는 법인지, 혜성의 배신감과 절망은 채 하루를 못 넘기고 증발해버렸다. 다음 날부터 혜성은 말 그대로 정신없이 바빠졌다. 정신이 없으니 감정을 느낄 여유도 없었다.

 아린은 혜성에게 메뉴별로 밀키트 두 개씩을 가지고 복자의 집으로 오라고 했다. 거실엔 속 빈 밀키트 케이스 삼백 개가 높다랗게 쌓여 있었다. 이게 뭐냐고 묻기도 전에 아린이 혜성의 등을 톡톡 쳤다.

 "거기 내려놔."

 혜성이 복자네 장독김치 로고가 큼지막하게 붙어 있는 식탁 위에 밀키트를 내려놓았다. 아린은 그의 손에 다짜고짜 카메라를 쥐여주며 복자를 찍으라고 했다.

 "할머니만 찍으면 되는 거야?"
 "어, 십 분 후에 라이브 커머스 시작이야."

 혜성은 긴장이 됐다. 라이브 커머스를 할 거란 통보만 들었을 뿐 어떻게 진행될지 전혀 감이 안 잡혔다. 휴대폰으로 가끔 본 게 다인 라이브 커머스를 우리가 잘 해낼 수 있을까. 혜성의 마음속에 스멀대는 걱정이 전해졌는지, 아린이 그의 손을 잡고 깍지를 꽉 꼈다.

 "잘할 수 있어, 이혜성. 오늘 복자네 장독김치 밀키트

완판 가자, 완판! 근데 '복자네 장독김치 밀키트' 이거 말이 좀 길지 않아? 잘못하다간 절겠는데. 방송할 땐 그냥 복자네 밀키트라고 줄여서 말해야겠다."

복자가 방에서 나왔다. 라이브 커머스를 한다는 사실을 아는지 모르는지 늘상 입던 허름한 꽃무늬 몸빼바지에 사선 무늬 인견 셔츠 차림이었다. 하얗게 센 머리마저 부스스했다.

"누나, 할머니 옷 좀 어떻게⋯ 다른 거로 갈아입는 게 좋지 않을까?"

아린의 손이 혜성의 손가락 사이를 빠져나가 복자의 머리카락 사이로 파고들었다. 아린은 복자의 하얀 곱슬머리를 손으로 정리하며 오늘의 콘셉트는 내추럴이라 지금이 딱 좋다고 할머니를 치켜세웠다.

"할머니는 원래 하던 대로 요리를 하면 돼. 김치찌개, 김치전, 김치콩나물국 순서로. 알았지?"

복자는 벌써 멸치다시마 육수를 우려낼 준비를 했다. 육수가 찌개와 콩나물국에 모두 들어가야 해서 평소보다 큰 들통에 물을 끓였다. 라이브 커머스는 복자가 가정식으로 요리를 하는 동안 아린이 밀키트로 똑같은 메뉴를 요리해서 맛을 비교해보는 콘셉트였다. 주요 타깃은 1인 가구와 자취생이었다. 아린은 웹툰 속에 등장하는 대학 자취생 캐릭터처럼 삼선 추리닝 바지에 목이 잔뜩 늘어난 티셔츠를 입고 콧잔등엔 알 없는 동그란 안경테를 올렸다. 그러고선 준비한 멘트를 시작했다.

"안녕하세요, 여러분. 복자네 장독김치입니다. 저기… 카메라, 카메라! 나 찍어야지. 카메라, 이리 돌려봐."

"좀 전엔 할머니만 찍으면 된다며."

"아니, 내가 말을 하면 나를 찍어야지. 너는 그것까지 하나하나 다 가르쳐줘야 돼?"

툭탁대는 사이 손님 한 명이 들어왔다가 나갔다.

"하여튼 이랬다저랬다…."

혜성이 투덜대며 아린에게로 카메라를 돌렸다. 아린이 다시 인사를 시작했다. 한 명이 들어왔다 나간 이후로 시청자 수는 계속 0이었다.

"안녕하세요. 복자네 장독김치입니다. 오늘은 밀키트 출시 기념으로 선착순 백 명에게 구천구백 원에 밀키트 세 팩을 모두 드리는 이벤트를 진행할 건데요. 여기 보시면… 카메라, 카메라! 여기 밀키트 좀 잡아주세요."

아린의 말에 혜성이 카메라를 밀키트 쪽으로 돌렸다. 처음 해보는 카메라맨 역할에 진땀이 삐질 났다. 손님이 한 명 입장하고, 아린은 밀키트 소개를 이어갔다.

"한국인의 소울푸드 김치찌개, 저녁에 한잔하기 좋은 김치전, 마지막으로 아침 해장에 일품인 김치콩나물국을 1인분씩 준비했습니다. 여기 지금 요리를 하고 계시는 명복자 대표님의 가정식 레시피를 그대로 밀키트로 옮겨와서 자취생들도 할머니의 손맛을 느낄 수 있도록 했는데요… 카메라, 복자 씨 좀 비춰주세요."

혜성이 카메라를 돌렸다. 국물을 다 우려낸 복자가 가스불을 끄는 중이었다. 무겁고 뜨거워서 행여나 손이 미끄러지기라도 하면 큰일이었다. 혜성은 반사적으로 달려가 복자 대신 들통을 들어 바닥에 내렸다. 그동안 식탁 위에 삐뚤게 놓아둔 카메라가 벽을 비추는 바람에 십 초가 넘게 빈 벽지가 방송됐다. 먼저 들어와 있던 손님이 방송사고라며 큭큭대자 지나가던 손님들이 무슨 큰 사고라도 난 줄 알고 구경하는 바람에 복자네 방 시청자 수가 100명을 넘어섰다. 아린이 급히 카메라를 집어 들고 복자를 비추며 질문했다.

"그게 뭔가요, 복자 씨."

"뭐긴 뭐야, 육수지. 이게 있어야 찌개며 국이며 요리를 하지."

"네, 육수입니다. 복자 씨의 특제 육수 안에는 뭐가 들어갔나요?"

"육수에는 아무것도 없는데. 여기 봐, 건더기 없이 말갛잖아."

"그게 아니라, 할머니. 물에다 뭘 넣고 육수를 우려냈냐고."

"아까 다 봤잖아."

"아니, 여기 시청자분들은 못 봤잖아."

"시청자들이 어딨는데."

아린과 할머니의 티키타카에 라이브 커머스는 순식간에 다큐가 되어버렸다. 댓글창에 슬슬 반응이 올라왔다. 대체로 웃긴다는 반응에 힘을 얻은 아린은 실제 할머니와 손녀 콘셉트를 쭉 밀고 가기로 했다. 육수에 들어간 재료를 하나씩 보여주고 시청자들에게 김치찌개를 어떻게 만드는지 소개해달라고 하자 복자가 요리를 하며 설명했다.

"이거, 이거, 이거를 넣고 물을 팔팔 끓여서 육수를 우려가지고… 이거를 썰어가지고 넣어서 이래~ 이래~ 한 다음에…."

복자의 설명대로라면 모든 요리가 '이거'와 '이래~'로 해결됐다.

"할머니, 이거가 뭐고 이래~가 어떻게인지 설명을 해줘야 알아먹지."

"지금 설명하고 있잖아. 이거를 이래~ 이래~ 해가지고…."

복자 특유의 창 같기도 하고 트로트 같기도 한 억양에 댓글창이 폭발했다. '이거'와 '이래~'로 복자가 김치전과 김치콩나물국까지 모두 설명한 후 아린은 카메라를 혜성에게 넘기고 식탁 앞에 앉았다. 이제 식탁 위에 놓인 자취생 콘셉트의 가스버너로 밀키트 요리를 해 보일 때가 왔다. 누군가 댓글창에 '진정한 자취 고수는 바닥에 택배박스 깔고 가스버너 켬'이라고 올리자 반응이 터졌다. 김치찌개와 김치콩나물국이 끓는 동안 아린이 거실 바닥에 택배박스를 깔고는 밀키트 김치전을 만들기 시작했다. 목 늘어진 티셔츠에 안경까지, 현실 고증 미친 하이퍼리얼리즘이라며 댓글창은 'ㅋㅋㅋ'으로 도배가 됐다.

밀키트 조리가 끝난 후 아린은 검은 수건으로 눈을 가린 복자를 거실로 데려와 할머니가 손수 만든 음식과 밀키트로 조리된 음식을 구분해보라고 했다. 얼마 전 히트를 친 요리 경연 프로그램을 따라 아린이 눈을 가린 복자의 입에 음식을 떠 넣어주었다. 작은 입을 한껏 벌리고 음식을 받아먹는 복자를 두고 비숑 프리제가 간식 받아먹는 거 같다고 한 댓글에 호응이 줄을 이었다. 복자가 밀키트를 가리키며 자신이 만든 음식이라고 자신할 때는 댓글이 너무 많이 올라와 다 읽을 수가 없을 정도였다. 복자네 밀키트 3팩 구천구백 원 이벤트는 선착순 100세트 완판으로 종료됐고, 출시 기념 1+1 상품은 주문이 5백 개나 들어왔다.

아린은 기세를 몰아 고객 감사 1+1 이벤트를 한 달

연장하고, 라이브 커머스에서 반응이 좋았던 복자 씨의 '이거'와 '이래~' 쇼츠를 만들어 인스타그램과 유튜브에 올렸다. 누군가가 음식을 받아먹는 복자와 간식을 받아먹는 비숑 프리제를 비교한 짤을 만들어 커뮤니티에 올리면서 복자네 김치를 모르는 사람도 복자의 얼굴은 인터넷에서 한 번쯤 스치게 되었다. 아린은 가장 인기가 많은 짤 아래에 신원을 밝히고 관심 가져주셔서 감사하다는 댓글을 달았다. 평생을 주부로만 살던 할머니가 남편은 치매로 요양병원에 입원하고 아들은 먼저 하늘나라로 보낸 후 외롭고 힘들게 사시는 걸 보고 할머니와 함께 김치 사업을 시작했다는 손녀의 스토리는 1.2만 개의 공감 하트를 받았다. 사이드 디쉬로만 여겨지던 김치가 메인이 되고, 평생 가족의 뒷바라지만 하던 주부가 주인공이 되는 서사가 완성되면서 복자네 장독김치는 순식간에 스마트 스토어 김치 카테고리 100위권 안에 진입했다.

주문량이 갑자기 늘어나자 도매시장에서 배추를 사오는 것만으로는 제때 공급을 맞출 수가 없었다. 혜성은 해남에서 배추 농사를 짓는다는 장 씨의 먼 친척을 소개받아 산지 직송으로 배추를 공급받기로 하고 김치공장에서 일할 직원을 모집했다.

아린은 밀키트에 면 요리를 추가하기 위해 복자가 만

들어준 김치말이국수와 김치칼국수를 시식했다. 국수는 시원하고 칼국수는 얼큰해서 쉽게 우위를 가릴 수가 없었다. 복자는 김치말이국수를 만들 때면 호영이 생각났다. 호영은 출출한 밤에 먹는 김치말이국수를 특별히 좋아했다. 아직도 밤이면 아들이 거실로 나와 이렇게 말할 것만 같았다. 엄마, 김치말이국수 해줘. 속이 뻥 뚫리게. 답답한 세상에서 내 속 뚫어주는 건 이거밖에 없네.

아린은 호영이 김치말이국수를 좋아했다는 사실이 거슬려 새 밀키트 메뉴를 김치칼국수로 확정하려고 했다. 그러자 복자가 역정을 냈다.

"넌 도대체 아빠 얘기만 나오면 왜 그렇게 유난이야. 그래도 네 아빠 너 한 번도 잊은 적, 버린 적 없어. 네 엄마가 아린이 너 데리고 홀랑 떠난 거야. 애를 데리고 갔으면 끝까지 끼고 살 것이지, 왜 인제 와서…."

여태껏 손녀가 안 떠나고 곁에 붙어 있는 게 며느리 때문이라고 추측한 복자가 은근슬쩍 흠을 보면서 아린의 감정을 건드렸다.

"할머니, 설마… 엄마가 날 버리기라도 했다는 거야? 그래서 내가 여기 왔다고 생각하는 거야? 말했잖아. 상속 포기하러 왔다고."

"그럼 상속 포기만 하고 캐나다로 다시 돌아갈 것이지, 여기서 왜 이러고 있어."

"할머니는 나랑 있기 싫어?"

"엄마가 오지 말래? 한국에 들어간 김에 아예 거기서 눌러살래? 너 귀찮다고?"

혜성이 505호로 들어서다 말고 움찔했다. 아린이 새로운 밀키트 메뉴를 시식한 후 의견을 달라고 해서 공장 야근을 끝내자마자 달려오던 길이었다. 국수와 칼국수를 한 그릇씩 뚝딱 비울 생각에 입안을 가득 채웠던 군침이 복자와 아린이 싸우는 소리에 목젖 아래로 꿀꺽 사라져버렸다.

"아니야!"

"그럼 대체 왜!"

"난 제발 엄마가 행복했으면 좋겠어."

"네 엄마가 너 때문에 불행하대? 고 얌체 같은 년이 어디 너한테 못 할 말이라도 했어?"

복자에겐 아들을 떠난 며느리가 야속하기만 한데, 손녀는 제 엄마라고 며느리 편만 들었다.

"우리 엄마 욕하지 마. 우리 엄마… 할머니 아들한테 맞고 살다가 눈물 머금고 도망쳐서 이제야 겨우 밤에 두 다리 뻗고 잘 수 있게 됐어. 근데 엄마가 나 때문에 재혼을 안 해. 할머니 아들보다 훨씬 좋은 아저씨가 결혼해서 같이 즐겁게 살자고 하는데도 그냥 나랑 둘이 살겠대. 자기는 딸이랑 둘이 사는 게 제일 편하고 좋다고. 그래서 내가 혼자 한국에 들어와 안 돌아가고 있는 거야. 내가 엄마 곁을 떠날 수도 있다는 걸 보여주려고, 언제까지 품 안의 자식 아니라고, 그러니까 엄마도 엄마 인생 살라고, 이제 제발 좀 행복해지라고."

아린은 분명 제 엄마의 얘기를 하고 있는데도 복자의 귀엔 제 아들에 관한 소리만 확성기에 댄 듯 크게 들렸다.

"이… 이놈의 계집애가 제 아빠보고 할머니 아들이 뭐야, 할머니 아들이!"

"난 김호영 씨를 내 아빠로 생각 안 한 지 오래야. 그래도 할머니는 나랑 엄마 마음 이해해줄 줄 알았는데… 남의 집 귀한 딸이 할머니처럼 불행하게 살았으면 좋겠어?"

"내가… 불행해?"

복자는 그 길로 방으로 들어가 이부자리에 누웠다. 그녀에게 인생은 그저 받아들이는 것일 뿐, 선택할 수 있는 무엇이 아니었다. 냉장고에서 아이스크림 고르듯 행복과 불행 중 하나만 선택하라면 대체 어떤 정신 나간 인간이 불행을 선택할까. 아린이 마치 제 할머니가 불행을 골라서 선택한 사람처럼 얘기하는 건 아직 인생을 몰라서다. 이렇게 생각하면서도 복자는 과거에 당면했었던 수많은 갈림길을 돌이켜봤다.

대개는 이쪽으로 가든 저쪽으로 가든 결국은 큰길에서 다시 만날 수밖에 없는 작은 선택지들이었지만, 개중에는 한번 선택하면 영영 돌아올 수 없는 중대한 갈림길도 있었다. 남편에게 손찌검을 당하고 친정으로 도망친 밤이 그랬고, 혼자 울고 있을 아이가 눈에 밟혀 오로라맨숀으로 돌아오던 낮이 그랬고, 둘째를 임신한 채로 도망치다 남편에게 머리채를 잡힌 새벽이 그랬고, 배 속 아이를 잃고 비명을 지르던 아침이 그랬다. 그 아침 복자의 뽀얗고 여린 다리 사이로 흐르던 피의 붉은 빛깔이 선명하게 떠올랐다. 그 후로 복자는 다시는 임신을 할 수 없었다. 소박맞은 여편네 소리가 듣기 싫어서, 호영에게 엄마 없는 아이란 소리를 듣지 않게 해주려고, 이젠 임신도 못 하는 여자를 데리고 살아주는 남편께 고마워하라는 시부모님의 말씀에 순종하며 꾸역꾸역 부여잡은 선택들이 실타래처럼 꼬여 내 인생을 불행으로 몰고 온 걸까.

아무리 생각해봐도 복자는 자신이 뭘 더 할 수 있었을지, 어떤 다른 선택지가 있었을지, 알 수 없었다. 그저 여자는 남편 잘 만나서 굶지 않고 살면 다행이라는 어머니의 가르침을 되새기며 남편이 가져다주는 월급에 감사했다. 전쟁통에 아버지와 떨어져 홀로 옷 수선을 하며 복자와 남동생을 키운 어머니는 세상에서 제일 부러운 사람이 남편이 가져다주는 돈으로 살림하는 여편네라고 했다. 복자는 화평과 결혼한 덕에 어머니가 그토록 부러워하던 삶을 살았다. 술값과 유흥비가 먼저였던 남편이 내미는 월급봉투는 항상 반 이상이 비어 얇디얇았지만, 남자가 사회생활을 하려면 유흥도 알아야 한다는 남편의 말을 철석같이 믿었던 복자였다. 식당 설거지에 파트타임 가정부 일로 구멍 난 생활비를 성실하게 메워나가면서도 제 어머니 인생보다는 백배 만배 낫다고 생각했다. 그렇게 사는 게 정답인 줄 알았다. 남편의 말마따나 복자는 배운 것도 없고 능력도 없는 여자이니 숨죽이고 가정을 지키는 게 최선의 미덕이라고 여겼다. 하지만 인생의 유일한 목표였던 가족은 산산조각이 났다. 세상이 아무리 변했기로서니, 2004년생 손녀가 1945년생 할머니의 인생을 불행하다고 못 박다니. 지가 인생에 대해 뭘 안다고. 복자는 지금까지의 삶이 통째로 부정당하는 기분이 들었다. 비참했다.

***

혜성이 아린의 한 걸음 뒤에서 걸었다. 그가 보폭을 맞추느라 답답한 동안, 그녀는 할머니의 인생이 답답하다며 입을 삐죽거렸다.

"평생 가스라이팅을 당하면서 살아놓고 아직도 정신을 못 차려, 우리 할머니는."

복자가 그다지도 사랑하는 호영을 아린은 너무 증오하기에 두 사람 사이엔 건널 수 없는 감정의 골이 생긴 것 같았다. 내가 너무 좋아하는 단짝이 나랑 싸운 애와 붙어서 매점에 가는 꼴도 보기 싫은 게 사람의 마음이니까.

"그래도 할머니 아들인데… 말이 너무 심했던 거 아니야?"

"그러는 너도 할머니 아들 장례식장에 쳐들어가서 난동 피웠다며?"

"나한테야 월급 안 준 사장님이고, 누나한테는 명색이 아빤데…."

"그러면 너…."

아린이 혜성을 휙 돌아보다가 눈이 마주치자 말을 멈췄다.

"나, 뭐?"

혜성이 다음 말을 기다리며 아린의 입술을 바라봤다. 그녀는 입안에 머금은 말을 그대로 꿀꺽 삼켜버리고는 가던 길을 계속 갔다. 아마도 부모에게 버림받은 고아한테 해서는 안 되는 유의 말이었을 거라고 혜성은 짐작했다. 아린의 성깔이라면 '그러면 너 가져라' 정도의 말은 하고도 남았을 테니까.

"누나, 말로는 상속 포기하러 한국 들어왔다고 하면서… 사실은 아들 죽고 혼자 남은 복자 할머니가 걱정돼서 들어온 거 맞지?"

혜성은 느릿느릿 아린의 보폭에 맞춰 걸음을 옮기며 대답을 기다렸지만, 되돌아오는 거라곤 종종대는 발소리와 쌕쌕거리는 숨소리뿐이었다.

***

할머니와 다투느라 결국 신메뉴를 결정하지 못한 아린은 찬배에게 시식을 부탁하기로 했다. 찬배는 경비의 이름이었다. 박찬배. 아린이 맨손에 오기 전까지만 해도 이름을 물어볼 생각도 못 하던 혜성이었다. 경비는 그냥 경비 아저씨라고 부르면 그만이었다. 그런데 아린은 달랐다. 누굴 만나든 꼭 이름을 확인하고, 웬만하면 상대의 이름을 불렀다. 경비 아저씨가 아니라 찬배 아저씨, 이렇게.

"찬배 아저씨, 드셔보고 국수랑 칼국수 중 어느 쪽이 더 맛있었는지 혜성이한테 알려주세요."

그녀는 오늘 밤엔 복자의 집 대신 혜성의 집 작은방에서 자겠다며 열쇠를 받아 나갔다. 아린의 발소리가 멀어지자 찬배가 낮은 목소리로 물었다.

"크게 싸웠어요? 소리가 여기까지 들리던데."

"네."

혜성이 칼국수를 후루룩 흡입했다. 칼칼한 향이 입안 가득 퍼졌다.

"무슨 일로 싸웠는데요?"

찬배가 국수 한 젓가락을 떴다. 혜성은 김치칼국수엔 하얀 무절임을 곁들이면 좋겠다고 생각하다가 타이밍을 놓치는 바람에 한 호흡 늦게 대답했다.

"그게… 잘 모르겠어요."

정말이지 두 사람이 왜 싸운 건지 맥락을 이해할 수 없었다. 국수와 칼국수를 시식하고 둘 중 하나를 고르겠다고 한 것까지는 알겠는데, 어쩌다가 국수와 칼국수의 문제가 행복과 불행의 문제로 번졌는지는 알 길이 없었다.

"복자 할머니네 가족에게 풀 수 없는 어떤 문제가 있는 모양이네요. 화가 머리끝까지 나는데도 두 사람이 직접 해결할 수는 없는, 가족이라서 안고 갈 수밖에 없는 그런 문제."

찬배의 말이 완전히 이해되지는 않았지만, 유성을 생각하니 화는 나는데 직접 해결할 수는 없으면서 가족이라 안고 갈 수밖에 없는 문제가 대충 얼마나 속 터지는 건지 감이 잡혔다. 혜성이 생수로 입을 헹구고 국수를 한 젓가락 집어서 후루룩 빨아들였다. 담백하고 시원한 면발이 개운했다. 온면으로 먹어야 하는 칼국수와 달리 계절과 입맛에 맞게 따뜻하게도, 차갑게도 먹을 수 있는 장점이 있었지만 배송 중에 소면이 부서질까 걱정됐다.

"어떠세요? 혼자 사는 사람이 야식으로 먹는다고 생각하면, 어느 쪽을 더 선호할까요?"

"혼자 사는 사람이면 아무래도 한꺼번에 재료를 다 넣고 간단히 끓여서 먹을 수 있는 게 좋죠. 국수는 면 따로 국물 따로 또 고명까지 따로 손을 대야 하니 번거롭지 않을까요."

찬배도 혜성과 마찬가지로 칼국수 쪽이었다.

"맛만 가지고 평가를 한다면요?"

"그건 너무 어려운데요. 짜장면과 짬뽕처럼. 단지 오늘 야식으로는 국수가 더 좋네요. 혼자 살다 보니 귀찮은 건 안 해 먹게 돼서. 남이 해서 갖다주니 별미예요."

찬배가 국수로 다시 젓가락을 가져갔다.

"찬배 아저씨는 싱글이세요?"

혜성의 물음에 찬배가 싱긋 웃었다.

"나 같은 늙은이한테 그런 단어를 써서 질문하는 사람은 드문데… 맞아요, 싱글. 나처럼 나이 든 싱글들을 위해 레시피에 김치죽을 추가하면 어떨까요. 와이프가 암 투병을 하는 1년 내내 아침이면 김치죽을 끓였어요. 그

사람이 꼭 김치죽만 찾았거든요. 매일 아침 김치를 총총 썰고 쌀을 믹서기에 갈아서 일인용 뚝배기에 담아 은근하게 끓이는 거예요. 바닥에 눌어붙지 않게 조심조심 저어주면서… 그러고는 동치미를 곁들여 먹으면 하루가 시작되는 거죠. 삶의 기한이 정해져 있는 사람에게 하루가 시작된다는 건 남아 있는 생명이 하루만큼 줄어든다는 의미이기도 해요. 우울, 슬픔, 고통, 불안… 이런 소모적인 감정으로 우리에게 남아 있는 나날을 낭비하고 싶지 않았어요. 그래서 매일 오늘은 또 무슨 즐거운 일을 할까 계획을 세우곤 했죠."

찬배가 멍하니 벽을 바라봤다. 거기에 뭐가 있나 싶어 혜성도 찬배의 시선을 따라 빈 벽을 바라봤지만, 눈에 띄는 거라곤 세월이 남기고 간 작은 얼룩들뿐이었다. 비로소 혜성은 찬배가 지금 바라보고 있는 건 허공이란 걸 알게 됐다. 혜성의 친구들이라면 이럴 때 멍때린다고 했겠지만, 그런 애 같은 표현을 쓰기에 찬배는 너무 어른이었다. 찬배의 시선이 닿은 허공 속엔 혜성에겐 보이지 않는 마음속 추억이라도 상영되는 모양이었다. 혜성은 찬배의 추억 상영회를 방해하지 않으려고 숨을 참았다가 아주 얕게, 소리 나지 않게 내쉬었다. 후. 그래도 숨소리가 컸던지 찬배가 허공에서 시선을 거뒀다.

"내가… 쓸데없는 말을 너무 많이 했네요."

찬배가 평소에는 절대 아내에 대한 이야기를 하지 않는다는 것쯤은 혜성도 잘 알았다. 어쩌면 그는 예상치 못한 타이밍에 예상치 못한 어린 상대에게 속내를 털어놓아 머쓱한 기분이 들었을지도 몰랐다. 이럴 땐 그냥 아무것도 모르는 척 낭창하게 넘어가주는 게 좋았다. 혜성도 아주 가끔 그럴 때가 있었다. 자기도 모르게 과거의 어떤 이야기를 털어놓을 때. 뭐에 홀리기라도 한 듯 제 감정에 취해 상대가 묻지도 궁금해하지도 않는 말을 하고 나면 부끄러움이 앙금처럼 남곤 했다. 앙금이 남은 관계는 딱 그만큼의 거리만큼 멀어졌다. 속내를 털어놓으면 더 가까워지는 게 관계인 줄 알았는데, 어떤 관계는 또 어떤 속내는 거리를 더 멀어지게 하기도 했다. 혜성은 '안물안궁'이 참 매서운 말일지도 모른다는 생각을 하며 찬배에게 자신이 할 수 있는 최선의 말을 했다.

"쓸데없지 않았어요."

"그렇다면 다행이네요. 소화도 시킬 겸 한 바퀴 둘러보고 올 테니까 천천히 다 먹고 일어나요."

찬배가 밖으로 나갔다. 혜성은 그의 이야기를 머릿속에서 지워버리고 김치죽이란 세 글자의 메뉴만을 기억에 새겼다. 그러면서 남은 칼국수 한 젓가락을 호로록 빨아들이며 밀키트의 이름을 김치얼큰칼국수로 짓고 꼭 하얀 무조림을 곁들여야겠다고 결심했다. 얼큰한 국물까지 싹 비우고 빈 그릇을 치우는데 밖에서 찬배의 외침이 들렸다.

"거기 서!"

경비실 문을 열고 나가보니 검은 그림자가 입구 쪽으로 달려오고 있었다.

"잡아! 저놈 잡아!"

혜성이 검은 그림자를 향해 성큼성큼 다가가 안다리를 걸고 멱살을 잡아 바닥에 메쳤다. 중학생 때 유도부에 들어오라며 3년 내내 혜성을 따라다니던 선생님이 가르쳐준 필살기였다.

***

검은 그림자의 이름은 차성원. 아린의 택배를 배달했던 이 구역 총알맨이었다. 성원은 낮에 오로라맨숀으로 오배송한 택배를 찾으러 왔다고 해명했다.

"그런데 따지고 보면 오배송도 아녜요."

오배송이라는 건지, 아니라는 건지, 혜성은 헷갈렸지만 그가 억울해하는 것만은 분명했기에 계속 얘기를 들어주었다. 사건은 오로라맨숀에 살다가 다른 곳으로 이사를 간 고객이 물건을 주문했는데 예전 주소를 새 주소로 업데이트하지 않은 데서 비롯됐다. 배송이 완료되었다는 메시지를 받은 고객은 택배가 도착하지 않았다면서 고객센터에 항의했고, 확인 결과 고객이 주소를 잘못 기재한 것으로 판명이 났다. 그런데도 쇼핑몰에선 총알맨 성원에게 이전 주소로 잘못 배달된 택배를 찾아 다음 날까지 고객의 새 주소로 가져다주라고 지시했다.

"분명 여기 현관문 앞에다가 뒀는데 감쪽같이 사라졌다니까요."

성원이 1동 312호 현관을 가리키며 누군가 가져간 게 분명하다고 주장했다. 오늘 밤 내에 택배를 찾지 못하면 분실로 처리되고, 택배가 분실될 경우 총알맨은 각종 조사를 거쳐 페널티를 받게 된다. 성원은 사라진 택배를 꼭 찾아야 했다. CCTV라도 있으면 누가 택배를 가져갔는지 확인해볼 수 있겠지만 오로라맨숀처럼 오래된 건물엔 CCTV가 없었다. 몇 년 전 재개발추진위원회에서 외부인의 출입을 막기 위해 입구에 한 대를 설치한 게 유일했다.

찬배가 입구 CCTV를 확인했다. 혹시라도 외부인이 맨숀에 들어와서 택배를 가져갔을까 봐 걱정했지만, 종일 출입한 사람은 2동 202호와 3동 505호, 그리고 영미와 찬배, 택배기사 성원이 전부였다. 그렇다면 택배를 가져간 사람은 맨숀 내부인이란 소리였다. 경비실과 관리사무소, 그리고 복자네 장독김치 관련자들을 빼고 나면 맨손에는 딱 한 가구가 남았다. 혜성이 처음 맨숀을 방문했을 때만 해도 복자를 포함해 세 가구가 살고 있었지만 혜성이 이사를 들어오면서 네 가구로 늘어났다가 지난주에 1동 312호가 이사를 나가면서 다시 세 가구가 됐다. 간단한 추리 끝에 택배 도둑 용의자는 1동 307호로 좁혀졌다. 찬배가 성원과 함께 계단을 오르며 물었다.

"택배가 얼마나 컸어요?"

"제 키만 했어요."

"내용물은 뭔지 아세요?"

"송장에 캣타워라고 써 있었어요."

성원의 대답에 찬배가 물었다.

"내가 잘 몰라서 그런데… 캣타워가 뭐에 쓰는 물건입니까?"

"고양이들 장난감 같은 건데요. 고양이들이 오르락내리락하면서 놀 수 있도록 계단처럼 생겼어요."

성원의 대답이 끝나기 무섭게 307호에서 고양이 울음소리가 들렸다. 찬배가 초인종을 누르며 소리쳤다.

"경비실인데요. 야밤에 죄송하지만, 잠시 말씀 좀 묻겠습니다."

잠시 후 복도로 난 창문이 열리더니 307호 총각이 방충망 너머에 나타났다. 위아래가 하나로 연결된 고양이 무늬 동물 잠옷에 동그란 뿔테 안경을 낀 모습이 누가

봐도 고양이 마니아였다.

"죄송한데요, 문을 열면 애들이 나가서…."

"애들? 애가 있습니까."

찬배의 물음에 총각이 너털웃음을 웃었다.

"아, 그 애가 아니라 고양이들이요. 제가 다섯 마리를 키우거든요. 지금 문 열면 고양이들이 나갈 거 같으니까 여기서 말씀해주시겠어요?"

호기심 많은 고양이 두 마리가 창틀로 뛰어올라 낯선 밤의 방문자들을 구경했다. 찬배가 총각의 뒤에 놓인 캣타워와 빈 택배박스를 발견하고 손가락으로 가리켰다.

"저거… 혹시 언제 구매하신 겁니까?"

"어제 주문해서 오늘 받았는데요… 혹시 낮에 택배 놓고 가신 기사님 아니세요?"

총각이 성원의 택배회사 유니폼을 보며 물었다.

"아, 맞는데요."

"왜 312호 앞에 놓고 가셨어요. 거긴 이사 가고 아무도 없는데."

캣타워 꼭대기에 앉아 있던 페르시아고양이가 307호 총각의 머리 위로 점프했다. 먼지떨이처럼 복슬복슬한 꼬리가 총각의 얼굴을 가렸다. 총각이 꼬리를 한쪽으로 쓸어넘기며 말했다.

"캣타워를 주문했는데, 낮에 배송이 완료됐다는 메시

지를 받고 복도에 나가보니 우리 집 앞이 아닌 312호 앞에 택배가 있는 거예요. 312호에는 사람이 안 사니까, 의심도 없이 상자를 뜯어서 캣타워를 설치했는데… 뭐가 잘못됐나요?"

"혹시 박스를 아직 안 버리셨으면 박스에 붙은 송장을 확인해보시겠어요?"

총각이 택배 박스에 붙은 송장을 확인했다.

"312호 송구영?"

"송구영 님은 312호에 사시다가 이사 나간 세대주명입니다."

찬배가 이름을 확인했다.

"어, 그래요? 하긴, 저는 쇼핑몰에서도 닉네임을 사용하니까… 이게 정말 312호에 배달된 거였네요. 죄송합니다. 제가 주문한 거랑 같은 모델인 데다가 312호에 사람도 안 살길래 저는 정말 오배송이라고만 생각했어요."

총각이 성원의 얼굴과 손에 든 송장을 보고는 멋쩍게 웃더니 낮에 받은 배송 완료 메시지로 콜백을 했다. 312호와 같은 모델의 캣타워였지만, 두 사람이 각기 다른 쇼핑몰에서 구매하는 바람에 택배 배송 업체가 달랐다. 전화를 받은 택배기사는 메시지가 잘못 갔다며 내일 오전 중에 배송을 해주겠다고 철석같이 약속했다.

문제는 312호 송구영 씨의 새 주소로 배달되었어야

할 캣타워에 여기저기 고양이 발톱 자국이 생겼다는 거였다. 사용감이 생겨버린 상태로는 새 주소로 배송할 수 없었다.

"내일 제가 주문한 캣타워가 오면 그걸 가져다주세요. 그건 새 제품이잖아요."

307호 총각의 제안으로 성원은 다음 날 아침에 배송된 신상 캣타워를 312호 송구영 씨의 새 주소로 배달했다. 하지만 고객은 박스에 붙은 송장을 문제 삼았다. 송장에는 받는 사람이 307호 가르마라고 되어 있었다. 가르마는 총각의 닉네임이었다. 웹툰 작가인 그는 독자들에게 강한 인상을 주기 위해 가르마라는 닉네임을 사용하기 시작했는데, 정작 그의 머리는 가르마를 탈 수 없는 대머리였다. 가르마 명의의 송장을 받은 고객은 짜증을 내며 다른 사람의 물건은 사용할 수 없으니 반품을 하겠다고 항의했다.

결국 성원은 본부로부터 조사를 받았다. 다행히 가르마가 성원 대신 쇼핑몰에 연락해 자초지종을 설명하는 전략이 먹혀서 새 캣타워를 쇼핑몰로 반품하면 쇼핑몰에서 312호에 살다가 이사 간 진상에게 환불을 해주기로 했다. 성원이 소속된 택배업체도 진상에게 사과하고 택배 무료 쿠폰을 보내주는 거로 오배송 사건은 마무리됐다. 이제 남은 건 성원이 받게 될 페널티였다.

***

"페널티요?"

아린이 물었다. 혜성으로부터 캣타워 사건을 전해 들은 아린은 가르마와 성원을 3동 옥상으로 초대해 김치전과 막걸리를 대접했다. 말이 좋아 대접이지 기본 김치와 신메뉴 김치전을 시식하고 후기를 올려주는 조건이었다. 가르마와 성원은 혼자 사는 남성 1인 가구라서 절대 김치를 손수 담아 먹을 리가 없는, 복자네 장독김치의 1차 타깃이라는 게 초대의 이유였다. 하지만 성원의 페널티 걱정에 1차 타깃의 시식평을 받겠다는 초기 목적은 모두의 뇌리에서 증발해버렸다.

"수수료가 칠백 원 정도 되는데 페널티는 십만 원이에요. 예전에 같이 일하던 친구가 엄청 악질적인 진상 고객한테 걸려서 한 달에 페널티만 삼백만 원을 낸 적도 있고요."

"아니, 어떻게 한 달에 페널티만 삼백만 원을 내요? 말도 안 돼."

아린이 버럭 화를 내며 막걸리를 벌컥벌컥 들이켰다. 혜성이 잔을 세었다. 네 잔째. 성원도 잔을 비웠다. 역시 네 잔째였다.

"맨날 주문했다 반품했다 하는 건 다반사고, 고객센터

에 항의 전화를 해서는 총알맨이 자기한테 욕을 했다고 거짓말까지 해대니까 어떻게 대처할 수가 없더라고요. 그냥 속수무책으로 당하는 수밖에."

아린이 제 잔과 성원의 잔을 채웠다. 성원은 막걸리를 보며 회한에 잠겼다. 혜성은 자신은 몇 살이나 더 먹어야 막걸리를 보며 회한에 잠길 수 있을지 문득 궁금해졌다. 어쨌든 생일 안 지난 만 열여덟이 할 수 있는 건 아닌 게 분명했다.

"그 친구가 김치선에 막걸리를 엄청나게 좋아했었는데… 오늘따라 보고 싶네요."

가르마가 물었다.

"요즘은 자주 못 보나 봐요?"

묻는 사람의 눈은 호기심으로, 대답하는 사람의 눈은 눈물로 반짝거렸다.

"갔어요. 새벽 배송 하다가 과로사로. 하루 3회전 배송에 주 120시간 이상을 일하는데 몸이 어떻게 버텨나겠어요. 그래도 돈 벌려면 시간과 체력을 갈아 넣어야지. 저도 3회전 시작하고 나서 맨날 차에서 먹고 자고 그래요. 저기 강변도로에 트럭 대고선."

"잠깐을 자더라도 집에 들어가서 자는 게 편하지 않아요?"

"그러기엔 시간이 너무 부족해요. 하루에 잘 수 있는

시간이 보통 네 시간. 길어봤자 다섯 시간밖에 안 되니까 이동시간을 최소화해야 잘 시간을 조금이라도 더 확보할 수 있거든요."

"정말 과로사할 만하네요."

아린이 고개를 저으며 막걸리 잔을 비우고는 성원의 잔과 제 잔을 다시 채웠다. 혜성은 아린의 귀가 빨개지는 걸 보며 곧 목소리가 커지겠구나 생각했다.

"아, 더러운 세상!"

역시다. 목소리가 커졌다.

"그러니까요. 근데 회사에서 산재 인정을 안 해줘요. 그래서 제가 친구를 대신해 회사에 소송을 거는 바람에 미운털이 단단히 박혔는데, 이번에 페널티까지 받으면 회사에선 분명 저를 자르려고 할 거예요."

막걸리를 단숨에 들이켠 성원은 새 막걸리를 따서 잔을 채우다 말고 고개를 들었다. 사람들이 그를 바라보고 있었다. 성원은 잔을 채우던 손을 멈추고 막걸리병을 내려놓았다.

"미안해요. 제가 괜한 얘기를 해서… 분위기만 망치고…."

혜성과 가르마가 괜찮다며 손사래를 쳤다. 아린은 알아서 기는 게 몸에 배어버린 그가 안쓰러운 동시에 짜증이 났다.

"갑자기, 분위기, 웬 사과? 여긴 망칠 분위기 같은 거 없어요. 생각나면 생각나는 대로, 하고 싶은 말 있음 하고 싶은 대로 해요. 그러려고 술 마시는 거잖아요. 난 막 이런 자리에서까지 남 눈치 보고 그러는 게 너무 싫어. 그리고 난 솔직히 총알맨 님의 김치전 얘기 그거 너무 아련해. 그러니까 후기로 남겨주실 수 있죠?"

"아유, 우리 사장님. 장사에 진심이네."

"난 사장 아니고, 복자네 장독김치의 CBO. 치프 브랜드 오피서. 브랜드 총괄 책임이에요. 사장은 얘거든요."

아린이 혜성을 손가락으로 가리켰다.

"이야, 어떻게 이런 어린 나이에 김치 창업을 할 생각을 다 했어요?"

가르마가 놀랍다는 듯 물었다.

"어쩌다 보니 그렇게 됐어요."

혜성이 뒷머리를 긁적이는 사이, 성원이 아린에게 못다 한 대답을 했다.

"알겠습니다, 책임님. 후기 꼭 남길게요."

"그럼 우리 모두 총알맨 님의 친구분을 위해 거국적으로 한잔할까요."

가르마의 제안에 모두가 말없이 막걸리 잔을 높이 들었다. 김치전에 막걸리를 좋아했다는 총알맨의 친구를 위한 건배였다. 혜성이 잔을 부딪히려 하자 가르마가 손바닥을 펴서 잔을 막았다.

"떠난 사람을 기릴 때는 서로 잔을 부딪히면 안 돼요. 잔을 떨어뜨리고 마음을 통해서 건배."

혜성은 가르마와 성원을 따라 잔을 조금 떨어뜨린 채 시선을 나누며 하늘로 떠난 총알맨 친구의 명목을 빌었다. 처음 봤을 땐 가르마가 철없는 애어른 같았는데 이런 소소한 예절을 알려줄 때는 제법 의젓했다. 혜성은 막걸리를 마시며 아린을 곁눈질했다. 역시 이번에도 원샷. 일곱 잔째.

"저기 있잖아요. 내가 총알맨 님한테 제안을 하나 하고 싶은데. 어때, 대표님?"

아린이 혜성을 돌아봤다.

"코딱지만 한 김치공장에 대표 따로 있고 책임 따로 있고, 누가 보면 웃겠다. 그냥 이름 불러, 누나."

"야, 우리 복자네 장독김치가 지금은 코딱지만 하지만 1년 후, 2년 후엔 어떻게 될지 모르는 거라고. 이 문짝 같은 놈아."

"제안하고 싶은 게 뭔데요?"

성원의 질문에 아린과 혜성이 동시에 돌아봤다.

"이참에 월급보다 페널티가 더 비싼 총알맨 따위는 때려치우고 김치맨으로 전향하는 거 어때요? 우리 공장이 지금은 출고를 하루 두 번밖에 안 하는데 앞으로 점점 더 많아질 것 같아요. 그래서 말인데요, 제가 총알맨 님을 복자네 장독김치의 총괄 유통 책임으로 스카웃할게요."

혜성이 난감한 표정으로 아린의 옆구리를 쿡 찔렀다.

"누나, 지금 당장은 연봉 못 맞춰드려."

"어, 그래? 내가 취했나. 어질어질하네."

"그래, 취했어. 소주는 두 병을 마셔도 끄떡없던 사람이 막걸리엔 왜 이렇게 약해."

"아니, 그러니까… 이놈의 막걸리… 그래서! 내가 다시 정리를 하자면, 지금 당장 총알맨을 때려치우라는 게 아니라… 총알맨 배달은 하루에 한 번만 하고, 두 번은 우리 쪽으로 와서 김치 출고 작업하면 되지 않나?"

성원이 이해했다는 듯 어깨를 으쓱해 보였다.

"좋아요."

그의 대답에 가장 놀란 사람은 혜성이었다.

"좋다고요?"

"네, 좋아요. 당분간 투잡 뛰다가 김치공장이 잘되면 꼭 총괄 유통 책임으로 스카웃해줘요. 나도 책임님이란 소리 들으면서 살고 싶네."

아린이 두 손을 번쩍 들었다.

"역시! 통하는 데가 있어."

성원은 아린과 손바닥을 마주쳐 하이파이브를 하고 가르마를 바라봤다. 지금까지 너무 자기 얘기만 한 것 같아서 그에게 뭐라도 말을 걸어보고 싶었다.

"웹툰작가라고 했죠? 어디에 가면 가르마 작가님 웹툰 볼 수 있어요?"

"아, 폰으로 링크 보내드릴게요. 다들 퀵쉐어 되죠?"

가르마가 모두의 폰으로 링크를 보냈다. 혜성이 링크에 접속하며 물었다.

"웹툰작가는 돈 잘 벌어요?"

아린이 눈을 흘겼다.

"하여튼 저건 어린노무 자식이 맨날 돈, 돈…."

그러다가 웹툰을 열어보고 깜짝 놀랐다.

"허거걱, 이 눈부신 그림체는 뭐임? 정말 이거 가르마 작가님 작품 맞아요?"

혜성도 놀라긴 마찬가지였다. 온 동네 꽃미남, 꽃미녀를 다 모아놓은 것만 같은, 말 그대로 총천연 꽃밭에, 장르는 무려 캠퍼스 로코였다.

"그냥… 먹고살 만큼 벌어요."

가르마가 한 템포 늦은 대답을 했다.

"이야, 어쩜 그림체가 이렇게 예쁘고 청순한 거예요? 그리고 이거… 댓글 보니까 설렘 지수 백만이라는데 어머어머… 어쩌다 이런 샤방샤방한 캠퍼스 로코를 그리게 된 거예요?"

"캠퍼스 로코면 대학에서 연애하는 거죠?"

혜성이 물었다.

"맞아요. 저는 대학 신입생들의 연애 이야기가 너무 풋풋하고 좋더라고요. 이제 막 어른이 된 스무 살의 사랑이요."

가르마의 말에 혜성은 대학 신입생이 아닌 자신은 캠퍼스 로코의 등장인물에 해당되지 않는 것 같아 심통이 났다.

"요즘 대학 신입생은 스무 살이 아니라, 생일 안 지나면 열여덟, 생일 지나면 열아홉인데."

"그렇긴 하죠. 갑자기 만 나이로 죄다 바뀌는 바람에 대학 신입생 나이가 열여덟에서 열아홉 사이인 건 맞지만 스무 살이랑은 어감이 워낙 다르잖아요. 열아홉의 첫사랑보다 스무 살의 첫사랑이 조금 더 성숙한 느낌도 들고. 근데 사장님은 몇 살이에요?"

"열아홉이요."

생일이 안 지나서 아직 열여덟이라고 대답하기엔 왠지 자존심이 상해 혜성은 나이를 하나 높였다. 어차피 12월이면 열아홉이 될 거니까.

"와, 내 웹툰에 나오는 주인공들 나이네요. 그런데 어쩌다가 그 어린 나이에 김치 사업을 시작하게 된 거예요?"

"그냥… 돈 벌고 싶어서요. 김치는 한국 사람이면 다

먹으니까 복자 할머니 김치 맛이라면 어디든 팔 수 있을 거라고 생각했거든요."

"아, 여기 로고에 있는 할머니… 이분이 복자 할머니세요? 혹시 혜성 씨가 손자?"

"나요, 나!"

아린이 손을 번쩍 들다가 몸을 휘청하며 혜성의 어깨에 머리를 반쯤 기댔다. 막걸리 아홉 잔에 벌써 중심을 잃고 비틀거리다니. 다음부터 술은 무조건 소주만 내놔야겠다고 생각하며 혜성은 아린의 머리를 손가락으로 슬며시 밀어냈다. 계속 기대게 됐다가는 요란하게 나대는 심장이 터져버릴 것만 같아서였다. 아린은 제 머리의 위치 따위는 상관없다는 듯 번쩍 들었던 손으로 혜성의 얼굴에 꽃받침을 했다.

"이쪽은 남남이고."

"아, 저리 치워."

혜성이 아린의 손을 툭, 밀어냈다.

"내가 손녀. 우리 할머니는 여기 505호에 사세요."

"아, 505호 할머니. 뵌 적 있어요. 여기 중정에서 김치 담그시던 그분 맞죠?"

가르마가 김치전 밀키트 포장지를 들어서 복자의 캐리커처를 들여다봤다. 평소 음식툰에 관심은 있었지만 김치를 메인 아이템으로 정할 생각은 해본 적이 없었다.

그저 여러 밥반찬 중 하나로만 여겼는데 갓 스물 언저리인 청년들이 김치를 메인으로 밀키트를 만들어 판다니 뭔가 새로웠다. 조금 전에 총알맨이 들려준 김치전 얘기도 흥미로웠다. 어쩌면 김치에 얽힌 추억들을 에피소드로 그려봐도 괜찮을 성싶었다. 캠퍼스 로코라고 해서 등장인물들이 모두 대학생일 필요는 없으니, 대학가에서 장사로 성공한 인물이 하나 정도는 나와도 신선할 것 같았다. 요즘은 대학 안 가고 경력을 쌓는 쪽을 선택하는 사람들도 많으니까.

가르마도 사실 제산시에 있는 지방대에 붙어서 대학을 다니러 왔다가 자퇴하고 웹툰을 본격적으로 그리기 시작했다. 로맨스와 김치라는 어울리지 않을 것 같은 조합을 조화롭게 그려내고 싶은 작가적 열망이 차올랐다. 그리고 보니 아까부터 혜성의 시선이 계속 아린을 향하고 있었다. 함께 장사를 하다가 친해졌는데 그게 우정인지 사랑인지 모르고 있다가 여자 쪽 전남친이 등장하면서 사랑인 줄 깨닫는 스토리가 떠오른 가르마가 휴대폰에 메모를 했다. 아린이 하늘을 가리켰다.

"어, 오늘도 문짝자리 보인다."

아린의 손가락을 따라 혜성과 성원이 고개를 한껏 젖혀 하늘을 올려다봤다.

"문짝자리라는 별자리도 있어요?"

가르마의 질문은 한밤의 굉음에 그만 묻혀버리고 말았다. 쾅쾅. 쾅쾅쾅. 쿵쿵쿵쿵쿵.
 "형, 문 열어! 나 왔어. 나 왔으니까 문 열라고!"
 유성이었다. 혜성의 동생, 유성이 형에게로 돌아왔다.

7. 돌아갈 제자리가 없다는 건

"저 먼저 내려가볼게요."

혜성이 급히 인사를 하고 계단을 내려갔다. 그가 2층 복도에 도착할 때까지 유성은 계속 시끄럽게 문을 두드려댔다.

"문 열어. 문 열라고! 이혜성!"

사람 형상의 그림자가 머리 위로 길게 드리우자, 그제야 유성은 옆으로 고개를 돌렸다. 복도 끝에서 형이 다가오고 있었다.

"그만 두드려. 밤도 늦었는데 시끄럽게시리."

"시끄러우면 빨리 문 열면 될 것이지, 어디서 뭉개다가 지금 나타난 거야."

"옥상에."

혜성의 말에 유성이 옥상을 올려다봤다. 옥상 난간 너머로 세 개의 동그란 머리가 그들을 빼꼼 내려다보고 있었다. 불빛을 등지고 선 탓에 아린, 성원, 가르마의 얼굴이 모두 시커먼 어둠에 묻혀 분간이 안 됐다. 세 그림자가 일제히 손을 흔들자 혜성도 마주 손을 흔들다가 유성을 내려다봤다.

"너도 인사해."

혜성이 말했다.

"무슨 인사?"

유성이 어리둥절하게 바라봤다.

"저기 옥상에 있는 이웃들한테 인사하라고. 모두 너보다 어른이야."

그래도 유성이 말을 안 듣자 혜성은 동생의 뒤통수를 꾹 눌러 억지로 허리를 굽히게 했다. 한참 동안 인사를 하고서야 그는 동생의 뒤통수에서 손을 떼고 열쇠로 현관문을 열었다.

"들어가."

형의 말에 따라 유성이 안으로 들어갔다. 거실과 주방이 이어진 공용 공간엔 2인용 식탁이 놓여 있고, 그 너머로 세 개의 문이 보였다. 제법 그럴듯한 집이라고 생각하며 유성은 문을 하나씩 열어봤다. 하나는 화장실, 두 개는 방이었다.

"뭐야, 진짜 이사했네. 방도 두 개고."

"그럼 가짜인 줄 알았어? 이사했다고 메시지 보낸 지가 언젠데, 왜 이제 왔어."

혜성의 대답에 자부심이 묻어났다. 유성이 방문을 닫고 식탁 의자에 앉았다. 그러고는 콧잔등을 만지작거리며 다리를 달달 떨었다. 무언가 큰 잘못을 저질렀거나 불안할 때 나오는 버릇이었다.

"형, 나 부탁이 있어."

혜성이 유성에게로 다가갔다. 혹시 또 사고라도 친 건 아닌지 걱정이 됐다.

"무슨 부탁?"

"천만 원만 줘."

동생의 말에 혜성은 위기를 직감했다.

"천만 원이 무슨 애 이름도 아니고. 갑자기 와서 돈을 달라니. 무슨 일이야?"

"무슨 일인지는 알 것 없고. 줄 거야, 말 거야?"

"무슨 일이길래 말을 못 해. 너 뭐 또 사고 쳤어? 지난번처럼 싸움에 휘말리기라도 한 거야? 아무리 그래도 그렇지. 폭행 합의금치고는 금액이 너무 크잖아."

"무슨 일인지는 알 것 없다고 말했는데, 왜 이렇게 꼬치꼬치 캐물어. 형이 무슨 양꼬치세요?"

아, 저놈의 말장난. 유성 특유의 회피 스킬이었는데,

혜성에게는 씨알도 안 먹히고 의심만 증폭시킬 뿐이었다. 이런 태도로 나오는 걸 보니 떳떳하게 말 못 할 유의 나쁜 일에 엮인 게 분명했다. 이럴 때는 단호하게 잘라서 거절하는 게 형 된 도리다.

"안 돼."

"내가 죽어도?"

중2병이 제대로 도졌는지 매사에 감정 오버다.

"네가 왜 죽는데? 너 무슨 나쁜 일이라도 있는 거지, 그렇지? 대체 무슨 일인데?"

"아니, 돈을 달라면 돈을 주면 될 것이지, 무슨 일인지가 왜 궁금해."

"그럼 안 궁금해? 집 나가서 연락도 안 되던 동생이 갑자기 나타나서는 천만 원이나 되는 큰돈을 달라는데…."

유성이 혜성의 말을 잘랐다.

"나한테 나갈 집이 어딨어."

"야."

"왜. 내가 무슨 틀린 말 했어?"

"아, 됐고. 그런데 대체 무슨 일인지는 왜 말을 안 하는 건데?"

"말하면 어떻게 할 건데. 내가 말하면 형이 해결할 수 있어?"

"일단 말해봐. 해결할 수 있을지 없을지는 들어보고

판단할게."

 유성은 아랫입술을 잘근 깨물며 고민하다가 혜성의 코앞에 새끼손가락을 내밀었다. 새끼손가락을 걸고 약속하라는 제스처였다.

 "화내기 없기."

 "들어보고."

 "뒤통수 후려치기 없기."

 "그것도 들어보고."

 "경찰에 신고하기 없기."

 "경찰…? 너 인마, 대체 무슨 짓을 했길래 경찰까지 들먹이는 거야? 빨리 말 안 해!"

 유성은 말을 할까 말까 고민하며 새끼손가락을 바라봤다. 여전히 형은 그에게 손가락을 걸어주지 않았다. 곧이곧대로 얘기했다가는 화를 내고 뒤통수를 후려치고 경찰에 신고할 게 뻔하지만, 형이라면 이 문제를 해결해 줄 수 있을지도 몰랐다. 인생을 통째로 그놈 손에 내주느니 뒤통수를 형의 손바닥에 내주는 편이 나았다. 유성은 절박했다.

 "캔디가 사라졌어."

 "캔디라니. 먹는 사탕? 사탕이 사라졌다고?"

 혜성이 의아해하자, 유성이 고개를 푹 숙이고 입술을 오물거리며 설명을 이었다.

"그, 그그, 그게 새로 나온 신종 므역인데….."

점점 소리가 기어들어가더니 유성의 도톰한 입술 안으로 쏙 숨어버렸다.

"므역? 므역이 뭐야. 무역, 미역… 설마 마약…?"

ㅁ과 ㅇ의 조합으로 마지막 단어를 추론해낸 혜성이 동생의 뒤통수를 휘갈기며 소리쳤다.

"이노무 자식이 돌았나!"

유성은 뒤통수를 움켜쥐고 잔뜩 억울한 표정으로 형을 바라봤다.

"화내기 없기로 약속했잖아."

"새끼손가락 안 걸었어. 고로 난 약속한 적 없다."

"아, 내가 이럴까 봐 말 안 하려고 한 건데… 형, 아직 본론은 시작도 안 했는데 그렇게 화부터 낼 거면, 나 말 안 한다. 입 꾹 닫아버릴 거야."

유성이 입을 꾹 닫으면 혜성은 속이 터졌다. 머리 꼭대기론 피가 쏠리고 위장엔 돌덩이가 들어앉은 것 같아 잠도 못 자고 밥도 못 먹을 지경이 되었다. 그걸 잘 아는 유성은 자기가 불리할 때면 형 속 터지게 하기 스킬을 사용하곤 했는데, 대화 회피 스킬보다는 승률이 월등하게 높았다.

"계속 얘기해봐."

"새끼손가락 걸어."

"우, 씨…."

혜성은 결국 새끼손가락을 걸고 동생의 이야기가 다 끝나기 전에는 절대 화를 내지도, 뒤통수를 후려치지도 않겠다는 약속을 했다. 동생이 입을 닫아버려 무슨 일인지 모르게 되는 것보다는 잠시 화를 참는 게 더 이득이었다. 유성은 형에게 약속을 받아내고서야 이야기를 계속했다.

그의 두서없는 설명을 연결해서 이해하자면, 혜성의 동생 유성은 얼마 전부터 텔레그램으로 마약을 파는 조직의 일원이 되었다. 유성의 주요 취급 품목은 마약 캔디고, 그가 속한 조직의 이름은 MZJ, MZ Jopok의 머리글자를 따서 지은 이름이었다.

"지금 내가 제대로 들은 거 맞아? 조… 뭐? 조폭? 지금 조폭이라고 했어? 스펠링을 다시 불러봐. 제이오피오케이? 그게 내가 아는 그 조폭이 맞아? 정말 내 동생이 조폭이 됐다고?"

***

연호연에게 폭행죄를 뒤집어쓸 뻔한 그 밤. 경찰서에서 형을 따라 나온 유성은 혜성의 집에, 아니, 집이랄 것도 없는 단칸방에 몸을 욱여넣었다. 혜성 혼자 대각선으로 누우면 꽉 차는 방에 형제 둘이 나란히 누워 있으려니 비좁기가 이루 말할 수 없을 정도여서 돌아눕는 것조차 힘들었다. 형은 비좁아도 조금만 참으라며 곧 투룸을 얻어서 유성에게 방 하나를 주겠다고 약속했다. 하지만 그게 쉽지 않으리란 것 정도는 눈치로 알 수 있는 유성이었다. 형은 인생을 너무 정직하게 살았다. 정직하게 노동을 하고 정직하게 월급을 받아서는 그가 원하는 인생 목표에 가까워질 수 없었다. 유성은 초등학교 전교회장 선거에서 떨어진 날, 부부치과병원의 공동원장보다 더 많은 돈을 버는 사람이 되겠다고 다짐했다. 돈을 많이 벌어 지금까지 자신을 무시한 인간들에게 한 방 크게 먹여주고 싶었다. 소년의 꿈은 부자였다. 문제는 그 돈을 어떻게 버느냐였다.

유성은 형이 잠든 사이 방을 빠져나왔다. 형은 잠에 약했다. 웬만하면 어디서건 뒤통수만 대면 금세 잠에 빠지고 한번 잠에 빠지면 주변에서 아무리 큰 소란이 벌어져도 어지간해선 깨지 않았다. 평생 잠을 자지 않을 거면 몰라도, 형이 옆에서 유성을 계속 감시할 수는 없는 노릇이었다.

잠깐 졸다가 깨어난 혜성은 동생이 사라진 걸 알고 거리로 뛰쳐나갔지만, 길고양이만 놀라서 달아날 뿐이었다. 매번 이놈의 잠이 문제였다. 혜성은 뭉툭한 손가락으로 머리를 헝클였다. 끈질기게 들러붙던 잠이 담장 위를 가로지르는 길고양이를 따라 성큼 달아났다.

유성은 골목에 숨어 형이 멀어지길 기다렸다가 대로로 나와 대학가까지 곧장 달렸다. 새벽 4시인데도 대학가 자취촌엔 술에 흠뻑 취해 노래를 불러대는 인간들이 있었다. 저럴 거면 대학에 왜 갔나 싶어 혀를 끌끌 차며 B102호로 들어갔다.

도어록 하나 없는 얼룩진 현관문을 열자 온갖 냄새가 밀려왔다. 담배 찌든 내와 먹다 남은 컵라면 국물 냄새, 바닥에 쓰러진 소주병에서 흘러나온 소주가 증발하고 남긴 퀴퀴하고 텁텁한 냄새, 그리고 더러운 양말과 속옷들이 여기가 시궁창 집합소임을 알려줬다. 어질러진 거실과 아무렇게나 엉켜 잠든 아이들을 보자 유성은 마음이 편했다. 집이 주는 안락함과는 거리가 먼 모습이었지만 여기에서만큼은 나만 다르다는 열등감 따위는 가지지 않아도 됐다.

유성이 까치발을 하고 널브러진 쓰레기와 빨랫감을 피해 잠든 아이들 틈으로 파고들었다. 대충 자리를 잡고 누워서 자려는데 홍민이 들어왔다. 시내에 있는 나이트클럽에서 알바를 끝내고 들어오는 모양인지 검은 턱시도 차림에 가슴에는 귀요미라 적힌 명찰을 달고 있었다.

홍민은 유성에게 멘토 같은 존재였다. 초등학교 졸업

식에 참석하지 않고 보육원에서 뛰쳐나온 유성을 받아준 유일한 사람이었다. 그는 다 이해한다는 듯 묻지도 따지지도 않고 유성을 가출팸으로 데려와 재워주고 먹여주고, 배달 알바를 할 수 있게 오토바이 타는 법을 가르쳐주고, 보육원 밖의 삶을 알려줬다. 때로는 친형인 혜성조차 헤아릴 수 없는 허전한 마음을 그 누구보다 잘 이해하고 위로의 말을 건네주었다.

"유성이 안 자면 라면 하나 땡길래?"

홍민이 물었다. 유성은 까치발을 하고 주방으로 향했다. 가출팸의 대부인 홍민이 라면을 땡기자는 건 물을 끓이라는 의미였다. 커피포트에 수돗물을 담아 스위치를 켜고는 찬장에서 안성탕면 컵을 꺼내 비닐 포장을 벗기고 수프를 부으며 유성은 경찰서에 잡혀갔다가 형을 만난 얘기를 했다. 홍민은 유달리 혜성의 얘기에 관심을 보였다.

"걔는 어떻게 살아?"

"그냥 무슨 공장 다닌다고는 하는데… 코딱지만 한 반지하 단칸방에서 구질구질하게 살아요. 난 정말 형처럼은 안 살고 싶어요."

"그럼 너는 어떻게 살고 싶은데?"

"부자로 폼나게 살고 싶어요."

"어떻게 부자가 될 건데?"

유성은 대답할 수 없었다. 홍민은 그럼 그렇지란 표정으로 소년을 바라보았다. 그러고는 넌지시 운을 띄웠다.
"내가 가르쳐줘? 큰돈 버는 법?"

홍민은 라면을 먹으며 엠지제이에 대해 설명했다. 엠지제이 조직원들은 별다른 근거지 없이 텔레그램에서 전국적으로 연결돼 활동하는데 마약 판매 실적이 좋으면 계급이 올라가는 다단계 구조였다. 계급은 기사 – 영주 – 제후 – 제왕 – 황제 총 5단계로 구성돼 있었다. 가장 낮은 기사 계급은 그냥 동네에서 삥이나 뜯으며 심부름을 하는 양아치 수준이었고, 영주부터는 구 단위를 관리하며 제법 세력을 펼칠 수 있었다. 그 위로는 시 단위를 관리하는 제후 계급이 있고, 또 그 위로는 전국을 관리하는 제왕이, 가장 꼭대기엔 글로벌 황제가 있다. 영주만 돼도 지역에서 막강한 권력을 행사하며 마약 판매, 사채 수거, 용역 깡패 등으로 사업을 확장해 돈을 쓸어 담았다.

"내가 형님들한테 유성이 너 추천할 테니까 기사 계급부터 시작해서 차근차근 밟고 올라가봐. 천 리 길도 한 걸음부터인 거 알지? 너 인마, 내가 추천해서 엠지제이 가입 심사 통과하면 대한민국 최연소 조폭 되는 거야. 어때, 쩔지?"

홍민이 거들먹거리며 라면 국물을 모두 비우고는 물

컵에 소주를 따라서 단숨에 들이켰다. 그러고는 식탁에 빈 물컵을 탁 소리가 나게 내려놓고는 유성을 바라봤다.

"나 아무한테나 이런 제안 하는 사람 아니야."

대답을 재촉하는 홍민에게 유성은 지금 자신이 할 수 있는 유일한 대답을 했다.

"너무 고마워요, 형. 열심히 할게요."

홍민은 바로 다음 날 엠지제이 가입이 승인됐다며 통보해왔다. 유성에게 주어진 일은 텔레그램으로 받은 지령에 따라 캔디를 배달하고 수금을 하는 일이었는데 그들의 세계에선 이런 배달부를 이글이라고 불렀다. 유성은 '제산이글186'이란 닉네임을 새로 만들어 홍민과 몇 달간 훈련을 한 끝에 첫 번째 임무를 맡았다. 그가 공급받기로 한 캔디는 보라색 알약 형태에 ㅁ 문양이 찍힌 신종 마약으로 일명 퍼플 캔디로 불렸다. 주머니가 가벼운 미성년자들을 타깃으로 국내에서 생산한 제품인데 지금껏 암시장에 풀린 도리도리 성분, 메틸렌디옥시-메스암페타민 계열의 알약 중 가장 저렴한 가격으로 판매가 가능했다. 도리도리 성분은 원래 PTSD와 불안장애 치료제로 사용됐는데, 마약 제조상들이 카페인과 각성 약품을 섞어 캔디를 제조하면서 클럽에서 밤새워 노는 클러버들이 복용하는 경우가 많았다. 하지만 햄버거 하나 가격도 안 되는 가격에 불안을 잠재우고 밤을 새워도 피곤하지 않을 만큼 체력을 높여준다는 소문이 돌면서 시험 기간에 캔디를 찾는 학생들이 암암리에 늘어나고 있었다. 학생을 대상으로 한 판매책으로는 유성이 제격이었다. 학원가로 자연스럽게 섞여 들어갈 수 있는 나이와 외모 때문이었다. 드디어 큰돈을 벌 수 있다는 희망에 부푼 것도 잠시, 제산이글186의 데뷔전은 공급책으로부터 전달받기로 한 대량의 캔디가 사라지면서 단 하나의 거래도 성사시키지 못한 채 도둑으로 몰리는 황망 엔딩으로 치달았다.

***

잘못 들은 건 아니겠지. 차라리 잘못 들은 거면 좋겠는데. 혜성이 새끼손가락으로 귓구멍을 연거푸 팠다. 마약 판매에 손을 댔다는 것도 충격인데, MZ 조폭 조직에서 한자리를 차지하는 게 인생 목표가 되어버린 동생이 변성기가 온 목소리만큼이나 낯설었다.

"이유성, 너 미쳤어?"

"그래, 나 미쳤다, 시발."

"욕하지 마."

"뉘에뉘에, 공자세요?"

유성의 비아냥거림에도 혜성은 물러서지 않았다.

혜성은 '천 리 길도 한 걸음부터'란 좋은 속담을 조폭 영입 멘트로 둔갑시킨 홍민이 미웠다. 유성이 정말 한 걸음씩 천천히 성공을 향해 나아갈 의지가 있다면 뛰어난 공부 머리로 좋은 대학에 진학해서 억대 연봉을 받는 직업을 갖는 방법도 있었다. 큰돈을 벌기 위해 조폭이 돼야 한다면 그건 유성이 아닌 혜성이어야 했다. 혜성은 머리가 나빴다. 대신 몸집이 크고 주먹이 셌다. 하지만 사람을 때리는 건 정말이지 싫었다. 덕분에 중학생 때부터 동네 깡패들로부터 스카웃 제의를 많이 받았어도 번번이 거절했다. 홍민은 그런 혜성을 질투했었다. 혜성이 있는 한 홍민은 절대 일짱이 될 수 없었다. 어떻게든 혜성을 제 발아래 두고 싶었던 그는 깡패들을 찾아가 혜성을 때려눕히면 자신을 조직원으로 받아달라고 했다. 그러고는 알바를 끝내고 나오는 혜성의 뒤통수를 다짜고짜 벽돌로 내리쳤다. 그때 맞아서 생긴 땜빵이 아직 혜성의 뒤통수에 버젓이 남아 있는데, 친구의 뒤통수를 쳐서 들어간 조직에 그 친구의 동생을 끌어들이다니. 느낌이 좋지 않았다.

"이참에 발 빼. 너 그 돈 갖다 바치는 순간 빼도 박도 못하는 범죄자 되는 거야."

유성의 귀엔 지금 형이 무슨 말을 하든 다 잔소리로만 들렸다. 이번 주 안에 돈을 구해서 영주에게 넘기지 않으면 제후에게 보고가 올라가게 되고, 그러면 유성은 죽은 목숨이나 다름없었다. 어떻게든 사라진 캔디만큼의 돈을 구해서 영주에게 갖다 바쳐야 한다는 강박에 말 그대로 미칠 것만 같았다.

"그래서 돈을 못 주겠다고?"

"없어. 나한테 당장 그만한 돈이 어딨어?"

"돈이 없는데 이 집은 어떻게 구함? 김치 배달하는 트럭이랑 공장은 또 뭐고."

유성은 혜성이 투룸을 구해서 자기 방을 만들어주겠다고 한 말을 똑똑히 기억하고 있었다. 그런데 정말 이렇게 집을, 방이 아닌 진짜 집다운 집을 구할 줄은 몰랐다. 이런 집을 구한 형에게 돈 천만 원이 없다는 걸 믿을 수가 없었다.

"없으면 여기 보증금 빼거나, 아님 빌려서라도 주든지. 형은 청년 대출 같은 거 받을 수 있잖아. 나는 아직 미성년자라서 대출도 안 되고…."

"돈 없어."

혜성은 그대로 밀어붙였다. 여기서 마음이 약해져 숙이고 들어가면 동생의 인생이 완전히 잘못된 길로 들어서고 말 거란 걸 그는 잘 알고 있었다. 혜성의 동기, 깡패가 되어버린 홍민이 딱 그랬다. 그때 그 애를 막았어야 했다. 그 애가 혜성의 뒤통수를 쳤을 때 친구와 더 이상 싸우고 싶지 않아 쓰러져 기절한 척을 할 게 아니라, 홍민의 멱살을 잡고 정신이 번쩍 들도록 흠씬 두들겨 패주었어야 했다. 그때 그랬다면 홍민은 조직에 들어갈 수 없었을 테고, 그랬다면 유성이 홍민의 꼬드김에 넘어가 이 지경까지 오지는 않았을지도 모른다는 생각을 하니 한숨이 절로 나왔다.

유성은 한숨을 내쉬는 형을 바라봤다. 눈썹이 치켜 올라가고 점점 얼굴이 험상궂어지는 걸 보니 여기서 더 우겼다가는 저 망치 같은 주먹이 날아올지도 모를 일이었다. 어떤 말도 씨알이 먹히지 않자 유성은 애원하는 쪽으로 방향을 틀었다. 약아빠진 계산이 아니었다. 정말로 형의 바짓가랑이를 잡고 울고 싶을 만큼 소년은 영주에게 받을 보복이 두려웠다.

"어떻게 사람이 그래? 돈을 안 가져오면 장기밀매라도 할 거라고 했단 말이야. 형은 내가 그놈들한테 끌려가서 장기를 팔았으면 좋겠어?"

"허튼소리."

"거짓말 아냐!"

"절대 안 돼. 이참에 발 빼고 더 이상 그따위로 살지 마."

"그따위가 어떤 건데… 나라고 뭐 이따위로 살고 싶어서 이러는 줄 알아? 나더러 뭘 어쩌라고. 태어난 게 이 모양인데. 형이라고 꼰대 짓 하지 말고 돈이나 줘. 돈이나 달라고!"

분에 찬 듯 유성은 소리를 지르며 현관으로 향했다. 혜성이 그의 앞을 막아섰다. 유성은 두려움에 잔뜩 눌린 용수철 같았다. 압력이 조금만 약해져도 급발진해서 집 밖으로 튕겨 나갈 것 같은 동생 앞을 막아선 혜성은 절대 비켜서지 않겠다는 비장한 표정을 지었다. 현관문보다 키가 큰 형에게 출구가 막힌 유성은 집을 나가는 대신 작은방으로 들어가 문을 쾅 닫았다.

***

방 안에는 혜성이 동생이 올 때를 대비해 들여놓은 청소년 가구 세트가 안정감 있는 ㄷ자를 이루고 있었다. 유성은 자작나무 침대와 옷장, 책상을 휘둘러보며 하늘색으로 포인트를 준 침대 위에 털썩 걸터앉았다. 지금까지 자기만의 공간을 가져본 적 없는 유성에겐 형이 마련해놓은 모든 게 어색했다. 집이 주는 안락함이 묘하게 불쾌해 방을 엉망진창으로 흩뜨려놓고 싶었다. 유성은 시궁창이 더 어울리는 문제아였다. 깔끔한 모범생의 방에 소년을 가둬놓는다고 한들, 진창에서 자란 꽃이 갑자기 향기를 낼 리 없었다.

혜성이 작은방으로 들어와서 옷장에 미리 준비해둔 동생의 속옷과 잠옷을 꺼냈다. 옷을 받아들던 유성이 고집스레 다시 물었다.

"이 집 빼면 천만 원 마련해줄 수 있겠네."

"돈 없대도."

"그럼 여긴 뭐야? 이 집은 어떻게 구한 건데?"

"여기 관리소장님이 도와주셔서 관리비만 조금 내고 살도록 해주신 거야."

혜성은 유성이 야속했다. 어렵게 집을 구하고 동생 방까지 정성 들여 꾸몄는데 그런 건 아예 눈에 들어오지도 않는 모양이었다.

"여기 있으면 안전하니까 절대 어디로 도망칠 생각 하지 마. 제산시에서 나보다 싸움 잘하는 놈은 없어. 누가 널 괴롭히러 오더라도 이 집 안에는 한 발자국도 들여놓지 못하도록 막을 거니까 형만 믿어."

큰소리를 친 혜성은 이번에도 도둑걸음으로 찾아온 잠에 속절없이 함락되고 말았다. 잠을 이기기에는 그의 하루가 너무 바쁘고 고단했다. 새벽부터 일어나서 식자재를 들여와 배추를 절이고, 새 김치를 담그고, 주문을 체크하고, 포장에 배송까지 다 신경 쓰다 보면 눈 깜짝할 새 밤이 됐다. 공장 문을 닫고 퇴근을 한 후에도 스마트 스토어에 달린 댓글에 대댓글을 달고 새로운 메뉴를 고민하느라 늘 다음 날 새벽이 되어서야 잠을 청할 수 있었다. 절인 배추처럼 축 늘어진 몸은 새벽이 끝나는 걸 보지 못하고 잠에 항복해버렸다.

작은방 방문 너머로 혜성의 코 고는 소리가 불규칙하게 들려왔다. 침대에 누워 눈을 뜬 채로 귀를 기울이던 유성은 코 고는 소리가 일정한 간격으로 반복되기 시작하자 살며시 일어나 문을 열고 거실로 나왔다. 졸음 앞에 장사 없다는 속담을 누가 지었는지는 몰라도 정말 찰떡처럼 형에게 잘 맞았다. 유성은 바닥에 떨어진 형의 휴대폰을 조심스레 손에 들고 뱅킹앱을 찾았다. 폰에는 기업용과 개인용, 두 개의 뱅킹앱이 깔려 있었다. 유성이 개인용 앱을 터치하자 지문을 인식하라는 메시지가 나왔다. 형의 손가락 위에 살며시 폰을 갖다 대니 뱅킹앱이 열렸다. 잔액은 천만 원이 안 됐다. 혜성은 거짓말을 한 게 아니었다. 그대로 휴대폰을 끄려다가 혹시나 하는 마음에 기업용 뱅킹앱을 열어본 유성의 눈이 휘둥그레졌다. 무려 일억이 넘는 돈이 들어 있었다.

* * *

다급한 초인종 소리에 복자가 현관문을 열었다. 문밖엔 혜성이 하얗게 질린 얼굴로 서 있었다. 보글보글 찌개

냄새가 순식간에 그의 몸을 휘감아 복도로 퍼져나갔다.

"벌써 일어났어? 좀 더 자지 않고."

"아, 그게… 잠이 안 와서… 그… 누나는, 자요?"

작은방에서 아린이 늘어지게 하품을 하며 나왔다. 혜성이 남자라는 자각이 아예 없는 건지 늘어진 티셔츠를 올리고 배까지 긁적였다.

"아함- 시끄러. 왜 이렇게 일찍 왔어?"

"누나, 큰일 났어."

"무슨 큰일?"

질문한 쪽은 복자였다. 아린이 이상한 낌새를 눈치채고 혜성을 데리고 밖으로 나갔다. 복자는 무슨 일만 생기면 늙은이는 제쳐두고 둘이서만 쿵짝을 한다며 두 사람의 뒤통수에 대고 역정을 냈다. 아린은 아랑곳하지 않고 혜성을 구름다리로 데려갔다.

"무슨 일인데."

"계좌가 털렸어."

"너 혹시… 보이스피싱 당했어?"

"그게 아니라…."

혜성은 보이스피싱을 당할까 봐 보험에 가입하고 최신 사기 수법을 알려주는 알리미를 신청할 정도로 조심하고 또 조심했다.

"그럼 뭔데."

"유… 유성이가."

유성이 가져간 돈은 정확히 천만 원이었다. 휴대폰에 코인 어플을 깔아서 딱 천만 원어치 코인을 구매한 다음, 코인을 제 계좌에 이체하는 방식으로 돈을 털어갔다. 유성이 마약 캔디 배달을 하다가 캔디를 분실해서 천만 원을 물어내야 하는 상황이었고, 혜성이 돈을 주지 않자 그가 깜빡 잠든 동안 폰뱅킹으로 천만 원을 빼돌렸다는 설명을 모두 들은 후, 아린은 묻지도 따지지도 않고 곧바로 경찰에 신고했다.

***

김하진 경사로부터 유성을 검거했다는 전화가 걸려온 건 두 번째 출고를 끝낸 오후였다. 혜성은 아린과 함께 경찰서로 달려갔다. 김경사가 두 사람을 유치장으로 안내했다.

"애들이 숨을 곳은 뻔해요. 제산시의 모든 가출팸이 모여 있는 오중동. 거기가 대학생 자취촌이라 본인 명의가 아니라도 방 구하기 쉽고, 보증금 없는 깔세도 많고, 집주인들은 죄다 서울이나 중국에 살면서 부동산에 관리를 위임해놔 미성년자들이 술 먹고 담배 피우고 돌아다녀도 눈치 볼 어른 하나 없거든요. 그래서 탈선의 천국이 된 거예요, 오중동이."

 설명을 듣는 사이 도착한 유치장 안엔 유성이 고개를 폭 숙이고 앉아 있었다.

 "야, 이유성."

 형의 목소리를 알아들은 유성이 고개를 들고 혜성을 바라봤다. 오로라맨숀에서 도망친 지 한나절 만에 허무하게 잡혀버린 게 분한 듯 씩씩대느라 변성기 목소리가 심하게 갈라졌다.

 "형이 신고했어?"

 "그 돈 어떻게 했어?"

 "형이 신고했냐고!"

 유성이 창살에 바짝 붙어 소리를 질렀다. 김경사가 창살에서 떨어지라 손짓했다. 그녀의 카리스마 넘치는 눈빛에 주눅이 든 유성은 곧 토라져 앉았고, 김경사가 혜성의 질문에 대신 대답했다.

 "이미 코인을 넘겼더라고요."

 "누구한테요?"

 "그건 이제 추적해봐야죠. 상대가 코인을 받자마자 텔레그램 계정을 없애서 계정 추적은 불가능하고 코인 계좌는 추적하는 데 시간이 오래 걸려서 몇 주 혹은 몇 달을 더 기다려야 해요."

 "몇 달씩이나요? 야, 이유성. 너 정말 누군지 몰라?"

혜성이 소리쳤다. 씩씩대며 형을 노려보는 유성의 눈이 형광등 빛에 희번덕거렸다. 김경사가 유치장 창살 너머로 유성을 바라봤다.

"어이구, 그러다 레이저 나오겠네. 눈 깔아라."

유성의 시선이 바닥으로 향하는 걸 확인한 김경사가 혜성에게로 돌아서며 말을 이었다.

"안 그래도 여기 데려오자마자 조사를 했는데, 닉네임이 막시무스란 것 외에는 유성이도 아는 게 없더라고요. 텔레그램으로만 서로 연락을 주고받아서 상대에 대한 정보가 전혀 없긴 한데, 그 막시무스가 엠지제이 영주라고 하더라고요? 마침 강력계에서 엠지제이 관련해 다른 사건을 수사 중이어서 유성이의 진술을 바탕으로 막시무스를 연결해준 엠지제이의 기사, 나홍민을 조사하러 갔어요."

엠지제이는 SNS를 기반으로 한 신흥 조폭 조직이었다. 전국구를 넘어 글로벌 네트워킹을 통해 범죄를 저지르는 바람에 여간 골칫덩어리가 아니었다. 엠지제이가 연관된 범죄라면 더 이상 여청과에서 다룰 수 없어 강력계로 사건을 이관해야 했다. 혜성을 바라보는 그녀의 미간에 짙은 줄 하나가 골짜기를 그려냈다.

"동생을 마약 판매에 끌어들인 것도 엠지제이, 코인을 이체받은 것도 엠지제이면 문제가 커질 수도 있다는 걸

미리 알아둬요. 유성이 보호자니까."

곧이어 그녀는 강력계에서 온 전화를 받고 잠시 자리를 떴다. 김하진 경사가 사라지자마자 유성은 철창에 바짝 달라붙어 혜성에게 소리를 질렀다.

"어떻게 신고를 할 수가 있어. 형은 나보다 돈이 더 중요해? 나보다 돈 천만 원이 더 중요하냐고!"

아린이 혜성 앞으로 불쑥 끼어들어 형제의 시선을 차단했다. 유성의 눈을 보니 김경사가 레이저라고 부를 만했다 싶을 정도로 원망이 득실거렸다.

"신고는 내가 했는데? 그리고 당연하게도 나는 너보다 돈이 더 중요하지."

"당신이 누군데 신고를 해. 내가 당신 돈 가져간 것도 아니고, 그냥 우리 형 계좌에서 잠깐 빌린 것뿐인데."

유성은 입술을 꽉 깨물고 아린을 노려봤다. 정말이지 돈을 벌어 형에게 갚을 생각이었는데, 저 여자가 다 망쳤다. 아린은 피식 헛웃음을 흘렸다.

"이유성이라고 했나? 유성아, 내가 네 형보다 나이가 많으니까 그냥 말 놓을게. 너는 생각이라는 게 없니? 고작 열네 살밖에 안 된 네가 무슨 능력이 있어서 그 돈을 갚는다는 건데? 그리고 네가 건드린 계좌는 이혜성 대표님의 개인 계좌가 아니고 복자네 장독김치의 사업자 계좌였어. 그리고 나는 복자네 장독김치 CBO. 치프 브랜드 오피서이자 초기 투자자이면서 공동경영인이니까 당연히 나한테도 신고할 권리가 있지."

"뭐래는 거야. 비켜. 나 형이랑 얘기할 거야."

아린이 비켜서지 않자 유성은 버럭 소리를 질렀다.

"형, 이 여자 뭐야?!"

"쥐방울만 한 게 누구더러 이 여자래. 넌 귓구멍이 막혔냐? 내가 복자네 장독김치 CBO라고 소개했잖아. 그리고 너, 사실은 천만 원 받아간 윗선이 누군지 알면서 일부러 모르는 척하는 거 아냐? 아님 그 막시무슨가 뭔가 하고 둘이서 짜고 형 돈 빼돌리려고 거짓말을 했든지."

"시발."

"욕하지 마."

혜성의 훈계에 유성이 폭발했다.

"나 정말 그 새끼 누군지 모른다고! 그냥 홍민이 형이 텔레그램에 있는 막시무스가 우리 구 관리하는 영주라 그래서 그 새끼가 시키는 대로 위도 경도 좌표 받아다가 앞산에 올라갔는데… 거기 좌표 찍힌 데로 가면 분명 나무 아래에 번호 4가 붙은 검은 비닐봉지가 파묻혀 있을 거라고 했는데… 아무것도 없잖아. 그런데 나더러 어쩌라고, 시…."

"조용!"

어느샌가 다시 돌아온 김하진 경사의 호령에 유성은

목구멍 안으로 욕을 꿀꺽 삼켰다. 그녀는 유치장 문을 열고 유성에게 밖으로 나오라고 손짓했다. 혜성은 이대로 동생을 감옥에 데려가는 건 아닌가 걱정이 됐다.

"어디로 가는 거예요?"

"조사실. 나홍민과 대질심문을 할 겁니다."

"나홍민? 홍민이가 여기 왔어요?"

"강력계 형사님이 데려왔는데, 일단은 참고인 자격."

"저도 같이 갈래요. 홍민이 이 자식이 다시는 내 동생에게 접근하지 못하도록 단단히 혼을 내줘야겠어요."

"혼을 내주겠다는 건 주먹다짐이라도 하겠다는 소린가요?"

혜성은 바로 대답을 하지 못하고 우물쭈물했다.

"경찰 앞에서 폭력을 쓰겠다는 말을 아무렇지도 않게 하다니. 지금까지 내가 너무 부드럽게 잘 대해줬나 봐? 그러니까 만만해서 그런 말을 하지."

김경사가 혜성을 노려봤다. 이런 순둥이쯤은 눈빛과 말만으로도 충분히 기선 제압을 할 수 있었다.

"아니, 그게 아니라요… 죄송합니다…."

혜성은 고개를 푹 숙여 사과했다.

"여튼 두 사람은 여기 있어요. 대질심문에 보호자까지 동석할 필요는 없으니까."

김경사는 혜성과 아린을 남겨둔 채 유성만 데리고 조

사실로 향했다.

 조사실 안에서는 홍민이 다리를 달달 떨며 앉아 있었다. 노란색 반묶음 머리 아래로 귀를 장식한 피어싱이 총 다섯 개, 목과 팔에 컬러 문신, 떡 벌어진 어깨, 키는 182센티 정도, 손목에 차고 있는 갤럭시 워치는 지난주에 출시된 최신형이고, 명품 로고가 박힌 트레이닝 바지 위로 대놓고 드러낸 명품 팬티 라인, 손등에 흉터와 큼지막한 반지, 손가락 마디를 꺾으며 내는 딱딱 소리, 오른쪽으로 삐딱하게 올라간 턱, 유성을 향해 내리깐 눈까지. 김경사의 경험상 이런 스타일은 자의식 과잉에 거짓말을 밥 먹듯이 한다. 솔직한 진술을 받아내긴 글렀다는 걸 직감하고서도 그녀는 첫 번째 질문을 던졌다.

 "여기 이 친구 누군지 알아보겠어요?"

 홍민이 고개를 갸웃하며 유성을 물끄러미 바라봤다. 상대가 대답하기 전에 유성이 발끈하지 않도록 김하진 경사는 테이블 아래에서 유성의 허벅지를 지긋이 잡았다. 홍민은 껄렁껄렁한 표정으로 유성을 한참 바라보다가 무언가 생각난 듯 핑거 스냅을 했다. 딱.

 "아, 생각났다. 어릴 때 보육원에 같이 있던 애. 나랑 동갑인 이혜성 동생이었는데… 근데 이름이… 뭐였더라?"

 홍민의 반응을 본 유성이 흥분해서 일어나려 하자 김

경사가 그의 허벅지를 더욱 세게 눌러 앉혔다. 무슨 질문을 던져도 부인할 준비가 되어 있는 상대에게 흥분은 금물이었다.

***

아린이 구치소 창살 앞으로 바싹 다가갔다. 홍민과 대질심문을 하고 온 후로 유성은 소나기를 쫄딱 맞은 코숏처럼 쪼그려 앉아 부들부들 떨기만 했다. 홍민은 유성을 가출팸으로 데려온 적이 없다고 부인했고, 엠지제이가 뭔지도 모르는데 어떻게 소개해줄 수가 있냐며 시치미를 뗐고, 막시무스에게 지령받아 캔디 배달을 하라고 지시한 적도 결단코 없다고 오리발을 내밀었다.

"나홍민이 너 쌩깠다며? 꼬리 자르기 당한 기분이 어때?"

아린의 말에 유성은 쪼그려 앉은 채로 몸을 돌렸다. 아린은 유성이 더 잘 들을 수 있도록 목소리를 높였다.

"내가 너 여기서 나오게 해줄 수도 있어. 복자네 장독 김치 CBO로서 고소를 취하하면 너 여기서 나올 수 있다고."

유성은 그제야 아린을 힐끔 돌아봤다. 진짜냐고 묻는 표정이었다.

"그런데 내가 하도 열받아서 범인을 꼭 잡아야겠거든."

"범인을 어떻게 잡을 건데요?"

김하진 경사가 혜성과 함께 다가왔다. 홍민이 유성과는 개인적 친분이 없다며 딱 잡아떼는 바람에 혜성과 대면을 하게 해야 했다. 혜성은 보육원에서 홍민을 처음 만난 날부터 그와 절교하기까지 과정을 담담하게 진술했다. 하지만 수진의 이야기는 쏙 뺐다. 첫사랑 이야기를 경찰서 조사실에서 하고 싶지는 않았다.

이야기를 모두 들은 김경사는 엠지제이의 마약 유통과 접점을 찾지 못한 채 홍민을 돌려보내야 했다.

"텔레그램 아이디 하나 파서 구매자로 위장한 다음 판매책에 접근하면 되는 거 아녜요?"

아린의 계획은 단순했다. 하지만 그 단순한 계획을 김경사는 수행할 수 없었다.

"위장 수사는 상부의 승인을 받아야 해요. 대개는 승인이 잘 안 나지만요."

"경사님이 아니라 제가 하면요?"

"김아린 씨가요?"

"네."

듣다 못한 혜성이 끼어들었다.

"누나가 위험하게 그걸 왜 해."

"그럼 넌 이대로 돈 날리고 동생도 소년원으로 보낼 거야? 범인을 잡으려면 그 수밖에 없어."

"위장 수사를 한다고 해서 그놈들을 찾을 거라고 백 퍼센트 확신할 수 있어?"

"세상에 백 퍼센트 확신으로 시작하는 일이 어딨냐? 잘 생각해봐."

아린의 주장은 이랬다. 신종 마약이라면 아직 암시장에 많이 풀리지 않았을 테니, 퍼플 캔디를 판매하는 판매책도 극소수일 터였다. 제산시는 인구가 많지 않아 그 수가 더 적을 수밖에 없었다. 여러모로 범인을 특정하기가 용이한 상황이었다. 공급책이 유성에게 전달할 마약을 숨겨둔 위도와 경도를 알 정도면 엠지제이 내부인의 소행일 가능성도 높았다. 그러니까 그게 누구든 제산시를 거점으로 활동하는 판매책과 접촉해서 퍼플 캔디를 살 수 있냐고 물어보다 보면 최종적으로 앞산에 묻어둔 4번 봉지를 훔쳐간 놈한테 도달할 수 있을 거라는 게 아린의 추리였다.

"야, 이유성. 캔디는 어떻게 사는 건데? 너, 판매하려고 했다면서. 그럼 대충 거래가 어떻게 이뤄지는지 정도는 알 거잖아."

아린의 질문에 유성은 곧장 대답하지 못하고 김하진 경사의 눈치만 살폈다.

"눈치 보지 말고 얘기해. 수사에 협조한 거로 쳐서 정상 참작해줄 테니까."

그녀의 허락이 떨어지자 유성은 창살 사이로 검지를 쏙 내밀어서 압수당한 휴대폰을 가리켰다.

"휴대폰 좀… 말로는 못 하고 텔레그램 링크를 보내줘야 해서요."

유성은 김경사가 건네주는 휴대폰을 받아들고 텔레그램 앱을 열었다.

"누나 닉네임이 뭐예요?"

"어, 잠시만. 지금 아이디 만드는 중이라서… 다 만들고 알려줄… 어?"

아린이 고개를 젖혀 위를 올려다봤다. 혜성이 아린의 손안에서 휴대폰을 쏙 빼가고 있었다.

"문짝, 너 뭐 하는 거야."

"누나는 가만있어. 내가 할게."

혜성은 아린의 휴대폰을 제 주머니에 넣어서 숨기곤 유성을 향해 말했다.

"야, 아린 누나한테 보내지 말고 나한테 보내."

"문짝, 너 같은 미련곰탱이는 거짓말을 하면 딱 티가 나. 그래서 실패하기 완전 좋다니까. 그러니까 헛소리 말고 내 휴대폰 내놔."

아린은 기어이 혜성의 주머니에서 휴대폰을 되찾아

유성이 알려준 텔레그램 링크를 타고 퍼플 캔디를 구한다는 소문을 내고 다녔다. 아린이 최초 접근한 마약 판매상 너굴연기가 퍼플 캔디는 아직 취급하지 않는다며 쏘하이를 소개했고, 쏘하이는 본인은 작대기 전문이라며 246번을 소개했고, 246번은 자신은 하얀색에 M이 새겨진 캔디를 판다며 퍼플 캔디는 요즘 새로 나온 국산 저렴이니 네로굴라에게 물어보라고 했다. 다른 루트로 알아본 바도 같았다. 제산시에서 퍼플 캔디를 사려고 한다니 하나같이 네로굴라를 연결해줬다.

네로와 칼리굴라를 더해 만든 닉네임의 주인공은 보라색 알약에 ㅁ 문양이 있는 퍼플 캔디의 사진을 보여주며 코인을 이체하면 던지기 장소를 알려주겠다고 메시지를 보내왔다. 아린은 역사 시간에 마약이 합법적으로 판매됐던 로마에서는 국가 총수입의 15퍼센트가 마약 판매로 충당됐다는 얘기를 들은 적이 있었다. 네로굴라라는 닉네임을 보아하니 로마와 같은 마약 천국이라도 만들고 싶은 모양인데, 그런 원대한 흑심을 가진 인간이 고작 열네 살 소년에게 천만 원짜리 독박을 씌우다니. 그릇이 글러 먹었다. 어디 네놈 면상 좀 보자.

***

김하진 경사가 강력계 마약수사팀에 사건을 넘기고, 마약수사팀은 유성이 알려준 던지기 예상 장소 일곱 곳에 잠복을 했다. 결국 네로굴라는 시장통에 있는 한 교회의 에어컨 실외기 사이에 퍼플 캔디를 숨기다가 잠복해 있던 경찰에 검거됐다. 그의 차 트렁크에서는 퍼플 캔디가 가득 담긴 검은 봉지가 발견됐는데 유성이 받기로 했다던 번호 4가 붙은 검은 비닐봉지였다. 범인의 휴대폰에서 발견된 코인 지갑엔 유성과 아린이 이체한 코인 내역이 고스란히 남아 있었다.

　연락을 받고 경찰서로 달려간 혜성은 범인의 얼굴을 보고 심장이 울렁거렸다. 홍민이었다. 유성에게 엠지제이에 가입하도록 해줄 테니 마약 판매책 이글이 되라고 꼬드겼던 것도 홍민이었고, 앞산에 파묻혀 있던 번호 4가 붙은 검은 봉지를 훔쳐간 것도 홍민이었고, 약이 중간에 사라졌으니 천만 원을 가져오지 않으면 영주에게 보고해 장기를 팔아버리겠다고 협박한 것도 홍민이었다. 그리고 중간에 빼돌린 약을 아린에게 팔려고 했던 것 역시 홍민이었다. 믿고 의지했던 사람이 자신을 이용했다는 사실에 유성은 크게 상심했다. 혜성은 홍민이 자신에게 왜 이러는지 이해할 수 없었다. 첫사랑 수진을 빼앗은 것도 모자라 이제는 그의 동생까지 마약유통에 연루시키고 장기밀매를 운운하며 협박했다. 홍민은 왜 혜성이 좋아하는 사람들만 골라서 망가뜨리는 걸까.
"대체 나한테 왜 이래?"
혜성의 질문에 모든 시선이 그를 향했다.
"나홍민 너, 도대체 나한테 왜 이러느냐고! 내가 너한테 뭘 그렇게 잘못했길래…!"
피해자는 유성인데 혜성이 더 흥분을 한 모양새였다. 홍민은 혜성이 화내는 꼴을 보고 피식 실소를 흘리다가 뭐가 그리 즐거운지 미친 듯이 웃어젖혔다.
"내가 너한테 뭘 했는데?"
"내 동생한테 학교를 그만두라고 꼬드기고 보육원에서 도망치도록 하고선 일부러 잘해준 거잖아. 나 열받으라고 수진이랑 가짜로 사귀었던 것처럼. 내 동생한테도 혹하도록 잘해주고선… 그래놓고선 망가뜨린 거잖아. 나 엿 먹으라고! 나홍민 네 실력으로는 절대 날 꺾을 수 없으니까. 너는 영원한 이인자니까. 내 주변 사람들을 괴롭히는 쪽을 선택한 거 아냐?"
김하진 경사는 혜성의 반응을 눈여겨봤다. 그는 홍민의 범행 동기가 자신을 향해 있다고 오해하는 것 같았다. 수진이 누군지는 모르겠지만, 사건과 전혀 상관없는 이름이 등장하는 걸로 봐서 둘 사이에 여자가 엮인 일이 하나 더 있었던 모양이다. 흥분한 열아홉 남자애 둘이서 난장 피우는 걸 막으려면 이쪽에서 서로 사이를 떨어뜨려 놓는 게 좋았다. 김경사가 혜성더러 나가 있으라고 말하려는데, 아린이 혜성과 홍민 사이로 불쑥 끼어들었다. 유일하게 홍민과 과거가 엮이지 않은 아린이 흔터 없는 목소리로 물었다.

"이제 저희 돈은 돌려받을 수 있는 거죠?"

김경사가 곤란한 표정으로 아린을 바라봤다. 코인 거래 내역이 남아 있긴 한데 홍민이 유성에게서 받은 천만 원 중 구십 퍼센트를 다른 사람에게 이체해서 당장에 전부를 찾을 수는 없었다.

"나홍민이 윗선에 있는 영주한테 구십 퍼센트를 상납했다고 진술했어. 퍼플 캔디를 모두 판 것처럼 속이고 정산을 끝낸 다음, 뒷주머니용 장사를 시작한 거지. 윗선에서도 아직 나홍민이 이런 식으로 돈을 빼돌렸다는 건 모를 거야."

"그 윗선이 누군데요?"

혜성이 물었다.

"나홍민 폰에서 텔레그램 아이디와 코인 계좌를 확보했으니까 이제 추적해봐야지. 확실한 건 나홍민이 엠지제이의 기사 계급이자 제산시의 179번째 이글이었다는 거야. 그 뒤로는 유성이까지 일곱 명의 이글이 더 있는 것처럼 보이지만, 사실 엠지제이에서 공식적으로 인정한 기사들이 아니라 나홍민이 뒤통수를 치려고 속인 아이들 같아. 유성이처럼."

김경사의 설명에 의하면, 홍민은 유성처럼 가출팸에 온 청소년들에게 엠지제이의 마약 판매책으로 가입시켜 주겠다고 속이고선 약을 빼돌려왔다. 그러고서 아이들한테는 약을 분실했으니 영주에게 보복당할 거라고 협박해 약 판매대금을 구해오도록 만든 후 그 돈으로 영주에게 상납하고 자신은 빼돌린 약을 팔아서 이중으로 돈을 챙겨온 것이다.

"그래서 일단 나홍민이 자기 몫으로 챙긴 백만 원만 돌려줄 수 있어. 나머진 영주를 추적해서 범죄수익을 환수하면 돌려줄 수 있고…."

"범죄수익을 환수 못 하면요?"

아린의 날카로운 질문에 김경사가 어깨를 으쓱했다.

"다 써버렸거나 다른 사람에게로 넘어갔으면… 별수 없지."

별수 없다는 말이 구백만 원은 포기하라는 말처럼 들렸다. 화를 낼 거라는 혜성의 예상과 달리 아린은 쿨하게 고개를 끄덕였다.

"무슨 말인지 접수했어요. 범인이 누구인지 알았으니까 이유성에 대한 고소는 취하하고, 복자네 장독김치 사업자 통장에서 빼간 돈은 제가 알아서 회수할게요. 그럼 이제 우리는 가도 되는 거죠?"

제산시의 186번째 이글이 되려 했으나, 마약 거래를 한 번도 못 한 상태에서 수사에 도움이 되는 정보만 제공한 유성은 정상 참작할 만하다 하여 훈방 조치를 받고 풀려났다.

* * *

오로라맨숀으로 돌아오자마자 아린은 유성에게 근로계약서를 내밀었다.

"구백만 원 다 갚으려면 4개월간 복자네 장독김치 공장에 출근해서 김치를 포장해야 해. 하루라도 안 나오면 바로 경찰서로 달려갈 거니까 그렇게 알아. 어이, 법정후견인!"

아린이 혜성을 불렀다.

"나?"

"그래, 너. 이유성의 법정후견인이 여기 너 말고 또 누가 있냐? 여기 법정후견인 동의서 작성하고, 가족관계증명서 하나 떼서 같이 서류철 해놔. 그래야 문제가 안 생기지."

아린의 말을 들은 유성은 입을 삐죽거렸다.

"엄마가 버젓이 있는데 형이 왜 내 법정후견인이야."

"그게 무슨 소리야. 엄마가 있다니."

"내가 모르는 줄 알아? 형 나한테 줄곧 거짓말했었잖아. 우리 형제, 엄마가 버린 거잖아."

초등학교 6학년 전교회장 선거에서 밀린 후로 유성이 엇나가기 시작했다는 건 혜성만의 착각이었다. 혜성이 수진한테 말한 비밀이 전교생에게 소문이 나면서 결국 유성도 엄마의 존재를 알게 되지 않을까 걱정했는데, 유성에겐 그보다 더 확실한 계기가 있었다. 배식 수녀님이 다른 수녀님에게 출생신고도 안 된 형제를 버리고 간 호피무늬 스타킹의 여자를 흉보는 소릴 듣고 유성은 엄마의 존재를 처음 알게 됐다. 희망의 집 주방에서 우연히 들은 이야기에서부터 동생의 방황과 탈선이 시작됐다는 사실을 이제야 비로소 알게 된 혜성은 충격으로 할 말을 잃었다. 어디서든 비밀은 새어 나가기 마련이고, 지금까지 그는 동생을 너무 몰랐다.

어린 유성은 형에겐 엄마와 함께 살았던 추억이라도 있는데 갓난아기 때 버려진 자신에겐 그것마저 없다며 스스로를 절망의 구렁텅이로 몰아넣었다. 형은 여섯 살까지 키울 가치가 있는 아들이었고 자신은 채 일 년도 옆에 두고 싶지 않은 물건에 불과했다는 자격지심이 어린 마음을 좀먹었다.

유성은 대상 없는 그리움의 상태였다. 그리움이 불러오는 심리적 허기는 배는 고픈데 뭘 먹고 싶은지 모르겠는 신체적 허기와는 완전히 다른 유의 것이었다. 신체적 허기는 무슨 음식으로든 일단 위장을 채워주고 나면 사그라들지만, 심리적 허기는 자신이 그리워하는 바로 그 대상이 아닌 이상 그 누구도 대신 채워줄 수 없었다.

지금껏 동생의 행동을 이해하기 어려웠던 혜성은 엄마에 대한 그리움이 분노가 되어 자신을 겨냥하고 있었다는 사실을 비로소 깨달았다. 사춘기의 분노는 가끔 이상한 방향으로 향하기도 한다. 정작 화가 나는 건 인문계 고등학교에 갈 수 없는 내 현실인데, 복도에서 즐겁게 떠들며 웃는 반 아이들에게 화가 난다거나 하는 식으로 말이다.

혜성은 동생의 분노를 제대로 된 방향으로 틀어주기로 결심했다. 그는 오랫동안 엄마를 찾을 수 있는 단서를 숨기고 있었다. 단서를 따라가면 엄마에게 닿을 수 있겠지만, 또다시 버림받을까 두려워 발을 내디딜 수가 없었다.

중학교 2학년 때 용인에 있는 놀이동산에 수학여행을 간 날, 혜성은 엄마와 닮은 사람을 발견했다. 호피무늬 스타킹이 드러나는 짧은 원피스에 빨간 입술을 한 기억 속의 엄마는 진주 귀걸이를 하고 상아색 롱스커트에 명품 스니커즈를 신은 단아한 엄마로 바뀌어 있었다. 그 옆엔 안경을 낀 순한 인상의 중년 남자가 엄마와 함께 유모차를 밀고 있었다. 굳이 누가 말해주지 않아도 엄마와 중년 남자가 유모차에 탄 아이의 부모란 사실을 알 수 있었다.

혜성은 자석에 끌리는 클립 조각처럼 그들을 따라갔다. 줄지어 선 메타세쿼이아들이 따스한 봄바람에도 몸을 떨었다. 해가 지고, 단란한 엄마의 가족이 고급 SUV를 몰고 돌아갈 때까지 혜성은 온종일 쉬지 않고 그들의 뒤를 밟았다. 그리고 SUV가 속도를 올려 도로를 달릴 땐, 혜성도 달렸다. 하지만 차는 너무 빠르고 혜성의 다리는 너무 느려 아무리 달려도 엄마는 멀어지기만 했다. 발바닥이 화끈거리고 심장이 터져버릴 것만 같았다. 바닥에 쓰러진 혜성은 눈물을 흘리는 대신 엄마를 데려가버린 차 번호판 숫자를 중얼거렸다. 3712, 3712, 3712… 그날 이후로 혜성의 모든 비밀번호는 3712였다. 이제 그 비밀번호로 엄마에게로 향하는 문을 열 차례였다.

* * *

탐정은 3712라는 네 개의 숫자만으로 그녀의 최신 주소를 찾아낸 스스로가 대견했고, 혜성은 보랏빛이 어른거리는 파마머리의 할머니 탐정이 신기했다. 커피포트가 삐 소리를 내며 물이 다 끓었다고 부글댔다.

"차는 뭘로 줄까요. 커피?"

"커피는 마시고 왔어요."

"커피가 싫으면 녹차, 둥굴레자, 율무차도 있어요."

"둥굴레차로 주세요."

"나도 이 중에선 둥굴레차를 가장 좋아하는데. 둥굴레차가 구수하니 맛이 좋아요, 그죠?"

탐정이 경찰청 로고가 찍힌 머그컵 두 개를 꺼내 둥굴레차 티백을 넣고 물을 부었다. 그녀의 동그란 안경알에 김이 뽀얗게 서렸다.

"탐정은 전부 남자인 줄 알았어요."

탐정이 내미는 머그컵을 받으며 혜성이 말했다.

"다들 신기해하곤 해요, 더러 못 미더워하기도 하고. 저걸 보기 전까지는."

탐정이 벽에 붙어 있는 경찰 공로패와 탐정 자격증으로 고개를 돌렸다.

"아니, 못 믿는다는 의미로 한 말은 아니고요."

"알아요, 그런 의도로 한 말이 아니란 거. 보름 만에 원하던 사람을 찾아냈는데, 어떻게 이혜성 씨가 날 믿지 못할 수가 있겠어요?"

안 그렇냐는 표정으로 싱긋 웃으며 혜성의 맞은편에 앉는 탐정이었다. 그사이 안경알에 서린 김이 반쯤 증발했다가 머그컵에 입김을 후후 불어서 뜨거운 둥굴레차를 식히는 바람에 다시 김이 서렸다.

"경찰로 근무할 때 나도 누군가를 잃어버린 적이 있었어요. 야근하는 사이 메리가 집을 나갔거든요."

"메리요?"

"아, 메리는 집에서 키우던 강아지 이름이에요."

"제가 알던 고양이 이름도 메리였는데…."

"그랬군요. 우린 참 통하는 점이 많네요. 둥굴레차를 좋아하는 것도, 메리라는 이름의 반려동물을 키웠던 것도."

"키운 건 아니고 그냥… 제 친구가 돌봐주는 걸 옆에서 거들었어요. 길고양이였거든요."

"아, 이런. 우리 메리도 결국 길에서 살게 됐는데… 집 나간 메리를 찾겠다고 여섯 살 아들까지 집을 나가버려서 결국 둘 다 실종됐었죠."

그 바람에 이혼하고 가족은 풍비박산이 났다는 얘기는 생략한 채로 탐정은 두 개의 머그컵에 담긴 둥굴레차 티백을 꺼내 테이블 아래 휴지통 속에 떨구었다.

"여섯 살이면… 저랑 같네요. 저도 여섯 살 때 버려졌으니까."

혜성의 말에 탐정이 맞장구쳤다.

"그러고 보니 그러네요. 내 아들도 여섯 살에 엄마를 잃어버렸었죠. 이혜성 씨와 이유는 다르지만."

"그래서 어떻게… 찾으셨어요?"

"네, 한참 후에. 아들이 열 살 되던 해에 찾았어요."

탐정은 무연고자 시신 안치소에서 아들을 찾았다는 이야기를 가슴에 묻은 채 의뢰인을 바라봤다. 아들이 살아 있었다면 딱 혜성의 나이였을 것이다.

"아들을 찾았으니까, 해피엔딩이네요."

혜성이 환하게 웃었다. 마주 앉은 의뢰인 청년이 해피엔딩을 바라고 있다는 걸 알기에 탐정은 가슴에 묻은 말을 꺼내지 않았다.

"여튼 그래서 경찰 정년퇴직하고 사람이랑 반려동물 찾아주는 일을 시작한 거예요. 소중한 가족을 잃어버린 마음이 얼마나 애타는지 그때 그 누구보다 잘 알게 됐으니까."

탐정은 혜성에게 주소가 적힌 메모를 건네며 이름을 알려줬다.

"이혜성 씨가 찾고 있는 사람의 이름은 이예술이에요. 참 특이한 이름이지 않아요, 예술? 한번 들으면 절대 잊어버릴 수가 없죠."

탐정은 그런데도 혜성이 엄마의 이름을 기억하지 못했다는 게 이상하지 않으냐는 질문은 건너뛰고 결론만 말했다.

"이예술 씨가 남편과 딸, 그리고 시어머니와 함께 대

진시 행복세상 아파트에 거주하고 있는 걸 내 눈으로 직접 확인했어요."

혜성은 탐정이 내미는 사진을 받아서 가만히 들여다봤다. 손을 잡고 나란히 걸어가는 모녀의 모습이었다. 사진 속 여자는 혜성의 기억보다 머리가 짧아지고 화장은 옅어졌으며 주름도 더 생겼지만 엄마가 확실했다. 혜성과 유성을 성당 보육원 앞에 놔두고 가버린 바로 그 얼굴이었다.

"평일 오후 4시면 어김없이 아파트 정문 편의점 앞으로 나와요. 그 시각에 딸이 미술학원 차를 타고 거기 편의점 앞에서 내리거든요. 그러니까 사진 속 그분을 만나고 싶으면 내가 알려준 시각에 아파트 정문 편의점으로 가서 기다려보세요. 그게 가장 확실해요."

주소와 사진을 받아든 혜성은 감사 인사를 하고 탐정 사무실을 빠져나갔다. 탐정은 입도 대지 않은 머그컵 두 개를 들고 싱크대로 갔다. 이예술은 서남쪽 항구 도시의 집창촌에서 이십 대를 보낸 여자였다. 항구에서 배로 한 시간 거리 섬에서 염전노예가 구출되면서 경찰의 수사망이 집창촌까지 확대되는 바람에 각자의 사연으로 그곳까지 흘러들어온 여자들은 뿔뿔이 흩어져야만 했다. 시기적으로 혜성이 버려진 때와 일치했지만, 해피엔딩을 기대하는 의뢰인의 감정 상태를 고려해 이 사실은 알려주지 않았다. 엄마의 직업 정보는 그가 의뢰한 정보도 아니기에 딱히 탐정 윤리를 어긴 것도 아니었다. 게다가 의뢰인이 기억하는 그 여자가 진짜 엄마가 맞는지 확인해봐달라는 언급도 없었으니, 딱히 그녀가 잘못한 건 없었다. 탐정은 둥굴레차를 개수대에 버렸다. 세상엔 다시 만나지 않은 채 그저 그리워하는 게 나은 관계도 있다. 비가 오려는지 오른쪽 무릎이 시큰거렸다. 죽은 아들을 찾아 헤매다가 다친 무릎이었다.

* * *

혜성은 오후 3시 50분에 행복세상 아파트에 도착해 유성과 함께 정문 편의점으로 들어갔다. 아직 동생에게 이 아파트의 302동 1507호에 엄마가 산다는 말은 하지 않았다. 그냥 가볼 곳이 있다고만 했다. 후줄근한 트럭을 몰고 두 시간이나 걸리는 먼 도시까지 오고 싶지 않아 찬배에게 그랜저까지 빌렸다. 렌터카를 알아봤는데 운전면허를 취득한 지 1년이 넘어야 한다고 하여 차를 빌릴 수 없어서였다.

유성은 핫바를, 혜성은 핵불닭볶음면을 들고 창가 테이블에 자리를 잡았다.

"형, 이거 먹으러 여기까지 온 거야?"

유성은 형이 여간 이상한 게 아니었다. 영문도 모른 채 따라온 동생에게 혜성은 탐정에게서 받은 사진 한 장을 보여주었다.

"뭐야, 이거. 이 사람 누구야?"

"네가 궁금해하던 사람."

"설마⋯."

유성이 엄마라는 단어를 입에 올리지 않았음에도 불구하고 형제는 서로의 마음속에 떠오른 두 글자가 뭔지 충분히 알고도 남았다.

"곧 올 거야."

혜성이 핵불닭볶음면에 뜨거운 물을 붓고 뚜껑을 닫았다. 그렇게 5분이 지나는 동안, 세상은 아무것도 변하지 않았다. 마치 시간이 멈춰버린 듯 모든 게 그대로였다. 5분이 지나 혜성이 뚜껑을 열고 물을 버리는데, 노란 미술학원 셔틀버스가 아파트 정문에 도착했다. 아이들 몇 명이 버스에서 내려 엄마나 할머니 손을 잡고 떠난 자리엔 분홍 원피스를 입은 소녀만이 덩그러니 남았다. 소녀는 엄마를 기다리며 주위를 둘러봤다. 고개를 움직일 때마다 분홍 알사탕 방울로 높이 올려 묶은 머리카락이 발랄한 물결을 그려냈다.

"쟤 아냐?"

유성의 물음에 혜성이 사진을 들여다봤다.

"맞는 것 같은데."

"같은데가 아니라 얼굴이 똑같은데, 뭘. 근데 왜 그 여자는 안 와? 아니, 애가 저렇게 기다리는데 엄마라는 인간은 왜 안 오느냐고!"

"오겠지. 아직 3시 58분이잖아."

형제는 조마조마한 마음으로 소녀를 바라봤다. 설마 그 여자가 저 귀여운 소녀도 버리는 건 아니겠지. 만약 이대로 엄마가 영원히 나타나지 않는다면 저 소녀도 우리 꼴이 되는 건가. 30초도 안 되는 찰나였지만 형제의 머릿속은 온갖 흉흉한 생각으로 황폐해졌다. 더 이상 못 기다린 유성이 욕지거리를 내뱉는 순간, 형제의 시야에 한 여자가 들어왔다. 여자는 소녀에게로 한달음에 달려가 볼을 비볐다. 그녀의 움직임을 따라 약속이라도 한 듯 고개를 한 방향으로 돌리던 형제는 여자가 소녀의 손을 잡고 편의점 안으로 들어오자 각자 자기 앞에 놓인 음식에 고개를 처박았다. 혜성은 볶음면에 시선을 고정한 채 검붉은 소스를 부었고, 유성은 핫바를 우걱우걱 입안으로 쑤셔 넣다가 사레가 들려 기침을 했다.

"혀… 형, 무… 무울… 컥…."

"어, 자, 자자, 잠깐만."

급히 냉장고에서 생수를 꺼내 계산대로 가던 혜성은 하마터면 여자와 부딪힐 뻔했다. 그녀의 손에는 소녀가 고른 이온음료가 들려 있었다.
"머, 먼저 계산하세요."
젠장. 13년 만에 만난 엄마에게 고작 한다는 소리가 먼저 계산하세요, 라니.
"아니요. 학생이 먼저 계산해요. 급한 것 같은데, 저기…."
여자가 창가에 앉은 유성을 돌아보며 빙긋 웃었다.
"아, 네… 감사합니다."
혜성은 재빨리 계산을 마치고 유성에게로 달려갔다. 생수를 마신 유성이 겨우 기침을 멈추고 안도의 한숨을 내쉬는 사이, 이온음료를 계산한 여자는 소녀와 함께 편의점을 나섰다.
"이대로 그냥 보낼 거야?"
유성이 물었다. 혜성은 아무런 대답을 할 수 없었다. 엄마와 이복동생을 마주친 순간 생각이 모두 증발해버렸는지 그저 햇살 아래로 걸어가는 소녀를 꿈처럼 바라보기만 했다. 음료수를 마시는 여자아이의 입술이 앵두 같았다. 정말이지 앵두처럼 작고 예쁜 동생이었다.
"이대로 그냥 보낼 거냐고!"
유성의 고함에 혜성은 정신이 번쩍 들었다.
"뭐?"
"가서 말할 거야."

"뭘?"

"내가 당신이 버린 아들이라고."

말이 끝나기 무섭게 유성이 편의점을 뛰쳐나갔다. 혜성이 큰 걸음으로 동생을 우뚝 막아섰다.

"안 돼."

"뭐가 안 돼?"

"아들이라고 말하면 안 된다고."

"왜 안 돼?"

"저기 저 여자애 안 보여?"

"저 여자애가 뭐."

"너무 어리잖아. 갑자기 나타나서 우리가 자기 엄마가 버린 아들이라고 하면, 분명 상처받을 거야."

"그럼 내 상처는? 우리 상처는?"

"그러니까 내 말이, 상처받은 사람이 여기 둘이나 있는데… 하나 더 늘려서 셋이 될 필요는 없잖아. 상처는 적게 받을수록 좋은 거잖아."

"형 대체 왜 이래? 우리는 더 어렸어. 지금 저 여자 손잡고 가는 저 애보다 형도 나도 더 어렸다고!"

"지금은 우리가 더 크잖아."

"와… 정말… 내가 정말… 기가 막혀서 말이 안 나온다, 진짜. 이럴 거면 여기 왜 왔는데, 시발!"

거대한 형의 몸에 막혀 앞으로 나아가지 못한 유성은

비명을 지르며 발로 땅을 굴렀다. 난데없는 아우성에 잠시 뒤를 돌아보던 여자는 키 작은 딸의 손을 잡고 302동 안으로 사라졌다. 그렇게 형제의 현실에 아주 잠깐 등장했던 엄마는 다시 과거가 되어버렸다. 그녀가 재활용 쓰레기봉투를 들고 다시 밖으로 나오기 전까지는 그랬다.

***

탐정이 벽시계를 바라보았다. 휴대폰도 있고 스마트워치도 있는데 사무실에 있을 때면 벽시계로 시간을 확인하는 게 습관이 됐다. 지금쯤이면 혜성이 자신의 진짜 엄마가 누구인지 알았을까.

실제로 혜성을 낳은 엄마는 집창촌 9번 방에 살던 여자였다. 사람들은 그녀를 화려라고 불렀는데, 무척 화려한 외모와는 달리 말과 행동이 어눌했다. 그녀가 어떻게 서남쪽 항구의 집창촌까지 흘러들어왔는지 아는 사람은 없었다. 혹자는 잡혀 왔을 거라고 했고, 혹자는 팔려 왔을 거라고 했다. 이러나저러나 제 발로 걸어들어온 것만은 아닌 게 분명했다. 탐정은 지금까지 수집한 모든 진술을 종합해볼 때 화려가 아이큐 70 정도의 경계지능이었을 것이라고 판단했다. 그러니 자기가 임신한 것도 모른 채로 아들을 둘씩이나 낳았지. 집창촌에서 아이를 하나도 아니고 둘이나 낳는 경우는 흔치 않으니까.

화려의 아이들을 돌봐준 사람은 집창촌 입구에서 미용실을 하던 이예술이었다. 어린 혜성과 유성을 성당 보육원 앞에 데려다준 사람도 화려가 아닌 예술이었고, 혜성이 엄마로 기억하는 사람도 바로 그녀였다.

이예술은 화려가 출산을 한 직후부터 줄곧 아이들을 대신 돌봐줬다. 집창촌을 관리하던 아비란 자가 애새끼들이 엄마라고 부르면 9번 방에 온 손님이 도망간다면서 혜성에게 예술을 엄마라고 부르라 시켰다. 그 아비가 데려오는 여자들로 미용실 매상을 올리던 예술은 혜성이 저를 엄마라고 부르도록 내버려뒀다. 덕분에 족보가 희한하게 꼬였지만, 굳이 그 어린 아이에게 엄마의 직업을 알게 해주고 싶지 않았다. 혜성이 워낙에 착하고 싹싹했던 탓도 있었다. 예술이 진짜 아들로 삼을까, 몇 번을 고민했을 정도로 사랑스러운 아이였다. 하지만 그건 생각뿐이었다. 예술은 혜성의 출생신고를 하지 않은 채, 6년을 흘려보냈다. 그리고 화려가 두 번째 아들을 출산한 직후 정부에서 집창촌을 철거하면서 예술은 자신의 이름을 딴 미용실 문을 닫아야 했다.

그녀는 마지막으로 간판을 떼며 피식 웃었다. 예술미용실이라니. 사실 그녀의 아버지는 딸 이름을 예슬이라고 지었는데, 출생신고를 하러 간 할머니가 '슬'을 '술'로 잘못 알아듣는 바람에 그녀의 이름은 예술이 됐다. 하지만 한번 들으면 잊히지 않는 이름 덕분에 미용실 고객들은 그녀를 끝내 기억했다. 예술이란 이름처럼 때론 실수가 더 나은 결과를 가지고 오기도 한다. 하지만 혜성과 유성은? 화려가 의도치 않게 실수로 낳은 그 아이들이 예술의 인생에 어떤 결과를 가져올지 안 봐도 뻔했다. 미혼모라는 억울한 딱지가 붙은 채 고된 삶을 살아가야겠지. 포주 아비가 경찰과 공무원에게 뒷돈을 주고 화려와 세 명의 어린 여자들을 배에 태워 사라진 날 밤, 손님 대부분을 잃은 예술은 미용실 셔터를 내리면서 날이 밝는 대로 혜성과 유성을 성당 보육원 앞에 버리기로 결심했다.

***

"나 너희 엄마 아니야."

핵폭탄 같은 말을 뱉어놓은 사람치고, 예술은 너무 태연했다. 그저 혜성의 눈을 지그시 바라볼 뿐이었다.

"넌 정말 눈동자가 화려 언니를 그대로 빼다박았네. 편의점에서 마주쳤을 때 딱 알아봤어. 드디어 이 아이가 날 찾아왔구나. 그래서 재활용 쓰레기 버린다는 핑계로 다시 나와본 거야."

"아줌마가 아니면… 그럼 우리 진짜 엄마는 어딨는데요?"

유성이 물었다. 반항적인 목소리와 달리 두 눈엔 눈물이 금방이라도 넘칠 듯 찰랑거렸다.

"그건 나도 몰라. 그 당시에는 섬에 끌려 들어가는 경우도 많았거든."

"섬이라뇨?"

"염전노예라고 들어봤지?"

"아니요, 못 들어봤는데요."

유성의 대답에 예슬이 혜성을 돌아봤다.

"너는?"

"저도 못 들어봤는데요."

"아, 이걸 어디서부터 어떻게 설명해야 하나…."

예슬이 난감한 표정을 지었다.

"설명하기 어려우시면 제가 지피티한테 물어볼게요."

혜성의 대답에 그녀가 고개를 끄덕였다.

"그래, 그건 그렇게 하고. 여하튼 그 동네에 섬이 천 개가 넘는데 염전노예 데려가면서 여자도 노예로 잡아간다는 소문이 흉흉하게 돌았었거든. 그러니 화려 언니가 어디로 끌려갔을지 내가 어떻게 알겠어. 천 개가 넘는 섬을 일일이 다 뒤질 수도 없는 노릇이고. 여하튼 너희한테 이런 얘기를 하게 돼서 미안하다. 특히 너, 유성이.

아직 미성년자라 이런 얘기 해주면 안 되는 건데."

"내 엄마 얘기를 왜 내가 들으면 안 되는데요? 나도 알 건 다 알아요."

유성은 끝내 소매로 눈물을 훔쳤다. 예술이 소년을 측은하게 바라봤다. 할 말 많은 눈빛이 일렁였다. 그녀는 소년의 애잔한 눈빛을 애써 외면했다.

"솔직히 나도 할 만큼 했어. 엄청 착하고 예쁘지만 제 자식 건사할 머리도 없는 엄마한테 버려진 너희가 불쌍해서 데리고 있긴 했는데, 미용실 문을 닫고 나니 어쩌겠어. 나도 살길 찾아야지. 그래서 보육원에 맡긴 거야. 혹시 나, 너희들한테 미안해해야 하니?"

혜성이 그저 가만히 고개를 젓는데, 유성이 빽 소리쳤다.

"아줌마가 왜 미안해요!"

그런 유성을 보고 예술은 희미하게 웃었다.

"그런데 나는 왜 이렇게 너희들한테 미안하니… 내가 낳은 자식 버린 것도 아닌데."

예술의 말에 혜성이 용기를 냈다.

"미안하면 한번 찾아오시지 그랬어요. 많이 보고 싶었는데."

"너도 아까 봤잖아. 내 딸. 아직 혼자 두고 어디 갈 수도 없고 그렇다고 혜성이 너 만나러 가는데 데리고 갈 수도 없고… 애가 조금만 더 크면, 안 그래도 너 찾아보려고 했었어."

그새를 못 참고 예슬의 휴대폰이 울려댔다. 딸한테서 걸려온 전화였다.

"봐. 재활용 쓰레기 버리고 온다고 했는데 늦으니까 벌써 이렇게 전화를 해대잖아. 어떡하지? 나 이제 들어가봐야 할 것 같은데…."

예슬은 미안해 죽겠다는 표정으로 형제를 번갈아 보고는 그제야 재활용 쓰레기를 분리 수거함에 넣기 시작했다. 혜성이 예슬의 손에서 쓰레기봉투를 가로챘다.

"주세요. 제가 할게요. 빨리 들어가보셔야 되잖아요."

"어, 그래줄래?"

돌아서는 예슬을 유성이 멈춰 세웠다.

"저기… 그럼 혹시 우리 엄마 사진 있어요?"

"화려 언니 사진? 찾아보면 어디 한 장 남아 있을 것 같긴 한데…."

"찾으면 휴대폰으로 찍어서 보내주실래요?"

"그래, 휴대폰 번호 알려줘. 오늘 밤에 찾아보고 연락할게."

예슬과 유성이 번호를 교환하는 동안, 혜성은 발끝에서부터 다시 용기를 끌어올려 개미만 한 목소리로 물었다.

"저… 근데… 김치 사서 드세요, 담가서 드세요?"

"난데없이 무슨 김치?"

"저 6년간 키워주셨으니까 저도 뭔가 보답을 하고 싶어서요. 제가 김치 사업을 시작했거든요."

"김치 사업?"

"네, 어쩌다 보니 그렇게 됐어요."

유성이 끼어들었다.

"우리 형 돈 잘 벌어요. 얼마 전 맨숀아파트에 전셋집도 마련했어요."

"와우, 듣던 중 반가운 소리네. 난 니네가 배 쫄쫄 굶으면서 힘들게 살고 있다 그러면 용돈이라도 쥐여줘야 하나 어쩌나 고민했거든."

예술의 얼굴에 화사한 미소가 번졌다. 오늘 본 중 가장 밝은 표정이었다. 덕분에 혜성의 말에 힘이 붙었다.

"시작한 지 얼마 안 돼서 막 그렇게 잘 버는 건 아니고요. 그래도… 우리 회사 김치 되게 맛있는데… 직접 담가 드시는 거 아니면 보내드리고 싶어요."

"얘, 요즘 애 키우는 아파트에서 누가 김치를 담가 먹니? 다 사서 먹지."

"그럼 보내드려도 되는 거죠?"

"6년간 키워줬으니, 앞으로 6년간 김치 보내줘서 보답하려고?"

"그것보다 더 길어도 되고요. 평생 보내드릴 수도 있어요."

예술이 까르르 웃었다.

"그래, 보내줘. 기대되네. 혜성이가 담근 김치는 어떤 맛일지."

"제가 직접 담그는 건 아니고… 복자 할머니가 담그시긴 하는데… 근데 무슨 김치를 제일 좋아하세요?"

"나?"

"네."

"난… 음… 겉절이."

"겉절이…요?"

혜성은 난감했다. 복자네 장독김치 판매목록 중 겉절이는 없었다.

"예전에 한번은 화려 언니가 갑자기 배추 한 포기를 사다가 우리 미용실 뒷마당에 와서는 겉절이를 담그는 거야. 그래서 내가 짜장라면을 두 개 끓였지. 짜장라면에 겉절이를 얹어서는 언니랑 나랑 혜성이랑 셋이 둘러앉아 먹는데 두 개 가지고는 모자라서 하나씩 더 끓이다 보니 셋이 다섯 봉지나 먹어 치운 거야. 역시 짜장라면에 겉절이는 국룰이라면서 얼마나 맛있으면 셋이 짜장라면 다섯 봉지를 먹느냐고 막 웃었는데, 글쎄 그게 나중에 알고 보니까, 화려 언니가 임신을 해서 입맛이 돈

아가지고 그랬던 거 있지. 임신 사실 알고 나서는 배 속에 있던 유성이 네가 곁절이 곁들인 짜장라면을 두 봉지나 먹은 거라면서, 엄청난 대식가가 태어날 것 같다고 언니가 참 좋아했었는데… 유성이 넌 당연히 기억에 없을 거고, 혜성이 넌 기억나?"

"…아니요."

혜성이 동생을 돌아봤다. 유성 역시 형을 바라보며 눈을 맞췄다. 어쩐지 형제에게도 엄마와의 추억이 하나 생긴 것만 같았다.

예술의 휴대폰이 다시 울렸다.

"아휴, 또 딸이네. 이젠 정말 들어가봐야겠다. 만나서 반가웠어. 조만간 정식으로 다시 만나자. 성도 나랑 같은 이 씨니까 가족들한테는 먼 친척 조카라고 둘러대면 되겠지, 뭐. 조심히 내려가. 화려 언니 사진 찾으면 메시지 보낼게!"

예술은 힘차게 손을 흔들고는 아파트 현관으로 달려 들어갔다. 혜성은 그녀의 뒷모습이 자동문 너머로 사라질 때까지 바라보다가 쓰레기봉투 안에 든 재활용품들을 분리 배출했다.

"아줌마가 이온음료를 좋아하시나 보다."

유성이 이온음료 병을 버리며 말했다. 쓰레기봉투 안에는 이온음료 로고가 찍힌 하얀색 플라스틱병이 다섯 개나 더 있었다.

"아줌마 딸이 좋아하는 것 같아. 아까 편의점에서도 이거 사가더라고."

"그랬나?"

재활용 쓰레기를 모두 비운 형제는 편의점으로 가서 같은 이온음료 한 병씩을 사들고 찬배에게서 빌린 그랜저에 올라탔다. 자신이 돌아갈 제자리가 엄마이길 바랐던 수많은 날을 지나 형제는 함께 오로라맨숀으로 돌아가고 있었다.

***

집에 도착하자마자 유성은 방 안으로 쏙 들어가버렸다. 방문 너머로 가끔씩 코 푸는 소리가 들리는 거로 봐서 우는 듯했지만, 혜성은 모르는 척했다. 그 역시도 마음이 썩 개운하지는 않아 옥상에 가서 별을 보며 밤을 지새웠다. 동이 터오도록 잠이 오지 않았다.

새벽 다섯 시가 되자 복자가 중정으로 나와 구식 라디오를 들으며 배추를 씻기 시작했다. 혜성은 계단을 터덜터덜 내려가 복자의 곁에 다가섰다.

"새벽부터 웬일이야. 더 자지 않고."

"할머니, 저 김치 담그는 법 좀 알려주세요."

"갑자기 김치 담그는 법은 왜?"

"생각해보니까 장사 시작한 후로 직접 김치를 담가본 적이 한 번도 없어서요. 명색이 공동대표인데 제 손으로 직접 복자네 장독김치 맛을 낼 수는 있어야 할 것 같아서요."

"왜, 이 할미가 김치 담그는 비법도 안 알려주고 갑자기 죽어버릴까 봐 걱정돼?"

"아니, 할머니… 그게 아니라요."

혜성은 한숨을 푹 내쉬면서 복자의 곁에 쪼그려 앉았다.

"사실, 엄마를 만나러 갔었어요."

"경비 아저씨 차까지 빌려서 어디 간다고 하더니… 그랬던 거였어? 그래, 엄마는 만났고?"

"그게… 찾고 있던 사람은 만났는데… 우리 엄마가 아니었어요."

"그 무슨 뚱딴지같은 소리야. 찾고 있던 사람은 만났는데 엄마가 아니었으면, 지금껏 엄마를 잘못 알고 있었다는 거야?"

"네, 제가 알던 사람은 엄마가 아니라 엄마 대신 우리를 맡아준 분이었어요."

"니 어미는 어딜 갔고?"

"그건 그분도 모른대요."

혜성은 여기까지만 말하고 입을 다물었다. 엄마가 집창촌 9번 방의 화려였다는 얘기도, 집창촌 입구에 있는 예술미용실의 이예술 실장이 화려의 아이를 대신 봐주다가 성당 보육원 앞에 버렸다는 얘기도 하지 않았다. 이건 형제와 예술만이 아는 비밀로 내버려두는 게 좋을 것 같았다.

혜성의 침묵을 뚫고 복자가 레시피 한 자락을 읊었다.

"배추에 소금을 쳐서 여름에는 2시간, 가을에는 3시간, 겨울에는 4시간을 절여. 배추가 절여지는 동안 멸치액젓, 새우젓, 마늘, 고춧가루, 멸치 다신 물을 섞어서 양념장을 만드는 거야. 멸치 다신 물은 전날 밤에 만들어서 식혀두는 게 좋아. 이게 가장 기본이 되는 양념장인데 조금 더 맛있으려면 참치액젓을 넣으면 되고, 고향의 맛을 느끼고 싶으면 자기 고향에서 나는 특별한 재료를 더 추가하면 돼. 멸치 다신 물 대신 황태 다신 물을 쓰는 사람도 있고 북어대가리, 표고버섯, 파, 다시마를 추가해서 육수를 우려내면 보다 더 깊은 맛이 나기도 해."

"그럼 겉절이는요? 겉절이랑 일반 김치는 뭐가 다른 거예요?"

"겉절이는 배추를 안 절여. 소금에 안 절이고 아삭한 배춧잎 그대로 양념장을 발라주면 겉절이가 되는 거야."

"오늘은 겉절이도 같이 할 수 있어요?"

"그럼 되고말고. 저기 배추 두 포기 빼놔. 겉절이는 한꺼번에 많이 담그면 안 되고 조금씩 자주 담가서 먹어야 아삭한 식감을 즐길 수가 있어."

혜성은 겉절이용 배추 두 포기를 따로 빼놓고 복자와 함께 배추를 소금에 절이기 시작했다.

"내가 김치 담그는 걸 왜 이렇게 좋아하는 줄 알아?"

복자의 말에 혜성은 아무런 대꾸를 하지 않았다. 질문이 아닌 넋두리처럼 들려서였다. 역시나 복자는 스스로 던진 질문에 스스로 대답을 했다.

"인생사 내 마음대로 되는 게 하나도 없는데, 김치 맛은 내 맘대로 할 수가 있더라고. 세상에 내 맘대로 되는 게 하나라도 있는 게 좋아서, 그 재미에 김치를 자주 담그기 시작한 거야. 사실 나도 어린 호영이를 놔두고 이곳을 떠난 적이 있었어."

난데없는 고백이 훅 들어오는 바람에 혜성은 소금을 한 움큼 쥔 채로 복자를 바라봤다.

"할머니가 사장님을 버리고 가출을 했단 말이세요?"

"뭘 그렇게 놀라, 이눔아. 나라고 뭐, 여길 한번 떠난 적도 없을 줄 알았어? 우리 호영이가 아장아장 걷기 시작했을 때야. 남편이란 작자가 밤만 되면 술을 마시고 복날 개 패듯이 패대니, 어디 참을 수가 있어야지. 하루는 너무 아프고 억울해서 아들이고 뭐고 간에 그냥 눈

딱 감고 나가버렸지. 하루는 평화로웠고, 이틀째는 자유로웠는데, 사흘째가 딱 되니까 아들 걱정에 지옥이 따로 없더라고. 들어와서도 지옥, 나가서도 지옥이면 차라리 아들이랑 같이 지옥에 있자 싶어 다시 들어왔어. 모르긴 몰라도 네 엄마도 그랬을 거야. 그냥 버린 것도 아니고 누구한테 맡겼으면 무슨 피치 못할 사정이 있었겠지. 내가 해보니까, 애 버리는 거 그거, 아무나 할 수 있는 거 아니야. 그러니까 너무 미워하덜 말어."

복자가 능숙한 손길로 소금비를 뿌렸다. 혜성 역시 그녀를 따라 움켜쥐고 있던 소금을 배추 위로 털어냈다.

"이제 안 미워하려고요, 우리 엄마."

"네 엄마 말고, 너 말이야. 너 자신을 미워하지 말라, 이 말이야. 누군가에게 버림을 받았다 생각하면 제일 먼저 미워지는 게 나 자신이잖아. 내가 모자라서 버림을 받았나? 내가 박복해서 버림을 받았나? 나는 사랑받을 자격도 없는 사람인가? 특별히 자각을 못 하더라도 사람이라면 누구나 그런 생각을 하게 돼 있어. 가랑비에 옷 젖는 것처럼 그런 생각이 차곡차곡 마음에 쌓이다 보면 결국 나 자신이 싫어지는 거야. 혜성이 너만 그런 게 아니야. 나도 그랬거든. 내가 맞을 만한 여자인가 보다… 내 팔자가 흉흉한가 보다… 내가 자식을 잘못 키웠나 보다… 내 인생이 이따위인 건 다 내 잘못이다… 이렇게 생각하다 보니 내가 몹쓸 년 같고, 내가 몹쓸 년이라 생각하다 보니 내 불행이 너무나 타당한 거야. 맞고 살기에 마땅한 년이었던 거지, 내가."

"세상에 맞아 마땅한 사람이 어딨어요."

"세상에 버려져 마땅한 사람도 없지."

"아, 할머니는 왜 자꾸… 아침부터 사람을 울리고…."

혜성은 고개를 돌려 지금껏 참았던 눈물을 흘렸다.

"배추에 눈물, 콧물 빠뜨리지 마."

"안 빠뜨려요."

"나는 너 좋아, 혜성아. 너는 좋은 사람이야."

복자는 혜성이 편하게 소리 내 울 수 있도록 라디오 볼륨을 높였다. 디제이가 나긋나긋한 음성으로 멘트를 읽어내려갔다.

─한바탕 폭풍이 지나가고 일상을 되찾았을 때 우리는 '모든 게 제자리로 돌아왔다'라고 말합니다. 가만 생각해보면 그 제자리란 게 참 복잡해요. 함께 밥을 먹던 식탁에 덩그러니 혼자 남거나, 함께 걷던 길을 쓸쓸히 혼자 걸어야 하거나, 가장 소중한 사람을 잃어버린 누군가에게 제자리란 말은 단순한 공간이 아닌 그 장소에 함께 있었던 사람을 뜻하는 걸 수도 있을 거란 생각이 드는 아침인데요. 당신의 제자리는 누구인가요. 루엘의 「디스턴스」 들려드릴게요.

음악이 중정에 울려 퍼졌다. 아린이 5층 난간에 기대 소리쳤다. 잠이 덜 깬 목소리였다.

"아침부터 웬 칙칙한 음악?"

아린이 슬리퍼를 질질 끌고 계단을 내려왔다. 혜성은 그녀에게 우는 모습을 들킬세라 잽싸게 눈물을 닦았지만, 한번 터진 울음보는 그칠 줄을 몰랐다.

"할머니, 팝송도 들어?"

"내가 뭘 알고 듣겠니. 라디오에서 나오니까 나오나 보다 하고 틀어놓는 거지."

"근데…."

큰일이다. 아린이 혜성의 들썩이는 등짝 너머로 다가오고 있었다.

"야, 문짝. 설마 너 울어?"

혜성은 아린에게 놀림받기 싫어서 양념통에 놓인 고춧가루를 쥐고 눈을 쓱쓱 비벼버렸다.

"아악- 눈!"

"야, 너 왜 그래?"

"눈에… 눈에 고춧가루가 들어갔어!"

그 꼴을 본 복자가 가지가지 한다며 너털웃음을 웃었다.

"어어어, 어떡해! 빨리 눈 씻어! 씻으라고, 이 바보야!"

아린은 두 눈을 질끈 감은 채 버둥거리는 혜성의 팔

을 잡아 수돗가로 안내해서는 호스로 물을 냅다 뿌려버렸다. 혜성은 눈꺼풀 위로 쏟아져 내리는 물줄기 아래에 슬픔을 숨기고 마음껏 눈물을 쏟아냈다. 이건 슬퍼서 우는 게 아니었다. 순전히 인생이 매워서 우는 것일 뿐이었다. 13년의 그리움을 떨쳐내기에 딱 좋은, 왁자지껄한 아침이었다.

8. 길 끝에서

　가르마가 연재하는 웹툰의 제목은 'ㅊㅁㄹ 남친 있어요'였다. 주인공은 제산대학 전자공학과 신입생 차미래. 어느 날 전국 대학생 커뮤니티인 〈대나무숲〉에 제산대학 전자공학과 ㅊㅁㄹ에게 남친이 있냐는 질문 글이 올라오면서 이야기가 시작된다. 질문 글을 발견한 차미래는 단짝 친구의 아이디로 ㅊㅁㄹ에게는 지금 남친이 없으니 얼른 고백하라는 댓글을 남기지만, 상대는 한 달이 지나도록 고백해오지 않는다. 기다리다 못한 차미래가 스스로 질문남을 찾아내기로 하면서, 질문남 후보인 남대생 4명과 차례로 썸을 탄다. 상대가 자신을 좋아하고 있다는 자신감 때문일까, 과거의 소심함을 벗어던진 차미래의 매력은 극에 달하고 남대생 4명은 모두 그녀에게 매료된다.

  웹툰 독자들은 두 번째 후보인 갈색 머리 스윗남과 네 번째 후보인 검은 머리 까칠남으로 패를 나누어, 누가 차미래와 최종적으로 사귀어야 하는지를 두고 댓글 논쟁을 벌였다. 이 둘에 비해 인기가 없는 축구선수 테토남과 피아노 전공 에젠남은 비운의 짝사랑남이 되어 각각 실연의 아픔을 딛고 축구와 피아노에 매진해 눈부신 발전을 이루어내는 거로 마무리됐다. 문제는 차미래가 갈색 머리와 검은 머리 중 누구와 사귀는 거로 끝을 내야 모든 독자가 만족할까, 하는 문제였다. 골머리를 앓던 가르마는 모두를 만족시킬 수 없고 한쪽만 선택해야 한다면 차라리 제3의 대안을 내놓는 편이 낫다고 판단했다. 그렇게 마지막 다섯 번째 남자 캐릭터 디자인을 두고 고민하던 중 혜성이 갑자기 김치를 주겠다며 찾아와 물었다.

"형은 연애 잘해요?"

난데없는 질문에 가르마가 되물었다.

"왜 그렇게 생각해?"

가르마가 냉장고에 김치를 넣는 동안 혜성이 자연스레 따라 들어와 거실 소파에 앉았다.

"제가 형이 그린 웹툰을 다 봤는데요. 어쩌면 그렇게 로맨스 웹툰을 잘 그려요? 보는 사람 설레게. 도대체 연애를 몇 번이나 해봐야 거기 나오는 주인공들처럼 연애 고수가 될 수 있는 거예요?"

사실 가르마는 맨날 방구석에 처박혀서 웹툰을 그리느라 연애를 못 해본 지 꽤 오래됐지만, 굳이 혜성의 오해를 정정하지 않았다. 대신 혜성이 아린을 좋아하는 걸 눈치채고선 고백하라 부추기며 코치를 해줬다. 연애를 웹툰으로 배우는 순진남이라니. 흥미로운 캐릭터였다. 혜성이 아린에게 고백을 하려 할 때마다 복자가 나타나는 바람에 실패했지만, 덕분에 가르마는 고백에 번번이 실패하는 혜성을 지켜보며 다섯 번째 남자 캐릭터인 순진한 문짝남 디자인을 완성할 수 있었다. 디자인을 완성했으니 캐릭터 설정을 해야 할 차례였다. 가르마는 순진한 문짝남을 동아리방에 떡볶이를 배달하다가 차미래한테 반한 배달부로 설정했다. 하지만 배달부가 여대생을 좋아해서 따라다니면 스토커처럼 무섭게 느끼는 독자가 있을 수도 있다는 담당 피디의 의견에 차미래의 고향 동네 친구로 설정을 바꿨다.

차미래의 고향 동네 친구인 순진한 문짝남은 잊을 만하면 한 번씩 차미래 엄마의 심부름으로 그녀에게 김치를 가져다준다. 차미래는 엄마가 재혼을 한 후로 엄마와 함께 사는 아저씨가 어색해서 집에 내려가지 않고 있다. 그를 새아빠라고 부를 생각도 없다. 새아빠가 바로 순진한 문짝남의 아빠이기 때문이다. 차미래는 자기가 먼저 순진한 문짝남을 좋아했는데, 엄마가 그 아빠와 재혼을 해버려서 화가 난 상태로 집을 떠나 제산시에 있는 대학에 진학했다. 이런 상황에서 두 모녀를 이어주는 유일한 매개체는 순진한 문짝남이 그녀 엄마의 심부름으로 배달해주는 김치였으며, 차미래를 어릴 때부터 좋아하던 순진한 문짝남은 그녀가 다른 도시에서 대학을 다니는 동안 딴 남자라도 생길까 봐 〈대나무숲〉에 'ㅊㅁㄹ 남친 있어요?'라고 질문 글을 올렸던 것이다.

첫사랑에다가 약간의 막장 설정을 곁들인 데에 만족한 가르마는 본격적인 작업에 돌입했다. 순진한 문짝남이 김치통을 들고 차미래의 자취방 벨을 누르는 장면을 그리는 순간, 코숏이 별안간 뛰어올라 그의 손등을 할퀴었다. 고슴도치처럼 털이 곤두선 코숏을 보고 심상치 않은 기운을 느낀 가르마가 노이즈 캔슬링 헤드폰을 벗었다. 헤드폰과 함께 귀를 가득 채우던 음악이 사라지고 문 두드리는 소리가 들렸다. 쾅쾅쾅쾅.

"작가님, 작가님! 주무세요?"

성원의 목소리였다. 그는 복자네 장독김치로 자리를 완전히 옮긴 후 312호에서 월세를 살고 있었다. 가르마는 고양이들이 밖으로 나가지 않도록 현관문 대신 창문을 열고 복도를 내다봤다.

"무슨 일이세요?"

성원이 창문 앞으로 다가왔다.

"쿵 소리 못 들었어요?"

"쿵 소리라뇨."

"갑자기 어디서 쿵하고 무너지는 소리가 나서 다들 놀라 잠에서 깨 나와가지고 지금 같이 맨숀을 샅샅이 뒤지는 중이에요."

가르마가 까치발을 하고 중정을 내다보니, 찬배가 손전등을 들고 굉음의 진원지를 찾으려 두리번거리고 있었다. 건물이 무너지기라도 할까 두려웠던 아린이 복자를 부축해서 중정으로 내려오고, 검정고시 학원을 등록한 이후로 매일같이 새벽 공부를 하던 유성도 지진이 난 줄 알고 코를 골며 자고 있던 혜성을 깨워서 밖으로 나온 참인데 가르마만 아무런 기척이 없어 걱정된 성원이 올라와본 거였다.

"정말 아무 소리도 못 들었어요?"

성원이 의아하다는 듯 물었다.

"네. 이거 끼고 있으면 아무 소리도 안 들리거든요."

가르마가 노이즈 캔슬링 헤드폰을 보여주며 대답했다.

"여하튼 안에 있으면 위험할 수 있으니까, 일단 빨리 밖으로 나오세요."

성원의 재촉에 고양이들을 운반 가방에 넣으려고 방에서 나온 가르마는 거실 한가운데에 운석처럼 떨어져 있는 콘크리트 덩어리를 발견했다. 고양이들이 콘크리트 덩어리 주위를 감싼 채 하악질을 하고, 콘크리트 덩어리가 떨어져나온 천장에는 철근이 그대로 노출돼 있었다. 코숏이 그의 손등을 할퀸 건 위험을 알려주기 위해서였다는 걸 깨달은 가르마는 다시 창가로 달려가 맨숀 사람들 모두가 들을 수 있도록 크게 소리쳤다.
 "우리 집 천장이 무너졌어요!"

***

 다음 날 아침. 찬배의 연락을 받고 평소보다 일찍 관리사무소로 출근한 영미는 재개발추진위원회 위원장에게 전화를 걸어 지난 새벽 3시경 307호 거실 천장에서 성인 남성의 팔뚝만 한 크기의 콘크리트 덩어리가 떨어졌다는 사실을 알렸다. 위원장은 다시 시청에 사고 사실을 알렸고, 담당 공무원이 기술자와 함께 맨숀을 방문했지만 안전등급은 이전과 같은 D에서 더 내려가지 않았다. 안전등급 D는 긴급한 보수와 보강이 의무이나 사용 제한 여부는 시에서 결정할 수 있었다. 여전히 시에서는 인구 소멸을 이유로 재건축 허가를 내주지 않고 보수와 보강을 해서 사용하라고 결정했다. 만약 안전등급이 E로 내려갔으면 즉각 사용을 금지하고 재건축을 해야 하는데, 안전등급이 유지된 게 위원장으로서는 여간 아쉬운 게 아니었다.

위원장은 아파트나 빌라 같은 거주지가 아닌 다른 용도의 건물을 짓는 것으로 투자를 유치하자면서 영미에게 다시 투자제안서를 작성하라고 지시했다. 이전에도 여러 번 실패를 맛본 영미는 투자제안서라는 말을 듣자 한숨부터 나왔다.

"대체 어떤 용도의 건물을 세운다고 해야지 민간 투자를 받아낼 수 있을까요."

찬배가 모니터를 바라보며 연거푸 한숨을 내쉬는 영미에게 다가갔다.

"저는 이만 들어가보겠습니다."

"아, 네, 그러세요. 교대 시간도 한참 지났는데, 오후까지 계시느라 피곤하셨죠? 오늘은 제가 두 시간 늦게 퇴근할 테니, 얼른 들어가서 푹 주무시고 나오세요."

"간밤의 사고 때문에 출근 시간도 당겼는데, 퇴근 시간까지 늦춰준다니 너무 감사합니다. 그럼 저는 들어가서 눈 좀 붙이고 다시 오겠습니다."

영미에게 감사 인사를 하고 경비실에서 나오던 찬배는 중정에서 김치를 담그는 복자를 발견하고 걸음을 멈쳤다. 머릿속에 전구가 켜진 듯 좋은 생각이 떠올랐다. 찬배는 곧장 발길을 돌려 관리사무소로 되돌아갔다.

"저기, 소장님. 투자제안서를 쓰지 말고 잠시 기다려 보세요."

영미가 놀란 눈을 동그랗게 뜨고 찬배를 돌아봤다.

"제안서를 쓰지 말라고요?"

"네. 투자 제안을 할 만한 곳이 한 군데 생각났는데, 제안서 말고 다른 게 필요할 거예요."

"다른 거라니… 그게 뭔데요?"

찬배는 영미의 질문에 대답하는 대신, 휴대폰에서 고영수란 이름을 검색해 통화 버튼을 눌렀다.

***

고수에프앤씨의 고영수 대표가 찬배의 전화를 받은 건 외부 회의를 끝내고 회사로 향하는 차 안에서였다. 고수에프앤씨는 대한민국에서 열 손가락 안에 드는 외식 프랜차이즈 기업이었다. 20년 전 영수는 무역업을 하다가 외환위기의 철퇴를 맞고 한순간에 무너져버린 실패자였다. 한강 물에 투신하기로 결심한 그는 죽기 전에 마지막으로 대학 시절 즐겨 가던 우동 가게를 찾았다. 오동통한 면발을 입에 넣는 순간 이 맛있는 우동을 계속

먹기 위해서라도 살고 싶다는 황당한 생각을 하고 있는 자신을 발견하고선, 사람을 살고 싶게 만들 정도로 맛있는 우동에 인생을 걸어보기로 했다. 그 즉시 영수는 우동 가게 사장님을 설득하고 프랜차이즈화를 위한 초기 자본을 모으기 위해 투자와 융자를 알아봤다. 하지만 망한 사업가에게 자금을 대주겠다는 곳은 그 어디에도 없었다.

게다가 그가 가져간 사업계획은 초기부터 가맹점을 늘리는 일반적인 방식이 아닌, 본사에서 부동산을 직접 매입해 직영점을 탄탄하게 구축한 후 가맹점주를 모집하는 방식이라 다른 외식 프랜차이즈 기업보다 초기 투입 비용이 많이 필요했다. 주변에선 우동의 맛은 좋으니 가맹점주들을 모아 시작해보라고 했지만 한 번 사업에 실패해본 그는 그 어떤 외부 영향에도 흔들리지 않는 탄탄한 사업 구조를 만들고 싶었다. 밑져야 본전이라는 생각으로 그는 배낭 하나 달랑 메고 전국 도보 여행을 다니며 눈에 띄는 모든 은행에 들어가 사업계획을 설명하고 퇴짜를 맞았다. 그러다 만나게 된 사람이 한신은행 제산역지점의 박찬배 지점장이었다.

찬배는 사업계획 그 자체보다는 전국에 발품을 팔며 자금을 구하러 다니는 영수의 의지에서 가능성을 봤다. 찬배는 부동산 사업을 크게 하는 VIP 고객을 영수와 연결해줬고 나날이 임대 수요가 적어지는 시장 때문에 고민하던 VIP는 영수의 사업에 투자하기로 결정했다. 우여곡절 끝에 시작한 외식 프랜차이즈 기업 고수에프앤씨는 고수의 우동, 고수의 국밥, 고수의 갈비에 이어 고수의 짬뽕까지 성공하면서 지금의 자리에 오르게 됐다.

이제 영수는 김치와 커피에 도전할 꿈을 품고 있었다. 그러던 중 찬배의 연락을 받은 영수는 열 일을 제치고 제산시에 내려왔다. 은인에 대한 보답이라기보다는 20년 전 자신을 발굴해낸 찬배의 안목을 믿어서였다. 안 그래도 인수할 김치 브랜드를 찾던 와중이었는데, 복자네 장독김치는 여러모로 구미가 당겼다.

***

아린이 시식대에 놓인 세 종류의 김치를 차례로 설명했다.

"첫 번째는 가장 기본인 배추김치인데요. 김치의 맛은 라면과 같이 먹었을 때 가장 잘 알 수 있어서 라면도 함께 준비했습니다."

"그럼 제가 한번 먹어보겠습니다."

영수가 앞접시에 라면 한 젓가락과 배추김치 한 조각을 올려 후루룩 면치기를 했다. 복자와 혜성은 조마조마하게 영수의 오물거리는 입을 바라봤다. 라면과 김치를 다 삼킨 저 입에서 무슨 말이 튀어나오느냐에 따라 그들의 운명이 달라질 수도 있는 중요한 순간이었다.

"음~ 매콤하고 쫄깃한 면발을 감싸 안는 시원한 김치의 향이 일품이네요."

첫 번째 관문을 통과하자 복자는 혜성의 손을 움켜쥐었다. 다리가 어찌나 후들거리는지 멀쩡하게 서서 앞으로 남은 두 개의 관문을 지켜볼 강단이 없었다. 혜성은 솥뚜껑같이 단단한 손으로 복자의 주름진 고사리손을 포근하게 감싸주었다.

아린이 영수의 앞에 두 번째 김치를 내왔다. 영수는 생수로 입을 헹구며 그녀의 설명에 귀를 기울였다.

"다음은 겉절이입니다. 함께할 음식은 짜장라면으로 '짜장라면에 겉절이는 못 참지'란 제목의 숏폼이 조회수 이백만을 넘길 정도로 요즘 애들 사이에 좋맛탱으로 유행 중인 조합입니다."

영수는 겉절이 한 줄기를 집어 짜장라면을 돌돌 싸서는 한입에 쏙 넣었다.

"오~ 달콤짭조름하면서도 기름진 짜장에 겉절이를 곁들이니 톡 쏘는 매운맛이 짜장면의 기름기를 잡아주고 배추의 생생한 숨결이 아삭함을 더해주네요."

겉절이도 영수의 테스트를 통과하자 아린은 더욱 자

신감 있게 다음 메뉴를 소개했다.

"다음은 제육스팸묵은지김치찜과 흰쌀밥입니다. 묵은지는 별도로 판매하기도 하지만, 이처럼 레시피대로 조리만 하면 7분 안에 김치찜을 완성할 수 있는 밀키트가 더 인기가 좋습니다."

영수가 흰쌀밥을 숟가락에 가득 퍼서는 그 위에 김치찜 조각을 올리자, 아린이 먹는 방법을 정정했다.

"그렇게 드시면 아무래도 밥의 양이 너무 많아 김치찜 특유의 맛을 느끼기 어려워 보이는데요. 건더기와 국물을 숟가락으로 한꺼번에 떠서 밥 위에 올린 다음 쓱쓱 비벼 드셔보시겠어요? 비빔밥 비비듯 꼼꼼하게 비비지 말고 두세 번 대충 쓱쓱 비벼야 맛있습니다."

아린의 말에 영수가 김치찜에 밥을 비벼 한 숟가락 가득 입안에 넣었다.

"후와~"

푹 익은 김치의 시큼하고 칼칼한 국물 맛이 화선지에 먹물 번지듯 입안 가득 번지더니, 이어서 짭조름하고 고소한 풍미를 더하는 스팸과 매콤달콤한 양념이 배어 부드럽게 씹히는 제육이 어우러져 환상의 조화를 이뤘다. 영수는 음식을 모두 삼키고서야 천천히 입을 열었다.

"김치의 얼큰함 뒤로 스팸의 감칠맛과 제육의 든든한 고기 맛이 따라오며 풍부한 포만감을 선사하네요. 어떻게 김치찜에 제육과 스팸을 함께 곁들일 생각을 했나요?"

"자취를 하는 대학생과 직장인들이 가장 선호하는 중 하나가 제육볶음과 스팸이라는 통계를 보고 김치찜 레시피에 포함하면 좋겠다고 생각했습니다. 그리고 보통의 식당에서는 돼지고기김치찜과 스팸김치찜을 별개로 판매해 고객들의 선택 장애를 불러일으키는 경우가 많은데요. 이 두 가지 점에 착안해서 우리는 찌개용 돼지고기 대신 양념에 재운 목살과 스팸을 함께 제공하기로 한 겁니다."

"훌륭하네요. 시장 조사도 꼼꼼하게 잘한 것 같고. 그다음은 뭡니까."

"오늘 시식용으로 준비한 메뉴는 여기까지이지만 원하신다면 김치전과 김치죽, 김치콩나물국 밀키트와 백김치, 포기 김장김치까지 바로 드셔보실 수 있습니다."

"그래요. 그 모든 음식이 여기 계신 명복자 선생님이 직접 담그신 김치를 기본으로 한 거란 말이죠?"

"네, 그렇습니다."

영수는 젓가락을 들고 테이블 위에 놓인 기본 배추김치를 다시 한번 맛봤다.

"역시 다시 먹어봐도 제가 찾던 바로 그 김치 맛이네요. 깔끔하고 시원한 매운맛이 일품인 데다가 지역적 특색이 두드러지지 않아 호불호가 갈리지 않는 보편성이 있어요. 명복자 선생님께서 김치 레시피만 모두 전수해주신다면 복자네 장독김치를 우리 회사에서 인수하고 싶은데, 어떠신가요?"

선생님이란 말에 복자는 몸 둘 바를 몰라했다. 자신을 그렇게 불러준 사람은 그가 처음이었다. 복자가 대답 없이 우물쭈물하자 영수는 곧장 본론으로 직행했다.

"생각해둔 금액이라도 있으신가요? 있으시면 허심탄회하게 말씀해주십시오."

영수의 제안에 복자와 혜성은 멍하니 서로의 얼굴만 바라봤다. 약삭빠른 아린도 회사 인수라는 큰 거래는 미처 예상 못 했었는지 대답은커녕 딸꾹질을 하기 시작했다. 세 사람의 엉거주춤한 반응을 본 찬배가 영수에게로 다가갔다.

"저기, 고영수 대표님. 인수 금액은 차차 협의하기로 하고, 오늘은 다른 문제를 결정해주셔야겠는데요."

"어떤 문제 말입니까?"

"전화로도 말씀드렸지만, 복자네 장독김치를 인수하는 조건으로 여기 이 오로라맨숀 부지에 김치공장을 설립해주셨으면 해서요."

"아, 그 문제요? 오로라맨숀 부지에 김치공장을 설립해달라는 게 복자네 장독김치의 인수 조건인가요?"

영수가 복자에게 재차 확인을 했다. 그의 등 뒤에 선

찬배와 영미가 동시에 고개를 끄덕이며 반드시 공장 설립을 유치해야 한다는 듯 결의에 찬 표정을 지었다. 두 사람이 보내는 신호를 확인한 복자가 그들을 따라 고개를 끄덕였다.

"네… 네… 맞아요. 여기… 여기에다가 공장을 설립해주시면 제 레시피도 다 전수해드리고 회사도 인수하게 해드릴게요. 제가 결혼하고 여기 오로라맨숀으로 이사를 와서 처음으로 나 혼자만의 힘으로 김치를 담그고 나누면서 지금껏 살아왔거든요. 복자네 장독김치가 시작된 곳이자 완성된 곳이 바로 여기예요. 그러니 우리 김치는 꼭 이 자리에서 만들어져야 해요."

"이곳이 선생님의 특별한 레시피가 시작되고 완성된 곳이라니, 의미가 있긴 하겠네요."

"특별…해요?"

복자의 가슴이 방망이질해댔다. 특별하다니. 살면서 처음 들어보는 말이었다.

"그럼요. 명복자 선생님의 김치 레시피는 특별합니다. 제가 여러 음식 브랜드를 론칭하다 보니, 소수의 입에 맞는 특이한 맛을 내는 것보다 많은 사람들의 취향에 맞는 보편적인 맛을 내기가 훨씬 어렵다는 걸 알게 됐습니다. 그래서 보편적인 맛이 더 귀하고 특별한 거죠. 아마도 선생님의 삶이 특별했기에 음식에서 그런 보편적인 맛이 나올 수 있는 것 아닐까 생각됩니다. 김치에는 그걸 만드는 사람의 인생이 담겨 있으니까요."

영수의 존경 어린 눈빛으로 봐선 그 말이 진심인 듯했다. 복자의 마음이 설렘으로 두근거렸다. 방금 들었던 말을 남편에게 전해주고 싶었다.

***

"여보, 내 삶이 특별하대요."

화평은 여전히 복자를 엄마라고 부르며 과자에 식탐을 부렸다.

복자는 남편에게서 들었던 모진 말들을 떠올렸다. 쓸모없는, 식충이, 좋은 남편 만나서, 배 안 곯고 사는 게, 고마운 줄도 모르고, 맞아도 싼, 밥버러지 같은 년….

"그런데 여보, 사실은 내 인생이, 내 요리가 특별했대요. 그냥 지나가는 아무개 씨가 한 말이 아니고 엄청 유명한 대표님이 그랬어요. 내가 특별하다고. 당신은 알았어요? 내가 특별했다는 거를?"

"내 거야."

화평이 과자를 먹다 말고 초코파이 상자를 품에 안았다. 순간적으로 복자의 시선이 초코파이로 향하자 그걸 탐낸다고 생각한 모양이었다. 그녀가 초코파이에서 시선을 거두자 화평도 품에 안은 초코파이를 내려놨다. 너무 꽉 껴안아서 상자가 찌그러져 있었다. 복자는 아랑곳없이 말을 이었다.

"김치에는 사람의 인생이 담겨 있다는데, 그 말이 참말인 거 같아요. 세상엔 겉절이 같은 인생도 있고 묵은지 같은 인생도 있는 거잖아요. 어떤 인생은 일찍부터 반짝이고 또 어떤 인생은 남들이 상했다고 오해할 만큼 오래 묵히고 삭혀야 비로소 빛을 보는데 내 인생이 꼭 그래요. 내 삶이 당신이란 장독에 푹 묵혔다 꺼낸 묵은지 같다고요. 무슨 말인지 알아들어요? 일 년 전에, 십 년 전에, 오십 년 전에, 내가 어떻게 알 수 있었겠어요. 오늘처럼 기쁜 날이 오리란 걸. 내가 특별해질 시간이 다가오리란 걸."

화평이 과자를 우걱우걱 쑤셔 넣던 손으로 복자의 손을 꼬옥 잡았다.

"엄마, 가지 마."

앙상하게 주름진 남편의 손을 보고 있자니, 그 손으로 벌초용 낫을 휘두르며 세간살이를 박살 냈던 어느 밤이 떠올랐다. 복자의 품에 안겨 옥상으로 피신했던 어린 호영은 곧 어른이 되었고, 술에 진탕 취해 돌아온 어느 밤 치매 걸린 화평에게 밥만 축내지 말고 나가 죽으라며 욕지거리를 퍼부었다. 오줌을 지린 화평이 엄마를 부르며 울기 시작했고, 호영은 시끄럽다며 주먹으로 그의 얼굴을 때렸다. 복자가 달려와 말리자 아버지를 때리던 주먹으로 그녀까지 때렸다. 다음 날, 해가 중천에 떴을 때야 잠에서 깨어난 아들은 멍든 복자의 얼굴을 보고 이렇게 말했다. 아직도 아빠가 엄마 때려? 평생 손찌검이나 하는 지긋지긋한 노인네 따위 요양병원으로 보내버려.

복자는 불현듯 할머니의 삶이 불행했다는 손녀의 말이 옳다는 걸 깨달았다. 아린의 말이 맞았다. 복자는 불행했다. 술만 마시면 주먹을 휘두르는 남편을 떠나 딸과 함께 야반도주한 며느리가 복자보다 더 행복했는지는 모르겠지만, 그녀보다 용감했던 것만은 확실했다.

"나 이제부터 행복할래요. 행복 거 뭐, 별거라고. 나라고 못 하란 법 없잖아요. 안 그래요?"

화평의 손을 뿌리치고 나온 복자는 간호사를 찾아 알람을 지워달라고 말했다. 일주일에 한 번씩 잊지 말고 요양병원에 들르라며 알람을 설정해줬던 바로 그 간호사였다. 앞으로는 사업이 바빠 자주 못 오는 대신 정기적으로 김치를 보내주겠다며 복자가 명함을 내밀자 간호사는 어리둥절한 표정으로 명함 속 이름을 들여다봤다. 복자네 장독김치 공동대표 명복자.

"와, 멋있다. 할머니가 사업가이신 줄은 꿈에도 몰랐어요."

간호사의 말에 흥이 나서 요양병원을 나선 복자는 혜성과 아린이 기다리는 트럭에 올라타 안전띠를 맸다. 오로라맨숀으로 돌아가는 즉시 찬배와 만날 약속을 잡아 매각 가격을 논의해볼 작정이었다.

* * *

서태산 형사가 김하진 경사를 찾아갔다. SNS를 기반으로 활동하는 전국적인 조폭 네트워크인 엠지제이에서 제산시 영신구를 담당하는 영주의 신원을 특정했다는 소식을 들어서였다.

"막시무스란 닉네임을 쓰는 마약 판매책 나홍민이 마약 판매대금의 구십 퍼센트를 상납한 계좌를 추적했더니 이 인간이 나왔어요. 닉네임은 체크."

김경사가 모니터에 사진을 띄웠다. 까무잡잡한 피부에 턱과 코가 벨 듯이 뾰족하고, 게슴츠레한 눈 아래 왼쪽 뺨이 체크무늬 흉터로 뒤덮인 남자였다.

"이 자식 우형경이네."

서형사는 사진을 보자마자 그가 누군지 단번에 알아봤다. 냉면기계공장 사장에게 사채를 빌려주고 그를 협박한 살인 용의자였다.

"아는 사람이에요?"

"카톡으로 사채 하는 놈인데, 우형경 저 자식한테 돈을 빌렸던 사람 하나가 올봄에 사체로 발견됐어."

"어디서요?"

"강물에 떠내려가다가 보에 걸린 걸 보고 마을 주민이 신고를 했어."

"자살이에요?"

"그럴 수도 있고, 아닐 수도 있고."

그러면서 서형사는 한숨을 푹 내쉬었다. 김경사는 한숨의 의미를 단번에 알아챌 수 있었다.

"타살이라고 생각하시는 거죠?"

"정황상 타살이 분명한데, 증거가 없어. 아, 정말… 어떻게 이 동네는 골목에도 강변에도 CCTV 하나가 없냐."

"CCTV 숫자와 그 동네 부동산 가격은 비례한다는 말도 모르세요? 강남 생각하고 수사하다가는 큰코다칩니다."

"두말하면 잔소리지. 그럼 저 자식은 일단 내 쪽에서 검거할게."

서형사는 김경사로부터 체크의 IP가 잡힌 곳 주소를 받아 달려갔다. 마약 유통 증거가 확보됐으니, 일단 검거부터 하고 냉면기계공장 사장의 죽음에 대해 추궁하면 될 일이었다.

***

잠복 경찰이 쫙 깔리는 바람에 갈 곳이 없어진 체크는 시동 꺼진 캠핑카에서 밤을 보냈다. 경찰이 제산시의 모든 주유소와 편의점에 체크의 몽타주를 뿌리며 이자가 나타나면 바로 신고하라고 으름장을 놓는 바람에 캠핑카에 기름을 못 넣은 지도 벌써 3일이나 지났다. 지금까지 제산시에는 이렇게 독한 경찰이 없었는데, 하필이면 서울 그것도 강남에서 근무를 하던 베테랑 형사가 왜 제산시 같은 깡촌까지 흘러들어와서 그를 쫓는 건지. 재수에 옴이 붙어도 더럽게 붙었다. 소문대로 윗선이 뒤를 봐주고 있던 약쟁이 정치인 아들을 건드려서 좌천됐다는 게 사실이라면 지금쯤 독이 바짝 오른 전갈 같을 게 뻔했다. 독기 품은 짭새에겐 걸리지 않고 도망치는 게 상책이었다.

열린 창문 너머로 찬 바람이 불어와 옷 틈을 파고들었다. 이제 밤공기가 제법 쌀쌀했다. 체크는 창문을 닫고 바람막이 점퍼의 지퍼를 턱까지 굳게 올렸다. 그러고는 마지막 계획을 머릿속으로 점검했다. 복자가 김치 하나로 돈벼락을 맞게 됐다는 소문은 체크의 귀에까지 흘러들어갔다. 코인 계좌에 현금 계좌까지 다 막혀버린 체크에게 복자는 마지막 돈줄이었다. 체크는 모두가 잠들길 기다렸다가 오로라맨숀을 찾아갈 계획이었다. 복자네 집으로 쳐들어가 그녀의 아들, 호영에게 빌려준 돈을 이

자까지 몽땅 현찰로 받은 다음 이 도시를 떠야겠다고 다짐하며 그는 날카로운 칼을 꺼내 들었다.

***

새벽 4시가 지나자 복자의 눈이 번쩍 뜨였다. 오늘은 용인에 있는 고수에프앤씨 본사로 가서 계약서에 도장을 찍는 날이었다.

첫 번째 만남 이후 영수와 두 번의 미팅을 더 한 복자는 고용 승계와 지역 발전에 대한 합의를 이끌어냈다. 복자네 장독김치가 고수에프앤씨에 팔리게 되면 혜성과 직원들이 일자리를 잃을 수밖에 없었다. 특히 성원처럼 총알맨을 그만두고 복자네 장독김치로 자리를 옮긴 지 얼마 안 된 직원에겐 타격이 더 클 수도 있었다. 영수는 다행히 고용 승계를 약속했다. 하지만 여태껏 그랬듯이 김치 레시피는 혜성과 아린이 담당할 수 있게 해달라는 조건은 반만 수락했다. 고수에프앤씨 내에도 이미 전문가들이 있으므로 그들과 협업해야 한다는 이유에서였다. 이 부분은 복자가 양보했다.

마지막으로 그녀는 오로라맨손 자리에 김치공장이 아닌 박물관을 만들어 관광객들이 제산시를 찾아오게 만들자고 제안했다. 그러면 영미도 아들 지후를 데리고 주

말에 놀러 올 수 있을 테고, 오로라맨숀을 떠났던 입주민들도 살던 곳을 한 번씩 구경 올 수 있을 것이다. 무엇보다도 박물관이라면 복자도 매일 편하게 드나들며 관광객들과 함께 김치를 담글 수 있을 것 같았다. 어쩌면 진짜로 관광 명소가 되어 인구 소멸로 젊은 사람 볼 일 없는 제산시에 활기를 더해줄지도 모를 일이었다.

영수는 김치 박물관 건에 대해서만큼은 생각할 시간을 달라며 대답을 미뤘다. 고수에프앤씨 본사로 돌아간 그는 즉각 신사업팀과 마케팅팀에 김치 박물관을 설립했을 때 드는 비용과 수익, 플래그십 스토어로서의 가치를 판단해 사업성을 평가해보라 지시했고 얼마 지나지 않아 TF팀에서는 긍정적인 결과를 내놓았다. 사업성은 물론이거니와 박물관을 설립할 경우 지자체에서 설립 비용 일부를 지원받을 수 있어 서로 윈윈할 수 있는 계획이라는 것이었다. 영수는 곧장 복자에게 연락해 마지막 제안까지 수락하겠다며 서류에 사인할 약속을 잡았다.

복자는 뜨거운 물로 몸을 정성스레 씻고 욕실에서 나와 드라이어를 켰다. 윙 - 소리에 아린이 방문을 열고 나왔다. 복자가 드라이어를 끄고 손녀를 돌아봤다.

"벌써 깼어? 왜 더 자지 않고."

"나 일어나라고 일부러 드라이한 거 아니었어?"

"한번 잠들면 봉창을 두드려도 안 일어나던 애가 이깟

소리에 잠이 깨려고."

"몰라. 그냥 그 소리에 눈이 번쩍 떠지는 거 보니까 너무 설레서 선잠을 잤나 보네."

"잠순이가 고작 몇 시간 자고 괜찮겠어?"

"여섯 시에 출발하려면 나도 이제 슬슬 일어나서 준비해야지."

하품하며 현관으로 간 아린이 슬리퍼를 꿰찼다.

"나는 문짝 깨우고 올게."

아린이 문을 닫고 나갔다가 다시 현관문을 벌컥 열고 고개를 쏙 내밀었다.

"아, 할머니. 오늘은 아침밥 하지 마. 가는 길에 휴게소에서 사 먹을 거니까."

"알았어. 얼른 가서 혜성이나 깨워."

손녀가 다시 현관문을 닫고 사라졌다. 복자는 드라이어를 켜서 젖은 머리카락을 말리고선 굵은 구르프 네 개를 앞뒤 양옆으로 말았다. 그리고 옷장에서 한복 상자를 열었다. 곱게 싼 한지를 걷어내자 빳빳한 동정 아래로 잠자리 빛깔의 고운 한복이 자태를 드러냈다. 오늘을 위해 아린과 시장에 나가 특별히 맞춘 한복이었다. 자신의 결혼식 때는 사촌 언니 한복을 물려 입었고, 아들 결혼식 때는 대여점에서 빌려 입어 복자에게 손수 맞춘 한복은 처음이었다. 부잣집에 시집간 친구가 바람에 하늘거리는 깨끼 한복을 맞춰 입은 걸 보고 너무 부러웠는데, 이제 복자도 깨끼 한복을 입는 호사를 누릴 수 있게 됐다.

복자가 치마를 입고 거울 앞에 섰다. 여러 겹의 천이 겹쳐져 있는 갈래치마가 풍성했다. 움직일 때마다 안쪽의 치마가 살짝 보이면서 다른 색감과 소재가 드러나 한층 화려한 느낌을 줬다. 저고리까지 마저 입은 복자는 천연옥으로 만든 노리개를 단 후 마른 장미색 립스틱을 입술에 곱게 바르고 한복과 세트로 맞춘 자수 클러치에 인감도장을 넣었다.

준비를 끝내기 무섭게 아린이 돌아와 그녀를 불렀다.
"할머니. 할머니! 할머니!!"
"왜 이렇게 보채."

거실로 나간 복자는 현관을 돌아보다 클러치를 손에서 툭, 떨어뜨렸다. 처음 보는 남자가 아린의 목에 칼을 겨누고 있었다. 까무잡잡한 피부에 앞머리만 노랗게 염색한, 턱과 코가 베일 듯이 뾰족하고, 게슴츠레한 눈 아래 왼쪽 뺨이 체크무늬 흉터로 뒤덮인, 사나운 인상의 남자였다.

"누… 누구…."

복자는 후들거리는 다리를 겨우 버티고 섰다. 크게 소리 질러 도움을 요청하려다가 행여나 손녀가 해코지라도 당할까 봐 입을 꾹 다물었다.

"김호영이 나한테 얼마를 갚아야 하는 줄 알아? 칠억이야, 칠억."

체크무늬 사내의 입에서 복자의 아들 이름이 튀어나왔다.

"오늘이 김치공장 인수 계약하는 날이라고 동네에 소문이 파다하던데. 맞아?"

체크의 말에 복자가 고개를 끄덕였다.

"내가 당신 손녀 데리고 여기서 기다릴 테니까, 오늘 중에 칠억 현찰로 가져와."

체크의 협박에 복자는 무너져 내렸다.

"지금 나한테는 그만한 돈이 없어요. 돈 생기면 당신이 원하는 대로 다 줄 테니 제발 아린이… 우리 손녀는 놔주고 차라리 나한테 칼을 겨누세요, 네? 내가 이렇게 빌게요… 제발요…."

두 손을 모아 비는 복자의 눈앞에 시커먼 그림자가 다가왔다. 그림자가 사냥감을 만난 곰처럼 체크를 덮쳤다. 혜성이 온몸으로 체크를 제압하고 있었다.

"할머니!"

협박범의 손아귀에서 벗어난 아린이 엉엉 울면서 복자에게로 달려갔다. 복자는 아린의 뺨을 어루만지며 흐르는 눈물을 닦아냈다. 그러고는 상한 곳이 없는지 손녀의 몸 곳곳을 살피는데, 차가운 쇠붙이가 옆구리를 쑥 파고들었다. 곧이어 뜨거운 것이 울컥 솟구쳐 나와 잠자리 빛 고운 치마를 물들였다. 체크가 들쑤신 칼끝으로 빨간 피가 번져나갔다.

혜성이 괴성을 지르며 달려와 체크를 복자에게서 떼냈다. 체크는 계속해서 무어라 소리쳤지만, 혜성은 도무지 그게 무슨 말인지 알 수 없었다. 그의 귀에는 웅웅거리는 잡음 외엔 아무런 말도 들리지 않았다. 그저 체크를 움직이지 못하게 해야 한다는 생각뿐이었다. 그를 움직이게 그냥 뒀다가는 아린마저 찌르고 말 것만 같았다. 혜성은 체크를 바닥에 눕히고는 있는 힘껏 주먹을 내리쳤다. 아린은 피 흘리는 복자를 안고 울부짖으며 119에 전화를 걸었다. 시끄러운 소리에 잠이 깬 성원이 찬배와 함께 안으로 달려 들어왔다. 그들은 혜성을 체크에게서 떼놓으려 했지만, 힘이 장사인 그를 떼놓기는 거의 불가능에 가까웠다. 구급대가 도착해서 복자를 실어가고, 유성이 형의 뒤통수를 냄비로 휘갈길 때까지 혜성은 계속해서 주먹을 휘둘렀다. 유성이 다시 한번 냄비로 형의 뒤통수를 후려쳤다. 기절하는 혜성의 귓가에 그제야 목소리 하나가 선명하게 꽂혔다. 그러다 죽이겠어, 형.

***

호영을 죽이지 않았다고 끝까지 잡아떼던 체크는 서태산 형사가 블랙박스 영상을 틀자 입을 꾹 다물었다. 영상은 성원이 과로사한 총알맨 친구의 트럭을 처분하던 중 우연히 발견했다. 친구가 하늘나라로 떠난 후 늘 상 강변의 같은 자리에 서 있던 트럭의 블랙박스에는 체크가 호영을 여러 차례 때리고 강물로 밀치는 장면이 선명하게 찍혀 있었다. 서형사는 곧장 체크를 호영에 대한 살인 혐의와 마야 유통 혐의, 그리고 복자에 대한 살인 미수로 기소했다. 미수일지 살인일지는 순전히 복자가 깨어나느냐 못 깨어나느냐에 달려 있었다.

***

밤이 짙어졌다. 오로라 빌리지의 따스한 오두막 안에서 혜성은 창밖의 어둠을 바라봤다. 체크가 찌른 칼에 큰 부상을 입은 복자는 곧바로 수술에 들어갔다. 의사는 한복에 단 노리개 덕분에 칼끝이 급소를 비껴가 생명에는 지장이 없을 거라고 했다. 의사의 말대로 빠르게 의식을 되찾은 복자는 눈을 뜨자마자 생뚱맞은 말을 했다. 나 여행을 한 번도 못 가봤어. 죽을 때 죽더라도 여행은 한번 가보고 죽어야 하지 않겠니.

아린은 곧바로 복자의 회복 시기에 맞춰 캐나다 옐로

나이프의 오로라 빌리지를 예약했다. 오로라맨숀이 세상의 전부였던 복자에게 진짜 오로라를 보여주자는 아린의 아이디어에 혜성도 찬성표를 던졌다.

혜성은 유성과 함께 따뜻한 코코아 잔을 들고 삼각형 모양의 티피텐트 안으로 들어갔다. 코코아 잔을 받아드는 복자의 얼굴에 근심이 가득했다.

"할머니, 여행 와놓고 표정이 왜 그래?"

아린이 유성으로부터 코코아 잔을 받아들며 물었다.

"어제 오로라를 못 봤잖아."

복자가 뾰로통하게 대답했다.

"그럼 오늘은 보겠지. 여기가 365일 중 240일간 오로라가 뜨는 곳이라는데 아무렴, 4박 5일 동안 오로라 한 번 못 보고 갈까."

혜성과 유성 역시 어제는 못 봤지만 오늘은 볼 수 있을 거라는 아린의 말에 기대를 거는데, 텐트 밖에서 '오로라!'라고 외치는 직원들의 목소리가 들려왔다.

"봐, 볼 수 있다니까."

아린은 복자에게 마스크와 장갑을 챙겨주고 방한복을 더 단단하게 여몄다. 바람 한 줄기 샐 틈 없다는 걸 확인하고서야 그녀는 할머니에게 텐트 입구를 열어주었다.

복자는 발아래 깔린 순백의 눈을 밟고 길을 나섰다. 침엽수림이 만들어낸 날카로운 실루엣 위로 끝없이 펼

쳐진 하늘이 아득했다. 문득 검은 하늘 틈으로 빛줄기가 비집고 들어오나 싶더니 얇디얇은 녹색 베일이 스르르 미끄러져 나왔다. 어둠 너머에 있는 누군가가 초록색 물감으로 밤하늘을 휘저어놓은 듯, 비단 커튼이 실바람에 찰랑이듯, 오로라가 부드럽게 복자를 감싸 안으며 이젠 다 괜찮다고 말해주는 것만 같았다. 남편의 손찌검을 피해 웅크렸던 비좁은 방, 알코올에 절어 폭력적으로 변했던 아들의 거친 손길, 그리고 체크가 휘두른 킬닐 아래 죽음의 문턱까지 갔던 끔찍한 기억의 그림자들, 이 모두가 언제 그랬냐는 듯 오로라의 찬란한 초록 속으로 사라져버렸다.

  복자는 문득 자신을 감싼 초록 베일을 따라 춤을 추고 싶었다. 부드러운 깃털처럼 일렁이고, 날카로운 파도처럼 솟구치고, 손에 잡힐 듯 가까이 다가오다가도 이내 아득히 먼 우주의 끝자락으로 사라져버리는 거대한 빛의 향연에 몸을 맡긴 복자는 자신의 생명이 끝없이 춤추는 초록 빛줄기와 온전히 연결되어 있는 것 같은 황홀경에 빠져들었다. 어제는 어둠 속에 있었으나 오늘은 빛 속에 함께 있어 다행이었다.

오로라맨숀

초판 1쇄 발행 · 2025년 12월 12일

지은이	장지연
펴낸이	김요안
편집	강희진
디자인	김이삭

펴낸곳	북레시피
주소	서울시 마포구 신수로 59-1
전화	02-716-1228
팩스	02-6442-9684
이메일	bookrecipe2015@naver.com	esop98@hanmail.net
홈페이지	https://bookrecipe.co.kr
등록	2015년 4월 24일(제2015-000141호)
창립	2015년 9월 9일

ISBN 979-11-93551-54-7 03810

종이 · 화인페이퍼   인쇄 · 삼신문화사   후가공 · 금성LSM   제본 · 대흥제책